幽霊座

横溝正史

角川文庫
23187

目次

幽霊座　五
鴉　三三
トランプ台上の首　一八九
解説　大坪直行　三三七

幽霊座

発端

駒形(こまがた)橋の西詰、駒形堂のある三叉路から、雷門へむかってあるいていくと、道の左側に古色蒼然たる劇場がある。

これが稲妻座である。

あるひとの説によると、いまもし、東京七不思議というようなものをえらぶとすれば、さしずめ稲妻座など、まっさきに入選するだろうということだが、いかさま、この古めかしい建物の外観は、周囲の建物といちじるしく調和をかいていて、ちょっと明治時代の風俗写真を見るかんじである。

それもそのはずで、この建物は明治から大正へうつったばかりのころに建てられたきり、ときどき小修理は加えられることはあっても、いままでいちども、大改修をほどこされたことはなかった。

と、いうことは、あの繁華な下町のどまんなかに建っていながら、震災も戦災もまぬがれてきたことを意味しており、そのみちのひとたちから、稲妻座には、なにか憑(つ)いているのではないかといわれるくらいで、それだけでも、東京七不思議のひとつにかぞえられる値打ちは十分あった。じっさい、この劇場のまえに立つとき、ひとびとは一種異様な妖気に打たれずにはいられないだろう。

さすがに大正期に入ってから建てられたものだけあって、西洋建築になっているが、様式はすべて純日本風で、屋上にそびえる古めかしい紋やぐらといい、正面入口の古風な鼠木戸といい、なかへ入ると昔ながらの、枡（ます）が切ってあるのではないかと思われるくらいである。

いや、古いのは様式ばかりではない。建物自体がすでに古朽ちているのだ。震災も戦災もまぬがれたとはいうものの、それから受けた損傷は大きかったのに、大改修もほどこさず、そのときどきの応急修理にお茶をにごしてきたので、年々、建物をむしばむ腐朽の度ははげしく、稲妻座は小屋がくさっているという評判だった。

だが、この劇場（と、いうよりも小屋といったほうが似つかわしいのだ）が、東京七不思議のひとつにあげられるのは、ただ小屋の古さからばかりではない。稲妻座の存在そのものが、現代の奇蹟なのだ。

現在では東京の大劇場は、すべてふたつの大資本によって分割され、歌舞伎のごときはひとつの会社によって独占されている。ところが、稲妻座はそれらの大資本のいずれにも属さず、しかも一流の歌舞伎役者を専属として持っているのである。

むろん、それらの専属俳優も、年中稲妻座で打ちつづけているわけではなく、一年のはんぶんは歌舞伎を独占する大会社に借りられて、他の大劇場へ出勤する。また稲妻座で興行するときも、専属俳優だけでは足りないので、会社から俳優の融通をうける。

しかし、とにかく個人経営の一劇場が、一流の人気役者を専属に持ち、細々ながらも大資本に拮抗しているということは、まさに東京七不思議のひとつといってもよかった。

大正のはじめに稲妻座を創立したのは、佐野川鶴右衛門、のち雷車と名乗った役者であった。佐野川鶴右衛門といえば、江戸歌舞伎でも名門である。初代鶴右衛門は文化文政ごろの役者だが『鞘当て』の不破の衣裳の稲妻を、四つ組合せて定紋とした。これを稲妻菱といい、稲妻座の座名もここから来ている。

稲妻座を創立した鶴右衛門は五代目にあたっているが、代々の鶴右衛門のなかでは、いちばん大根だったといわれている。明治から昭和へかけて舞台をつとめたが、ついに一流役者にはなれなかった。しかし、大衆的な人気の点では一流役者をもしのぎ、後援者もすくなくなかった。つまりかれは、正統的な歌舞伎役者として、素質にかけるところがあったが、時代とともに歩む役者として、大衆の欲するところを、いちはやく見抜く頭脳を持っていたのである。

このひとはまた、貨殖の才にとみ、歌舞伎役者中、第一等の金持ちといわれ、同時に興行師としても、抜群の腕を持っていたらしく、稲妻座を創立以来、よく大資本と拮抗して屈しなかった。

鶴右衛門には子供が三人あり、いちばんうえが女で名をおりん。あとのふたりは男子で鶴之助に紫虹。三人ともそれぞれ生母を異にしているが、この鶴之助に関して、いまだに謎として語りつがれている不思議な事件があり、このことがまた、稲妻座をもって、東京七不思議のひとつにかぞえる、大きな原因になっているのである。

それは昭和十一年のことだから、いまから十七年のむかしになる。

当時、鶴之助は三十だったが、若手役者中人気随一といわれていた。親の鶴右衛門は正統的な古典歌舞伎の素質にかけるところがあったが、倅の鶴之助はそのほうの天分もゆたかなうえに、新作を理解する頭脳もあり、かててくわえて、素晴しい美貌と容姿にめぐまれていたので、将来は歌舞伎を背負ってたつ第一人者になるだろうといわれていた。

歌舞伎を独占する大会社が、その一敵国であるところの稲妻座に、かなりの好意をしめしたのも、ひとつには鶴之助があったからである。この有望な若手役者を、将来、自家陣営にむかえいれたい下心があって、そのために、稲妻座からのかなりむりな俳優融通の申出にも、ときには首を縦にふらねばならないのだといわれていた。

昭和十一年八月、稲妻座では若手ばかりをあつめて夏芝居を打った。一座の中心になったのは、いうまでもなく佐野川鶴之助と、それから、当時、鶴之助と猛烈な人気争いをやっていた水木京三郎だった。

鶴之助と京三郎の人気争いについては、いまだに語り草になっている。

ともに名門の子弟とうまれ、年輩もほぼおなじく、美貌と容姿にめぐまれ、芸も達者なふたりのあいだに、人気争いの起るのは当然のことながら、ふたりの場合はいささか常軌を逸していた。

当人同士、べつに隔意があったわけではないといわれるが、ヒイキの力瘤(こぶ)の入れかたがすさまじく、京三郎のヒイキが鶴之助に水銀を飲ませようとしたの、鶴之助のヒイキがその報復として、暴力団をやとって、京三郎を襲撃したのと、いろいろいまわしい風評がとんで、識者に眉をひそめさせた。

このふたりが顔をあわせ、しかもしんになって働くというのだから、この興行は大当りだった。それに狂言のならべかたもよかった。ふたりはシテとなり、ワキとなり、あるいは恋人同士となり、幕ごとに顔をあわせて、若くて綺麗で、イキのいいところを見せたから、見物は大喜びで、真夏の暑さもふっとぶような景気であった。

このときの大喜利(おおぎり)が、問題の『鯉つかみ』なのである。

『鯉つかみ』などという狂言は、もう久しく舞台にかからないから、いまのひとたちにはわかるまいが、昔はかなりよく出たもので、舞台いっぱいに本水をたたえ、そのなかで鯉退治をやるという、いかにも夏狂言らしいケレン芝居である。

この『鯉つかみ』にもいろいろ趣向があって、役者の都合でそのつどかわるが、明治になってからできたもので有名なのは、上方役者の市川斎入がやった、滝窓志賀之助の鯉つかみである。そのとき、稲妻座でやったのは、この上方系の鯉つかみを、東京風にアレンジしたものであった。

およそ芝居の筋書きをお話しするほど、馬鹿らしいことはない。しかし、この『鯉つかみ』の趣向がわからないと、これからお話ししようとする、あの奇妙な事件を理解することがむつかしいので、ここにごくかいつまんで紹介しておくことにしよう。

近江の国、琵琶湖のほとりのさる大名に、美しいお姫様がある。このお姫様に、湖に棲む年古りた鯉が惚れるのである。ところがこのお姫様は家中の滝窓志賀之助という、まだ前髪の若侍に想いをよせている。そこで鯉の精は志賀之助に化け、一夜、姫のもとに通うのだが、そこを忠義な家老に見現され、名刀の威徳によって正体をあらわしたところを、ほんものの志賀之助のはなった矢にうたれ、やがて志賀之助のために、水中で退治られるのである。

このほか、お姫様に惚れて堕落し、のちに奴(やっこ)のために水中へ斬って落されるお上人の筋がからんでくるが、滝窓志賀之助以外は、そのときどきによって役名がかわるようである。

昭和十一年の稲妻座ではお姫様が桜姫、お上人様が清玄になっており、この清玄と滝窓志賀之助、それから鯉の精の三役を、佐野川鶴之助が水中の早変りで演じて見せた。そして、かれの競争者、水木京三郎は家老と清玄を殺す奴の入平というのをつきあっていたのである。

さて、この『鯉つかみ』の眼目の場面というのはこうである。

そこは入間家(昭和十一年の稲妻座ではそうなっていた)の奥御殿。舞台前面には、何千石か、何万石かわからぬが、とにかく満々たる本水をたたえた水船がしつらえてある。琵琶湖の水をひいてつくった池の心である。

この池のほとりで桜姫が鯉魚の妖気にあてられて気を失う。腰元がそれを介抱して、上手障子屋台のなかへ入ると、間もなく水船のなかから現れた鯉の精の志賀之助が、宙乗りになって上手屋台へかようのである。

このとき、水船のなかから現れながら、一滴の水にも濡れていないというのが、ひとつの味噌になっている。

さて、鯉の精が上手屋台にはいってから間もなく、家老があらわれて名刀をつきつける。鯉の精は本性をあらわし、鱗がたの浴衣になってまた宙乗りで水船のまうえへかかる。そのとき、花道の揚幕から掛声があり、鯉の精は矢にうたれて、キリキリ舞いをしながら、水煙をあげて水中へ顚落する。と、間髪を入れず揚幕から、ほんものの志賀之助が弓を持ってあらわれるというのである。

芝居としてはまことにたあいないものだが本水、宙乗り、早変りと、目先のかわった趣向がふんだんに盛ってあり、若くて綺麗な役者たちが、イキのいいところを見せるのだから、夏芝居としてはおあつらえむきで、この狂言大当りであった。

こうしてこの興行大当りで、二十五日間売切ったが、その千秋楽の日に、妙なことが起ったのである。

それは眼目の奥庭の場であった。

鶴之助の扮した鯉の精が、いつものとおり水船から現れた。そして、宙乗りで上手屋台へかよったのちに、いろいろ芝居があって、やがて、鱗がたの浴衣となり、ふたたび宙乗りで水船のうえへさしかかった。それから、揚幕のなかの掛声により、矢にあたった心で、いろいろ苦悶のしぐさののちに、ざんぶとばかり水煙をあげて水船のなかへとびこんだ。

そこまでは、ふだんと少しもかわりはなかったが、さて、そのあとがおかしいのである。

千秋楽ともなれば見物も、新聞の批評やなんかで、みんな筋を知っている。鯉の精が池へ落ちると間もなく、おなじ鶴之助が早変りで、花道から出てくることを知っているから、みんな固唾をのんで揚幕のほうを視つめていた。

ところが、いつまで待っても鶴之助は現れないのである。いや、永久に現れなかったのである。鶴之助は鯉の精に扮して、舞台の水船へとびこんだまま、失踪してしまったのであった。

これがいまから十七年まえの出来事で、それ以来いまにいたるまで、水船のなかへとびこんだ鶴之助が、その後どうなったのか、誰ひとりとして知っているものはないのである。

夢まぼろし

昭和二十七年七月下旬、金田一耕助は日本橋の某百貨店で、浮世絵展が開かれていることを知って見にいった。

金田一耕助と浮世絵というと、いささかとっぴな取合せのようだが、私立探偵というような、殺風景な職業に従事している男でも、やはりそれ相当の趣味もあれば道楽もある。金田一耕助が浮世絵展覧会を見にいったからといって、かならずしも嗤うことはできない。

しかし、ほんとうのことをいうと耕助は、かくべつ浮世絵に趣味があるわけでもなければ、関心を持っているわけでもない。それにもかかわらず、暑いさかりの七月下旬、わざわざ日本橋まで展覧会を見にいったというのは、つい最近読んだ新聞記事が潜在意識となって、この江戸時代の芸術に、なんとなく心を惹かれたからであるらしい。

耕助の読んだ新聞記事というのは、稲妻座に関するニュースである。

稲妻座の関係者のあいだでは、鶴之助が失踪した八月二十五日をもって、かれの命日としていたが、今年がちょうど十七年目にあたるところから、鶴之助十七回忌の追善興行として、八月の夏芝居に、『鯉つかみ』を出すというのである。しかも、一座の座組みというのが、鶴之助の異母弟紫虹、鶴之助の遺児雷蔵を中心として、補導役のそのかみの鶴之助の競争者、水木京三郎がその倅、京丸とともに出るという。

金田一耕助はこの記事を読んだとき、背筋をつらぬいて走る戦慄を禁ずることが出来なかった。狂言といい、座組みといい、なにかまた起るのではないかという、不吉な予感が脳裡にひらめいたからである。

ことに雷蔵と京丸が、ともにまだ二十まえながら、はやくから天才児とうたわれて、目下猛烈な人気争いのしのぎを削っていることを、知っているだけに耕助の胸にきざした不安は深刻だった。

金田一耕助はこの記事を読んだとき、埋火(うずみび)のように長く胸中にねむっていた、十七年まえのあの出来事を、いまさらのように思い出したのである。かれもまた、あの千秋楽の日、稲妻座の見物席にいて、鶴之助の最後の舞台と、その不思議な失踪ぶりを、目のあたりに見たひとりなのだ。

金田一耕助は当時のことを回想してみる。

その日、金田一耕助は鶴之助の招待によって、稲妻座へ見物にいっていたのである。そのときの鶴之助の招待状には、千秋楽の『鯉つかみ』をぜひとも見てくれ。君を驚かせるようなことをやって見せるから、というようなことが書いてあった。しかし、鶴之助の『鯉つかみ』のはじまるまえ、金田一耕助は楽屋に鶴之助を訪れた。強いていえば、鶴之助の様子にはかくべつ変ったところも見られなかった。強いていえば、いつもより調子がうわついているように思われたが、元来、鶴之助という男は、陽気で、茶目で、悪戯好きな人物だったから、耕助もかくべつ気にもしなかった。

「ぼくを驚かせるって、いったいどんなことをやるんだい」

と、耕助は訊ねてみたが、鶴之助はわらって答えなかったし、耕助もしいて追求もしなかった。

そのころの習慣として、千秋楽にはそそりと称して、役者が舞台でいろんな無邪気ないたずらをして、見物をよろこばせることがあったから、鶴之助もなにか、突飛ないたずらをもくろんでいるのであろうと思った。そしてまた、事実そのとおりにちがいなかったのだが、その悪戯というのが、あんな深刻なものであろうとは、さすがの金田一耕助も、夢にも気がつかなかったのである。

それはさておき、奥庭の場で鶴之助が水船へとびこんだきり、なかなか姿を見せないので、見物がしだいに沸いて来たとき、金田一耕助は、ふっとあやしい胸騒ぎをおぼえた。

鶴之助が驚かせるといったのはこのことだろうか。しかし、いかに千秋楽とはいえ、舞台に穴をあけるということは、役者として名誉なことではない。聡明な鶴之助が、こんな愚劣な悪戯をするはずはない。何かまちがいが起ったのではあるまいか……。

見物はいよいよ沸いてき、舞台では家老役の水木京三郎が手持ちぶさたそうに、志賀之助の現れるのを待っていた。

と、だしぬけに引幕がするするとしまり、やがて蒼い顔をした頭取が幕のそとへ現れて口上を述べた。鶴之助急病につき、この幕以後の志賀之助は、ほかの役者が代ってつとめるという挨拶だった。

金田一耕助はその口上を聞きおわると同時に席を立っていた。

鶴之助の楽屋へくると、ちょうど来合せていた姉のおりんと弟の紫虹（当時はまだ雷蔵を名乗っていた。佐野川家では雷蔵から鶴之助になり鶴右衛門をつぐ順序になっている。紫虹というのは鶴右衛門の俳名なのである）を取りまいて、奥役の頭取や弟子たちが右往左往しており、ちょっと騒然たる空気であった。

「姉さん、どうしたんです。鶴さん、どうかしたんですか」

金田一耕助が声をかけると、おりんが狼狽と驚きのために、うわずった眼をふりむけた。

「あっ、金田一さん、あなたさっき鶴之助を訪ねてくだすったそうですが、あの子なんかいってやアしませんでしたか。どこへ行くとか……」

「どこへ行く……？」

金田一耕助は眼を丸くして、

「それじゃ、鶴さん、いないんですか」

「姿が見えないんです。あの水船へとびこんだきり……」

「水船へとびこんだきり……？」

金田一耕助はまた大きく眼を見張った。

「だって姉さん、あの水船の下には助手のひとがいたんでしょう。早変りの手伝いやなんかするひとが……」

「ええ、三人いるんです。弟子の男衆が……ところがその三人とも眠りこけているんです。すこし様子がおかしいので、いまお医者さんを呼びにやったところなんですが……」

おりんは語尾をふるわせた。

おりんは鶴右衛門の本妻の子としてうまれ、若いころ一度嫁したが、良人とあわずに実家へもどると、二度と嫁にいこうとせず、稲妻座の事業や、ふたりの弟たちの薫陶に余念がなかった。鶴之助とは十ちがいだというから、そのころ四十になっていたはずだが、美貌と勝気なところから、年齢よりははるかに若く見え、稲妻座の淀君でとおっていた。

金田一耕助はいかのすみのようなどすぐろい不安が、むらむらと肚の底からこみあげてくるのを感じた。

鶴之助が驚かせるというのはこのことだろうか。それにしては事態がすこし深刻すぎる……。

頭取の語るところによると、こうである。

いつまで待っても揚幕から、鶴之助が現れず、舞台に穴があきそうになったところから、あわててひとを奈落へやってみたところが、男衆と弟子ふたり、正体もなく眠りこけており、鶴之助の姿はどこにも見えなかったというのである。

この三人はそれから間もなく、駆けつけて来た医者の手当によって覚醒したが、かれらの話によって、事態はいくらかはっきりしたものの、鶴之助のふしぎな行動についてはいよいよわけがわからなくなった。

ここでかれらの話を述べるまえに、『鯉つかみ』の仕掛けというのを、一応紹介しておくことにしよう。この仕掛けがのちにまた、恐ろしい犯罪に利用されたのだから。最初、鯉の精が水船から、せりあげて出てきたとき、一滴の水にもぬれていないのが、味噌になっているということはまえにもいったが、それもそのはずでこの水船には、縦に一本。太い鉄管がとおっているのである。

即ち、鯉の精は鉄管のなかをとおってせりあげられ、鏡をおしのけて水船から出ると、そこから宙乗りになるのだから、濡れていないのも当然である。

さて鯉の精が舞台へ出てしまうと、奈落に待機している弟子たちは、鉄管の上部にある孔の栓をぬき、それと同時に、底を下からぴったりしめるのである。だから、舞台で芝居をしているあいだに、孔からこぼれ出た水が、底までたまることになる。

さて、舞台でいろいろ芝居があったのち、鯉の精はふたたび水船へとびこむのだが、そのときも鉄管めざして落ちるのである。鉄管の口は漏斗がたになっているから、少々見当が狂っても、うまく鉄管のなかへすべりこめるし、その時分には鉄管の上部に水がたまっているから、ざんぶとしぶきがあがるわけだ。鉄管のなかへ落ちた役者は、すぐ底を開き、鉄管の下部から水船の下へ出る。と、同時に助手が底を下からしめるのである。

この底をしめるのは、舞台下をあまり多くの水で濡らさないための用心で、この二重底の仕掛けは、鶴之助の親父の鶴右衛門の考案によるということである。昔は出るときは樽や鉄管を使ったが、落ちるときは直接水船に落ちたものらしい。しかし、それだと役者の濡れかたもたいへんだし、舞台下も水びたしになるので、鶴右衛門がこういう仕掛けを考えたのである。

さて、以上のような仕掛けを頭にいれておいて、さて、男衆や弟子たちの話をきいてみよう。

「わたしどもは奥庭の場の幕があくと、すぐ若旦那のお供をして奈落へまわり、出のきっかけを待っていたんです。そのとき、若旦那がチョコレートをふたつずつくださいましたんで……。へえ、いまから思えばそのチョコレート、なにやら舌をさすような味がしましたんですが、若旦那の見ていらっしゃるまえで、吐き出すわけにもまいりません。それでそのまま嚥みこんでしまいましたんで……。するとそのうちに出のきっかけが来たんで、若旦那はせりあげとなり、わたしはすぐにうえの底をしめました。そしてほかのふたりといっしょに、若旦那が鉄管をくぐって出ていらっしゃるのを待っていたんですが、そのうちにどうしたものか、眠くて眠くてたまらなくなりましたんで。ここで眠っちゃたいへんだと、ずいぶん辛抱したんでございますが、とうとうそのまま眠っちまったらしく、われながら、どうしてあんなことになったのか、不思議でたまりません」

ほかのふたりのいうことも、それとすっかり同じだった。

これで見ると、三人に眠り薬をあたえて眠らせたのは鶴之助自身であったらしい。そうしておいて鶴之助は、鱗がたの衣裳のまま、水船から抜け出すと、それきり姿をくらましたのである。

だが、水船から抜け出したものの、どうして劇場から抜け出すことが出来たか。……それについては、つぎのような推測がくだされている。

奥庭がひらいているあいだに、舞台わきから見物席へ出る通路を、洋服を着た紳士がひとり出ていったそうである。

まさかあとになって、あんな騒ぎが起ろうとは知らなかったから、ドアの番をしていた男も、それほど深くその紳士に注目をしたわけでもなく、おそらく誰かの楽屋を訪れたヒイキの客が、出ていくのだろうと何気なく見送ったが、あとになって考えると、その紳士こそ、鶴之助ではなかったかというのである。

「へえ、そのひとは地味な背広を着て、帽子をまぶかにかぶり、大きな黒眼鏡をかけたうえに、ハンケチで鼻と口をおさえていらっしゃいましたんで……いえ、これはどなたもおやりになることなんで、わたしも別に怪しみもしなかったんで。何しろ舞台うらは埃っぽうございますから。……そういうわけで、お顔はとんと見えなかったんでございますが、奥庭の場がひらいてから、あの騒ぎがおこるまで、楽屋から見物席へ出ていったのは、あとにもさきにもそのおかたひとりなんで」

いっぽう楽屋口から出たものは、ひとりもないということだから、結局その紳士こそ、鶴之助ではなかったかということになったが、もし、そうだとすると鶴之助は、あらかじめ変装用具まで楽屋に持ちこんでいたことになる。

だが、そんなにまでして鶴之助は、なぜ姿をくらまさなければならなかったのか。……それがいまだに残る疑問である。

むろん、はじめのうち稲妻座の関係者はもとより、世間でも鶴之助がそのまま失踪してしまおうとは考えていなかった。ああいう人騒がせをしておいて、いずれどこからか、ぱっと現れてくるのであろうと期待していた。

しかし、それが三日とたち、五日とすぎ、一週間が十日となり、やがてひと月になるにおよんで、世間の騒ぎはしだいに大きく、かつ深刻になってきた。

鶴之助のその後のなりゆきについては、その後もしばしば問題になるが、そのなかでいちばん確実と考えられているのは、失踪後、ひと知れず自殺したのであろうという説である。それにはひとつの根拠がある。

その年の夏、鶴之助の身辺にあいついで不幸が起ったが、それが鶴之助を神経衰弱におとしいれ、その結果、ああいう奇抜な失踪法と、自殺を決意させたのだろうというのである。鶴之助の身辺をおそった不幸というのはこうだ。

鶴之助は二十六の年に結婚して、当時光雄という三つになる男の子があった。妻はもと柳橋から出ていた女で染子といった。むろん惚れあったあげくの夫婦で、いっしょになれなければ死のうとまで約束した恋女房である。その恋女房の染子が、そのころ二番目の子を腹に持っていて、出産予定日が八月上旬にあたっていた。そこで一家は染子のため茅ケ崎にある別荘へ暑さを避けていた。

鶴之助の親父の雷車鶴右衛門は、そのころすでに七十ちかく、すっかり老境に入っていたので、稲妻座の事業は、いっさい娘のおりんにまかせて、自分は茅ケ崎の別荘で自適していたが、そこで染子はお産をすることになったのである。

八月六日、鶴之助が芝居へ出勤したあとで、染子は男子を分娩した。染子は夏負けするほうで、かなり体が弱っていたうえに、相当の難産だったので気遣われたが、それでも母子無事だったので、親父の雷車鶴右衛門をはじめ一同も、ほっと愁眉をひらいた。しかし、そのよろこびも束の間、突然、大きな不幸が訪れて来たのである。

長男の光雄は当時三つ、やっとよちよち歩きが出来る年頃だったが、家族のものが出産騒ぎに取りまぎれているあいだに、座敷から庭へはい出したと見えて、池に落ちて死んでいるのが発見された。

しかも、それを見つけた奉公人が、あとさきの分別もなく、そのことを染子の耳に

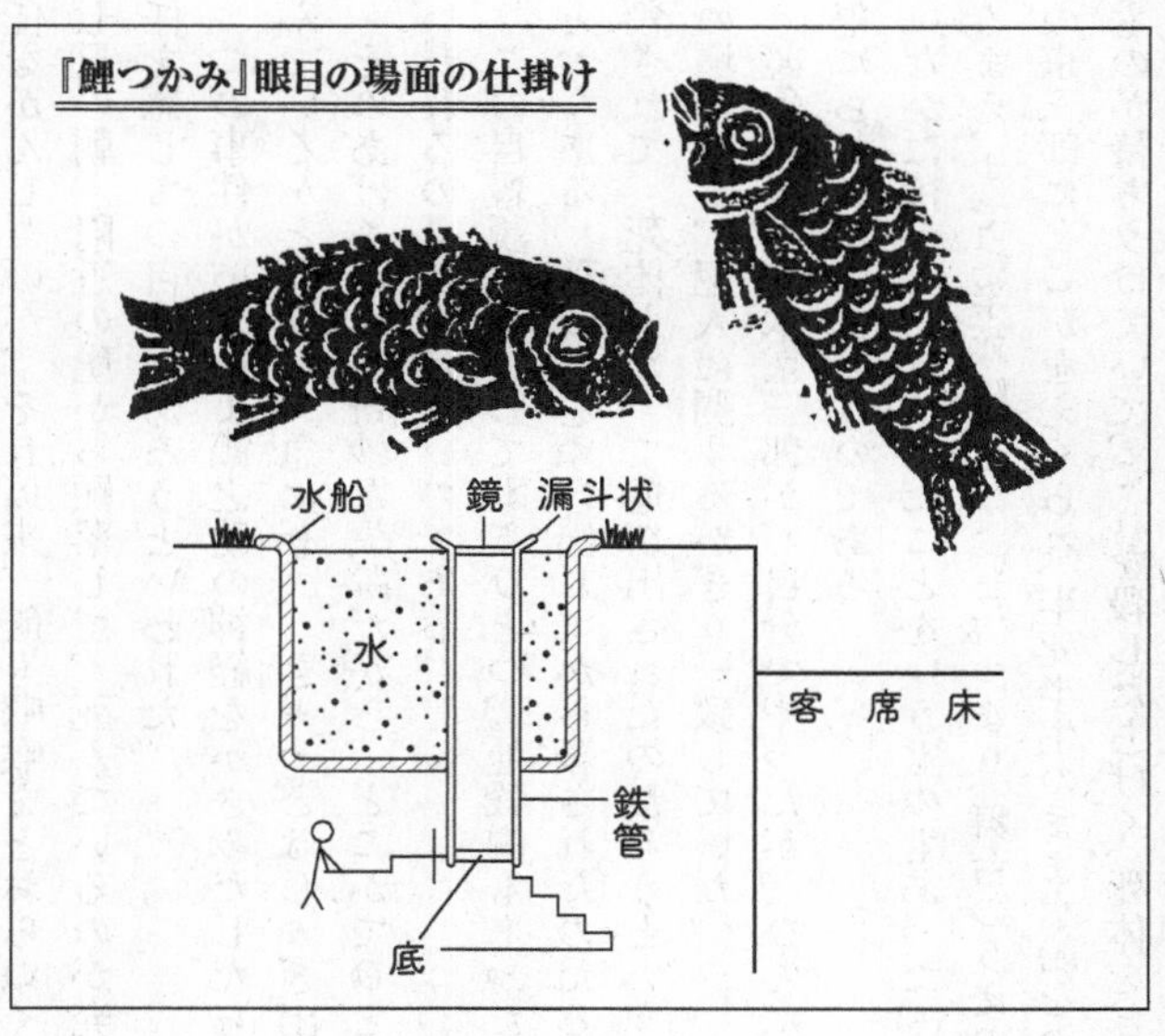

いれたからたまらない。やっと分娩したばかりの染子は、たちまち血がのぼって、これまた死んでしまったのである。つまり鶴之助は次男とひきかえに、長男と恋女房を同時にうしなったわけだ。

それ以来、鶴之助の言動に、とかく奇矯の点が多かったが、さらにまたもうひとつの不幸がかれの身辺をおそった。

鶴之助に仙枝という愛弟子があった。仙枝は染子出産の日、茅ヶ崎にいて光雄のお守りを命じられていた。その光雄がわずかのすきにああいうことになったので、仙枝は責任をかんじたのか、それ以来、飯も咽喉をとおらぬくらい煩悶していたが、それが初七日の朝、附近の崖から顚落して、死んでいるのが発見された。遺書はなかったが責任を感じての自殺であろうといわれた。

この事件がいよいよ鶴之助の神経をかきみだしたらしく、それ以来ひどくふさぎこんでいるかと思うと、急にきゃっきゃっとはしゃぎ出したりした。

そのあげくがあの奇妙な失踪だから、どこかでひと知れず、自殺したのであろうといわれるのも無理はないのである。

この自殺説にたいしてもうひとつ、他殺説もあった。しかも、この他殺説にもふたとおりある。稲妻座をぬけ出してから殺されたのだろうというのと、稲妻座のなかで殺されて、死体となって運び出されたのだろうという二説である。だが、どちらの説の場合でも、犯人に関するかぎり一致していた。

競争相手の水木京三郎が、自分でやったか、ひとにやらせたか、とにかくかれが主犯にちがいないというのである。

なかにはもっとうがったことをいうものもあった。鶴之助は宙乗りから水船へ落ちるまえ、すでに半死になっていた。つまり、舞台のうえの立ちまわりのあいだに、家老役の京三郎にどこかをえぐられ、半死半生のまま水船をぬけると、そこには京三郎一味のものが待ちうけていて、これを殺したあげく、死体をどこかへ始末したというのである。

むろん、これはなんの根拠もない臆説に過ぎなかったが、それにもかかわらず、ひどい打撃をこうむったのは京三郎である。判官ビイキは江戸っ児の常、謎の失踪をとげた若い人気役者に、わけもなく同情があつまるとともに、その競争者と目された京三郎は憎まれた。間もなくかれは東京の舞台に立てなくなって、大阪へ落ちのびていったのである。

そうしてここに、夢まぼろしの十七年、稲妻座の舞台では、いままた何事かが起ろうとしている。……

紫　虹

「あら、あなたはもしや金田一先生ではございませんせん？」

だしぬけに声をかけられて、耕助はびっくりしてうしろを振りかえった。

日本橋にある某百貨店の六階、浮世絵展覧会の会場でのことである。

その日はあまり暑かったせいか、それとも復古調をつたえられる現在でも、浮世絵とはあまり時代ばなれしているためか、会場はいたって閑散で、物静かな中年の紳士や学生の姿が、ちらりほらりと見えるばかり。

耕助にとっては結局そのほうが幸いで、春信や歌麿のなよなよとした線を、いくらか酔うたような気持ちで見ていくうちに、ある絵のまえでふと立ちどまった。

そこは役者絵をあつめた一角だった。役者絵といってもいろいろある。大首の似顔絵もあるし、全身をうつしたのもある。また舞台をうつした絵もあったが、耕助が立ちどまったのは最後の部類で、しかも狂言は『鯉つかみ』

もっともこの『鯉つかみ』は十七年まえ、耕助が見たのとちがっているらしく、鯉退治をしているのは若侍ではなく町人らしかった。しかし、どちらにしても、ちかごろ胸につかえている『鯉つかみ』の舞台面をそこに見たので、なんとはなしに立ち去りかねているところだった、うしろから声をかけられたのは。……

「はあ、ぼく、金田一ですが、あなたは……?」

耕助はひとめで相手を役者だなと思った。黒っぽいおじや縮みに角帯を胸高にしめ、薄化粧をした顔に大きな色眼鏡をかけている。同じ和服でも金田一耕助とは雲泥の相違だ。耕助は襟元が茶色になった白がすりに夏ばかま、どっちも相当くたびれている。

「あら、いやですわ。お見忘れになっちゃ。……あたし、紫虹よ、そうそう、先生にお眼にかかってたころは、まだ雷蔵でしたわね」

「ああ、あの雷蔵君!」

耕助は思わず大きく眼を見張った。それもそのはず、耕助がちょくちょく鶴之助の楽屋へ訪れていたころの雷蔵は、まだ十二、三の子供だった。

「なるほど、そういえば雷蔵君だ。ずいぶん大きくなったもんだねえ」

「あら、いやですわ、子供みたいなことおっしゃっちゃ……」

紫虹は薄桃色のハンケチで口をおおうと、やさしく白眼むまねをする。姿は男だったけれど、全身から発散する色気は、そこらにかかっている浮世絵の比ではない。

「いや、ごめんごめん、でも、それが実感だったんだ。なるほどねえ。いや、君が紫虹をついだことは知ってましたよ。舞台もちょくちょく拝見してるんだ。しかし、素顔の君に会うと、やっぱり昔の雷蔵君が思われてねえ」

「まあ、嬉しいわ。それじゃ舞台のほうは見ていてくださるのね」

「そりゃ……かくべつ好きってわけでもないんだが、やっぱり鶴さん。いや、あんたの兄さんに教育されたからねえ。ひととおりは見なきゃ気がすまないんだ」

「それじゃ、どうして楽屋へ来てくださらないの。あたしはもう、すっかりお見限りになったのかと思ってましたのに」

「それがねえ、ああいうことがあってから、楽屋へ顔を出すのが億劫になってねえ」

紫虹はあたりを見まわして、

「ねえ、先生、今日おいそがしいんですの。なんでしたらちょっとおつきあい願いたいんですけれど。だって、あたし、あまりお懐しいんですもの。それに……」

と、耕助のうしろにかかっている『鯉つかみ』の絵にちょっと眼をやって、

「来月があれでしょう。なんだかここで先生にお眼にかかれたのも、誰かのひきあわせのような気がして。……こんなことというから、古いって嗤われるのかもしれませんけれど」

口許はかすかにほおえんでいるが、眼鏡の奥からじっと耕助を視つめている瞳には、なにかしら無言の訴えが秘められている。耕助にもその意味がわかるような気がするのだ。

「いや、べつに用事ってないがね。それじゃ久しぶりに昔話でも聞かせてもらいましょうか」

「まあ、嬉しい。それじゃ、先生」

気がつくとあたりにはもうかなりひとが立っている。さすがに近よってじろじろ見るものはなかったけれど、遠くのほうから不思議そうに、この奇妙なふたりの取合せを眺めていた。

百貨店を出ると、紫虹はすぐにタクシーを呼びとめて、それから間もなくふたりが落ちついたのは、浜町河岸の料理屋の二階の一室、河風にふかれる簾のそとには、隅田川の水が暑そうな夏の陽ざしを照りかえしていた。

やがて酒肴が来て、ふたりだけで落着くと、紫虹は眼鏡をはずした眼で、しみじみと耕助を見て、

「ほんとうに、ずいぶん長いことになりますわね。あれから十七年ですもの。でも先生はちっともお変りになりませんわね」

「そんなことはないだろう。これでも大人になったよ。だけど、あんたはいい役者になったねえ。若手随一のホープじゃないか」

「あら、あんなことおっしゃって。……でも、先生、あたしの舞台をごらんになって、どうお思いになって？」

「綺麗ですよ。顔といい、姿といい。……あんたほど揃った女形、昔だってそうたくさんはいなかったんじゃないかな。ただ……」

「ただ……？」

「いや、会って早々こんなことをいうと、気を悪くするかもしれないけれど、こうして話してると、批評家諸君のいってることが、なるほどとうなずかれるような気がするんだ」

「つめたいってこと？」

「ああ、そう、あんた自身も気がついてるんだね。こうして話してると、あんたずいぶん色っぽいよ。その色気がどうして舞台に出ないのかと思ってね、さっきから見てたんだ。もっとも、ひとつにはあんたの舞台姿、あんまり綺麗すぎるからなんだね」

紫虹はふっとさびしそうな眼を膝におとしたが、すぐまたそれをあげると、まとも

から耕助の顔を見て、

「ねえ、先生、こんなことというの、いい訳じみていやなんですけれど。……そりゃア、あたしうまれつき陰気で、ひっ込み思案のほうですけれど、ひとつにはやっぱり、あの事件が影響してるんじゃないかと思うんですの」

「あの事件って鶴さんのこと……？」

「ええ、そう、先生にはおわかりにならないかもしれないけれど、ああいうことって、おうちのひとには、いろんな形で影響しますのね。あたしなんかまだ子供だったけど、子供は子供なりに大きなショックだったんですわ。もともと陰気なたちが、あれ以来いっそう陰気になってしまって。……姉にもよくいわれますし、自分でもこれじゃいけないって思うんですけど」

「あのころ、君はいくつだった」

「十四でした。あいの子の煩悶時代で、……先生なんかも楽屋へいらして、ずいぶんいやな子だとお思いになったでしょう」

そういえば、陰気で影のうすい子だった。いつも黙ってすわっていて、たまにこちらから話しかけても、ただ上眼づかいに見るばかりで、笑顔を見せることさえすくなかった。

それがいつも陽気で、賑やかで、闊達な鶴之助と同じ楽屋にいるのだから、その影にかくれて、いっそう目だたぬ存在になっていた。それでも兄の鶴之助は、なるべく

この弟を引き立てようとしていたらしく、

「こいつはね。このとおり見たところ、静かでおとなしいが、これでなかなかしんが強いんですよ。負けん気が強くて、意地っ張りでね。だから、そのほうでひとっぱしの役者になりますよ」

と、眼を細めていたが、なるほど、弟を見るは兄にしかずというか、そのとおりになったのだと思えば、いまさらのように紫虹を見直さずにはいられなかった。

「あたしね、先生、兄があのまま生きていてくれたら、どんなによかったかと、よく思うんですのよ。兄はあのとおり、あのひとが出ただけでも、ぱっと舞台が明るくなるような役者だったでしょう。あのひとに引っぱってもらったら、いかにあたしが陰気な性分でも、もう少し、明るい色気のある役者になれたような気がするんですの」

「そりゃアあんたに明るい色気があったら、鬼に金棒だが、いまのままだって立派なものじゃないか。欲をいえばきりがない」

金田一耕助はそこで気をかえるように、

「ときに、来月の『鯉つかみ』ね、鯉退治をする若侍、なんとかいったな、あれは誰がやるの」

「喜久雄さんですの」

「喜久雄君というと」

「あら、雷蔵、……いまの雷蔵ですわ」

「雷蔵……君が……？」

金田一耕助は眼をまるくして、

「だってあの子は……そりゃ、親父の追善興行だから、それが順序かもしれないけれど、……いったい、いくつになったの？」

「十七ですわ、かぞえ年で」

「ああ、そうか、あのときうまれたんだからね。そりゃ雷蔵君が天才児だってことは聞いてるが、なんぼなんでも大舞台で、出しものをするのには……」

「いいえ、喜久雄さんなら大丈夫ですわ。あのひとはとても舞台度胸があるんです。イキもいいし、……姉さんの教育方針がよかったんですわ」

「姉さんの教育方針というと……？」

「それはね、あのひとがうまれたとき、おっ母さんと、三つになる兄が死んだでしょう」

紫虹はそこでちょっと肩をふるわせ、

「そんなことから、あの子に暗い影がさしちゃいけないというので、出来るだけわがままいっぱい、怖いものなしで育てて来たんですの。それがよかったんですわ。茶目で暴れん坊で、……兄の子供時分と、そっくり同じだということですわ。むろん、芸の仕込み、これはきびしゅうございますけれど。やっぱり役者って、怖いものなしってのが、いちばん強味ですわねえ」

「すると、紫虹君は怖いものがあるというわけですか」

「ええ、あたしなんか怖いものだらけ……」

紫虹はふっとさびしく笑ったが、そのとたん、耕助はなにやらつめたいものが、ぞくっと背筋をすべり落ちるような感じにうたれた。

その笑いなのである。紫虹の舞台がつめたいといわれるのは。……容姿も抜群、芸も若手随一といわれながら、そのわりに人気が引き立たないのは、かれの舞台にそのつめたさ、一種異様なつめたい影があるからだった。

金田一耕助はあわてて盃の酒を飲みほす。耕助の動作を見まもっている。紫虹もそれに気がついたのか、ちょっと表情をかたくして、耕助の動作を見まもっている。話の継ぎ穂をうしなった気拙い沈黙のなかに、扇風機の音がかえって暑くるしい。

紫虹はそこで気をかえるように、

「ねえ、先生、あたし先生にお眼にかかったら、いちどお伺いしたいと思ってたことがあるんですのよ」

「どんなこと……？」

「先生は、うちの兄とどういうお識合いでしたの。やはり先生の御職業のことで、兄のほうからお近附きをお願いしたんですの」

そういう紫虹の顔を、耕助はちょっとさぐるように見て、

「いや、ぼくが兄さんと識合ったのは、ぼくがこんな商売をはじめるまえでしたよ。あんたはまだ子供だったから憶えてないかもしらないが、昔、鶴さんを中心とした会で、丹頂会ってのがあったのを知らない？」

「ええ、話には聞いてますわ。学生さんたちの集まりだったんですってね」

「そうそう、鶴さんは古典の腕もたしかだったが、新作を理解する頭もすぐれてたでしょう。で、まあ、演劇に野心のある学生などのあいだでは、ホープだったんですな。ぼくが中学を出て、東京でごろごろしてるころ、中学時代の先輩で、当時、大学生だったのが、丹頂会の熱心な会員でね、そいつに引っ張られて、はじめて鶴さんに会ったんです。その時分、鶴さんが二十五、六、ぼくはまだ二十まえだったかな。ところで、ぼくと来ちゃ、その時分、歌舞伎の歌の字も知らないもんだから、ずいぶんトンチンカンなことをいったもんです。それを鶴さんが面白がってね。かえって先輩より仲好しになっちゃった」

「兄はそういうひとだったんですわ。衒わないひとが好きだったんです」

「まあ、そんなことかもしれない。そういうつきあいが一年ほどつづいたのちに、ぼくはアメリカへいっちゃった。それで縁が切れてたんですが、アメリカからかえって、

こういう商売をはじめてから間もなく、何かのはずみでぼくの名が新聞に出たんですな。それを見て鶴さんがさっそく電話をかけて来て、久しぶりに会ったんです。そのときの鶴さんのいい草がいいじゃないか。おまえはどうせ、ろくなものにはなるまいと思ってたが、やっぱりそのとおりだったと。……」

「ほ、ほ、ほ、兄のいいそうなことですわ。でも、兄は先生がよほど好きだったのね。あの最後の舞台のとき、先生をわざわざ見物席へ招待したというじゃありません？」

「ああ、あれ。……あれはあとから思えば、鶴さんの挑戦だったんですね。その当時ね、ぼくは二、三の事件に成功したもんだから、天狗になってたんですね。それに若くて、生意気ざかりで、誰にむかってでも、少しでも自分をえらく見せようという年頃でさあ。鶴さんに対して、推理だのなんだのって、さかんに振りまわしたものです。それがあるから鶴さんは、どうだ、おれのこの行動の謎がとけるかいと、挑戦して来たんだろうと思うんだ」

「まあ――」

紫虹はうつくしく見張った眼に、一種の力強いかがやきをうかべて、

「それで、先生には、謎がおとけになりまして？」

「それがてんで……だから、この勝負、完全にぼくの敗北だね」

そこでポツンと話がきれて、ぎごちない沈黙が、またふうっと落ちてきた。

日はもうだいぶかげってきたが、そのかわり風が落ちたのか、扇風機のかきまわす風が蒸せっかえるように暑い。金田一耕助はもう茹で蛸のような顔になっていたが、紫虹は汗ひとつかいていなかった。

「ねえ、先生」

やがて紫虹は膝を乗りだすようにして、

「先生はどうお思いでございますの。兄は亡くなったのでしょうか。それとも、まだどこかに生きているんじゃないでしょうか」

「それはねえ。紫虹君、あの時分のぼくの感じじゃ、兄さん、どこかで生きているんじゃないかと思いましたよ。だけど、十七年もたつとねえ。生きていればどこからか消息が、きこえてくると思うんだよ。だけど、あんたどうしてそんなことを聞くの」

紫虹はちょっとためらったのち、

「じつはこのあいだ、ちょっと妙なことを聞いたんですの」

と、じっと耕助の眼を見て、

「あたしたち、今度水木のおじさんと一座するってこと、先生も御存じでしょう。十七年ぶりなんですわ。おじさんはあれからずっと、大阪へいってらしたし、一昨年こっちへおかえりになってからも、掛けちがっていちどもおつきあいしていただく機会がなかったんですわ。それで今度うちの芝居を助ていただくについて、顔つなぎをしたんですの。するとその席でおじさんのお弟子さんで、新平さんて古いひとが妙なことをいい出したんですの。昭和十七年かに兄に会ったんですって」

「どこで……？」

耕助も眼を見張って思わず膝をすすめた。

「満州なんですって。満州のどこだか忘れましたけれど、あの時分、ほら、慰問使節とかなんとかいって、芸能人がよくむこうへ派遣されたでしょう。おじさんはその時分、もう大阪だったんですけど、むこうのかたと一座を組んで、満州へいらしたのね。すると、どこの町だったか、見物のなかに兄がまじってるのを、新平さんが見つけたんですって」

「で、新平ってひと、その兄さんらしいひとと話をしてきたの」

「いいえ、それが新平さんはたしかに兄だと思ったけど、まだ確信がなかったのね。それで舞台の袖へおじさんを引っ張ってきて見せたんですって。そのとき、おじさんもとてもびっくりしたって話ですわ。ところが、むこうでもそれに気がついたのか、逃げるように出ていって、それっきりなんですって」

「すると、京三郎さんもそのひとを、あんたの兄さんだと認めたんですね」

耕助の眼も真剣な色をおびてくる。

「さあ、それが……新平さんがその話をしてるとき、おじさんが聞きつけてそばへいらして、新平さんを引っ張ってむこうへ連れてってしまったんですの。そして、あとからいらして、新平のあの話、みんなでたらめだからとおっしゃいますの。なるほど、ちょっと似たところもあったけど、よくよく見ると全然ちがってたとおっしゃるのよ。だけど、そのおじさんのおっしゃりかたというのが、とても変だったんですわ。出来るだけわたしの顔を見ないようになすって、奥歯にもののはさまったような……」

そこで紫虹はことばを切ると、耕助の意見を待つように、じっと顔を視つめている。

しかし、耕助の唇から意見らしいものが洩れないのを知ると、ほっと溜息をもらして、

「先生、あなたはこの話、どうお思いになりまして。あたしそうでなくとも今度の芝居についてはびくびくものなんですわ。だって十七年ぶりにおじさんと顔があって、狂言がまた『鯉つかみ』。あたし自身はその狂言に役はないんですけれど、喜久雄さんのことが心配なんですわ。そこへ持ってきて、そんな話をきいたもんだから、なんだか変な気がして……」

結局、紫虹の聞いてもらいたいのはそのことらしかった。

片袖浴衣

あの千秋楽の日の招待が、自分に対する鶴之助の挑戦だったというのは、決して金

田一耕助の誇張でもなければ、自己過信でもない。

しかし、ただそう聴いただけでは、だれでも半信半疑なのも無理はなかった。そこには耕助がひとに洩らさぬ秘密があり、その秘密は耕助自身にとっても、いまだに解けぬ謎となって、かれを苦しめているのである。

昭和十一年の夏、すなわち、鶴之助が失踪するひと月ほどまえのことである。耕助は鶴之助から、ある人物について調査を依頼された。その人物というのは篠原アキという、当時三十五歳になる女であった。その女のちかごろの行状について調査してほしいというのである。

鶴之助はその女の名前と年齢と、当時住んでいたところを告げただけで、それ以上のことはなにひとつ語らなかった。いったい、その女とどういう関係があるのか、なぜまた、そういう調査を必要とするのか、金田一耕助が追及すると、

「耕ちゃん、それを調べるのが君の仕事じゃないか。君がいつも自慢してるほどの名探偵なら、そんなこと造作ないはずだぜ。あっはっは……」

あとから思えばそのときの鶴之助の笑い声には、なにかしらうつろにひびくものがあった。そろそろ鶴之助の神経衰弱が昂じはじめているころのことだった。そのあとで鶴之助は声をひそめて、「だけどね、耕ちゃん、このことは絶対に秘密にしといておくれよ。誰にもいっちゃいけないし、また、その女にゃ絶対にさとられちゃいけな

いんだ。そいつは相当恐ろしいやつだったから自分のことをこっそり調べてるものがあると知ると、どんなことをするかわからないんだ。だから、ね、耕ちゃん、気をつけてね」

そういう鶴之助の眼はあやしく光り、額にはねっとりと脂汗さえふき出していた。

元来、金田一耕助はこういう種類の調査ごとはあまり好まなかった。しかし、友人の頼みではあるし、鶴之助のそのときの口ぶりでは、ほかへは絶対に依頼したくないらしかったので、快くひきうけることにした。

ところが、この調査で金田一耕助は、完全に失敗したのだ。というのは、調査に着手したところ、篠原アキはすでに鶴之助の教えた住所、それは浅草馬道の煎餅屋の二階だったが、そこにいなかったのである。しかも、耕助はついにその後の彼女のいどころを、つかまえることが出来なかった。

だから、鶴之助から依頼された、篠原アキという女の、ちかごろの行状調査については、完全に失敗したわけだが、その代り、彼女の過去については、いささか知ることが出来た。そのことが耕助に、非常な恐怖と混迷とをあたえたのである。

篠原アキというのは十年の刑期をおえて、そのころ出獄したばかりの前科者だった。彼女の罪は良人殺し。そして、さらにその前身は看護婦であった。

大正十四年、篠原アキは二十四歳で看護婦をやめ結婚した。相手は土木業者であった。ところが、その翌年アキは良人にストリキニーネをのませて毒殺したかどによって捕えられた。動機は良人の酒乱と、虐待にたえかねてということになっているが、事実そのとおりであったらしい。大正十五年、アキは十年の刑を申渡された。そして、昭和十一年の五月に出獄しているのである。彼女には両親も兄弟もなかった。

この事実は耕助に非常なショックをあたえた。佐野川鶴之助は、なんだってこんな女に関心を持つのだろう。鶴之助はこの女と、なんらかの交渉を持っていたのだろうか。

しかし、年齢をくってみるとそれもうなずけない。アキが良人を殺した大正十五年は鶴之助が十九の年である。さらに、鶴之助とアキが交渉があったとすれば、アキの結婚以前だろうが、アキの結婚したときは、鶴之助はまだ十八歳である。むろん、十八歳で女と交渉がないとはいえないし、鶴之助はかなり早熟のほうだったらしいが、しかし、それも相手によりけりである。若くて、人気ざかりの美貌の役者といえば、相手は降るほどあったはずである。なにも看護婦に手を出すことはあるまい。しかも五つも年上の、それも美人でもあることか、アキはかなりの醜婦だったといわれている。

残念ながら耕助は、いちどもその女と相見るチャンスはなかったけれど、ひとから聞き、また新聞社で見せてもらった写真によると、色の浅黒い、縮れっ毛の、醜婦というほどではないにしても、お世辞にも美人とは、いいかねる女であった。手脚などもごつごつとして、まるで男のようであったといわれる。

鶴之助がいかに物好きでも、そんな女に手を出すはずがない。しかし、それでは鶴之助は、なぜこのような女に関心を持つのだろう。

その後、鶴之助にあったとき、耕助がこの話を持ち出そうとすると、鶴之助はあわててそれをさえぎって、

「あっ、耕ちゃん、その話ならもう触れないでおくれ。何もかもすんじまったんだよ。せっかくあんたを煩わしたけど。……それからね、耕ちゃん、すまないがこの話、すっかり忘れてくれないか。そして、これからさきどんなことがあっても、決してその女の名を、口に出さないということを約束しておくれ」

鶴之助の顔色はひどく沈んでいたが、それから三日目のことなのである。鶴之助が耕助の眼のまえから、ああも見事に失踪したのは。……

あの千秋楽の日の招待が、じぶんに対する一種の挑戦であったと耕助がいうのには、以上のような秘密があったからだ。

金田一耕助の考えでは、だから鶴之助は篠原アキと逃げたのであろうと思っている。なぜその女と逃げなければならなかったのか、それはいまもって解けぬ謎だが。……

金田一耕助は鶴之助との約束を守って、いままで一度もそのことをひとに語ったこ

とはなかった。篠原アキという名前を、ついぞひとまえで口に出したことはなかった。

だから、その日も紫虹にむかって、よほどそういう女に心当りはないかと聞いてみようかと思いながら、やはり差しひかえることにした。そしてそれから間もなく紫虹にわかれて料亭を出たのである。

別れるとき、紫虹はくりかえしくりかえし、今後はぜひ楽屋へあそびに来てくれるようにといっていた。

稲妻座の八月興行は二日が初日だった。

金田一耕助はなんとなく気になるので、その初日芝居を見にいった。初日なので入りは相当あったが、しかし、十七年まえの割れっかえるような景気は見るよすがもなかった。柳の下に泥鰌(どじょう)がいるとは限らなかったのである。

一番目がすんだあとで、楽屋へいってみようと廊下へ出たところで、耕助はばったりと劇評家の佐藤亀雄にあった。耕助はまえにいちど、芝居のことで調査することがあって、そのときひとの紹介で、佐藤亀雄にあったことがあるので、顔見知りの間柄であった。

「やあ、金田一さん、珍しいところで会いましたな」

「あっ、これは……その節はいろいろどうも……」

耕助がそわそわしているので、

「金田一さん、何かお急ぎの御用でも……？」

「いや、べつにそういうわけじゃありませんが、紫虹君の楽屋を訪問してみようと思って……」

「紫虹の楽屋を……？」

佐藤亀雄は耕助の顔を見直して、

「金田一さん、あなたは紫虹から何か事件の調査を依頼されたんじゃありませんか」

そういう亀雄のことばのひびきに、ちょっと異様なものがあったので、耕助は思わず相手の顔を見直した。

「いや、べつに……しかし、佐藤さん、何かあったんですか」

「ええ、昨夜……と、いうより今朝はやく、ちょっと妙なことがあったそうです。これはあなたの領分かもしれませんね」

「妙なことって、どういう……？」

「あなた、紫虹のほうは……？」

「いや、べつに急ぎはしないんです」

「そう、それじゃお茶でも飲みませんか」

喫茶室へ入っていくと、間もなく幕があいたので、さいわいひとにさまたげられることもなく、ふたりはゆっくり話をすることが出来た。

「じつはぼくもいま聞いたばかりのことなんですがね、昨夜ここで稽古をやったそうです。最後の稽古で、本式のやつですね、道具もかざりつけ、役者もみんな衣裳をつけてね、こういう稽古はちかごろだんだんなおざりにされる傾向があるんですが、ここはおりんさん――座主、雷蔵の後見人ですね――がやかましいものだから厳重にやるんです。それで稽古もだんだんすすんで、最後に『鯉つかみ』の奥庭の場をやった。これは仕掛けものですから、とくに厳重にやったんですね。それで、その稽古がおわったのは午前四時ごろだったそうです。これで稽古はすべて終ったので、役者たちはひきあげていったんですが、そのあとで妙なことが起ったんです」

「その妙なことというのは……？」

「役者や下座のひとたちはひきあげたが、大道具やなんか、まだたくさん残ってたんですね。それがもう、徹夜の稽古にくたくたにつかれて、奥庭の場をかざりつけたまま、あちこちにごろごろと寝ころがったりなんかして、まあ、一服してたんですね。すると……」

「すると……？」

「すると……いや、金田一さん、あなた、この『鯉つかみ』の芝居を御存じですか」

「知っています。十七年まえ、ここで見たんで」

「ああ、そう、それじゃ好都合です。あの奥庭の場は舞台の前面に水船が切ってあって、上手に障子屋台があるでしょう。その障子屋台のなかからふらふらと、鯉の精が出て来たというんです」

金田一耕助は思わず大きく眼を見張った。

「鯉の精というと……？」

「鯉つかみの芝居に出てくるやつですよ。鱗がたの浴衣を着て、帯をまえで結んでたらした……つまり、障子屋台のなかでお姫様と、睦語（むつごと）をかわしているところを、家老にふみこまれて正体をあらわしたという、あの姿のやつがふらふらと……」

金田一耕助はさらに大きく眼を見張って、穴のあくほど相手の顔を凝視した。

「さ、佐藤さん、そ、それ、冗談じゃないでしょうね」

「冗談じゃありません。わたしは幕内のものから聞いたんです。それを見たものは相当たくさんあるそうですから、幻視ともいいかねるんですがね」

「それで、鯉の精は……？」

「そいつ、障子屋台を出ると、水船をこえて、あの仕掛けの鉄管のなかへもぐりこんでいったそうです。水船のなかにァ、水は張ってなかったんですがね」

「それから……」

「いや、それっきりなんですよ。何しろみんなびっくりしちまって、大の男が誰ひとり身動きはおろか、声をかけることすら出来なかったというんです。それでも、そいつの姿が見えなくなってから、やっと気がついて、奈落のほうを探してみたが、もうどこにも姿は見えなかったというんで、今日は朝からこの劇場の関係者、大恐惶だそうです。出たというんですね。幽霊が……」

「幽霊……？」

「ええ、そう、あなた十七年まえの事件を御存じじゃありませんか。いまの雷蔵の親父の鶴之助が、鯉つかみの舞台から消えて、いまにいたるも消息がわからないという。……」

「知ってます。わたしはあの楽の日を見たんです。鶴之助の消えるのをこの眼で見ましたよ」

佐藤亀雄はちょっとびっくりしたような顔色で、金田一耕助の顔を見直し、何かいおうとしたが、すぐ思いなおしたように、

「ああ、そう、それがあるもんだから、今度十七年目にこの狂言が出るについても、幕内ではいろいろ取り沙汰していたんですね。何かまたあるんじゃないかって。そこへ、鯉の精がふらふら出て来たもんだから、みんなもう、怯えちまって、一瞬虚脱状態におちいったというわけです」

「なるほど、それを鶴之助の幽霊だというんですね。顔は……？」

「それがね、稽古は終ってもう電気はあらかた消してあったから、舞台はうすぐらか

ったんですね。それにあそこの鯉の精は、髪をざんばらにしているでしょう。それが顔へかかっているから、よく見えなかったらしいんです。しかし、音爺いなんかはたしかに若旦那にちがいないと泣いてるそうです」

「音爺いといえば鶴之助の男衆だった男ですね。あの男はまだ達者で……？」

佐藤亀雄はまた金田一耕助の顔を見直した。

「ああ、あなたは鶴之助のことをかなりよく御存じのようですね。音爺いはいま雷蔵の男衆をしているんです」

「なるほど、それで音爺いも幽霊を見たんですね」

「ええ、そう、雷蔵は稽古が終るとすぐかえったが、音爺いはまだ残っていたんですね。その音爺いがいうのに、幽霊の着ていた浴衣の、左の袖がなかった。ところが、十七年まえに鶴之助がここから消えたとき、鉄管のなかの底にはさまって、左の袖だけ引きちぎれて残っていたというんですね。それで音爺いは、あれはたしかに若旦那にちがいない、なぜおれは声をかけなかったかと泣いているんだそうです」

金田一耕助はしばらく黙って考えこんだ。何かしら恐ろしいものが肚の底から吹きあげてくる。つめたい、大きな手が頭上からぶらさがってくる感じだった。

「ねえ、佐藤さん、鶴之助の十七年の追善興行に『鯉つかみ』を出そうというのは、いったい誰の案なんです」

「それはむろん、おりんさんですよ。これで一挙に景気挽回しようという策なんですが、しかし、これじゃ駄目ですね。この小屋はもう腐っているんです。どんな役者がなにを出しても客は来ないんです。紫虹なんか、それですっかり気をくさらして、会社のほうへいきたがってるって話ですよ。会社のほうでもこの小屋を買収にかかってるんです。場所はいいですからね。それに小屋も小屋だが、役者がほしい。紫虹に雷蔵。もう十二、三年もたってごらんなさい。歌舞伎はこのふたりのものですよ。ところがおりんさんが、どうしても首をたてにふらない。自分の眼の黒いうちは稲妻座を死守して見せるというんです。もっとも、眼のくろいうちたって、おりんさんは、その眼はつぶれちまってるんですがね」

「眼がつぶれてる……？」

耕助はまた眼を見張って、

「それじゃ、おりんさん、失明したんですか」

「ええ、そう、戦争中にね。しかし、眼がつぶれたってなんたって、あのひとは気が強いですからね。紫虹もまだ当分、稲妻座にしばられて、苦闘しなきゃならんでしょうな」

金田一耕助はふと、四、五日まえに会った紫虹のすがたを思い出した。紫虹はその点については一言もふれなかったが、かれをつつむ暗い、つめたい影というのは、そういう境遇から来ているのであろうか。……

毒

そのつぎの幕間に、金田一耕助は紫虹の楽屋を訪れた。ひょっとすると、昨夜の一件があるので、みんな気をくさらしているのではないかと案じられたが、案に相違して紫虹の楽屋からは、きゃっきゃっと、若い女のはなやかな笑い声がもれていた。

暖簾から首を出すと、雷蔵が開襟シャツという姿で、わかい芸者とおしゃくを相手に、トランプ占いをして見せているところだった。

そばに紫虹がもろ肌ぬぎで、つぎの幕の累（かさね）の支度にかかっている。紫虹のだしものは清元の『累』で、京三郎が与右衛門をつきあっている。

「ああら、先生、いらっしゃい」

鏡のなかで耕助を見つけて、紫虹が声をかけると、雷蔵や芸者たち、それから紫虹のお化粧を手伝っていた男衆が、いっせいにこちらをふりかえり、それから妙な顔をした。それはそうだろう、もじゃもじゃ頭のこの男。どう見ても芝居の楽屋へ顔を出す柄ではない。

「先生、どうぞお入りくださいな。民さん、お座蒲団をさしあげて。先生、ちょっと待ってくださいね。支度をしちまいますから」

「さあ、どうぞ、どうぞ。このあいだは……」

「いいえ、あたしこそ」

座蒲団をすすめる男衆の顔を見て、金田一耕助はちょっとどきっと息をのんだ。その男、左の頰から手へかけて、煮え湯をあびたように白くただれているのである。耕助はしかし、すぐ眼をそらして、たもとから煙草を取りだした。

「ああ、そうそう、先生はきっとはじめてね。御紹介しておきますわ。そこにいるのが兄のわすれがたみの喜久雄、雷蔵ですの。兄同様、御ヒイキになすってね。喜久雄さん、金田一先生よ。お噂はきいているでしょ。お父さんの御親友だったのよ」

雷蔵はそのまえから、だいたい察していたらしく、きちんと坐りなおしていたが、紫虹に紹介されるとぺこりと頭をさげて、

「ぼく、雷蔵です。どうぞよろしく」

それからひと懐っこい微笑をうかべて、

「ひどいなあ、先生は……」

と、耕助の顔をみながらいった。

「おや、どうして？」

「だって、親父がいなくなったら、ちっとも来て下さらないんだもの」

金田一耕助はそのとたん、危く涙が出そうになった。鶴之助のその年頃の時分を、耕助は知っているわけではないが、おそらくこうもあったろうかと思われるほど、顔かたちから、口の利きかたまで似ているのである。

耕助が面くらっていると、紫虹がわらって、

「それ、ごらんあそばせ、先生、さっそく一本やられたじゃないの。喜久雄さん。うんと先生に怨みをいってあげるといいわ」

「いや、ごめんごめん、雷蔵君」

耕助はうれしそうに、もじゃもじゃ頭をかきまわしながら、

「あんたみたいないい後継ぎがあると知ったら、こんなに御無沙汰するんじゃなかったんだ。しかし、ほんとうのことをいうとね、鶴さん、いや、あんたのお父っつぁんがいなくなったとき、ぼくは少々世をはかなんだんだよ。それでもう二度とこういう世界へ接近しまいと思ったんだ」

耕助の言葉の調子に、もの悲しいひびきがあったので、雷蔵のあどけない顔がちょっとひきしまった。

「先生、先生はとても親父と仲が好かったんですってね」

「ああ、あんたのお父っつぁんにはずいぶん世話になりましたよ」

「喜久雄さん、あんたのお父さんはね、先生に惚れたらしいのよ。それだのに、先生ったら、ずいぶん薄情なのね。あら」

遊びに来ていた芸者とおしゃくが、話がこみいって来そうなので、立ちあがろうとするのを、

「まあ、いいじゃないの。ちょっとお待ちなさいよ。いま御馳走をしようかと思ったところなんだから。もうじきよ」

芸者たちもなるべくなら、ちょっとでも長くここにいたかったにちがいない。紫虹にとめられると、もじもじしながらまた腰を落ちつけた。

やがて紫虹は腰元の衣裳をつけてしまうと、鏡台わきからチョコレートの缶を取りあげて、

「先生、これ、あなたがお贈りくださいましたの」

「いいや、ぼくじゃない」

「あら、そう、じゃ、どなたかしら。なんでもいいわ。みんなでこれいただこうじゃないの。おいしそうよ。先生、ひとついかが？」

「ああ、そう、じゃぼくから……」

耕助がまっさきにとると、芸者やおしゃくもひとつずつとり、雷蔵と紫虹もほおばって、口をもぐもぐさせているところへ、

「お目出度う」

と、初日の挨拶をして入ってきたのは、男衆に手をひかれた盲目の老女だった。いうまでもなくおりんだが、十七年の歳月は、おりんの容貌にもけわしい風雪をつみかさねて、失明しているせいもあるが、昔の面影はさらになかった。手を引いている男衆は音爺いだったが、これもまた、哀れなほど老い朽ちていた。

「あら、姉さん」

紫虹はあわててチョコレートを飲みくだすと、

「ちょうどいいところだったわ。珍しいかたがいらしてくださいましたのよ」

「珍しいかたって?」

「ほら、二、三日まえ、お話ししたでしょう。金田一先生……」

「おや、まあ、金田一さんが……」

盲いたおりんの顔色には、さっと懐しさがみなぎった。手を引いていた音爺いも、びっくりしたように耕助を見る。

「姉さん、すみません、すっかり御無沙汰しちゃって。ぼくもあの後、兵隊にとられたりなんかしたもんだから……」

「まあ、まあ、でも達者でよござんしたわ。近頃ちょくちょく、新聞にお名前が出るってうかがってましたもんですから、かげながらよろこんでたんですよ。今日はまたようこそ」

「ええ、これからまた、ちょくちょく寄せていただきます。紫虹君も雷蔵君も、みんないい役者になって……」

「有難うございます。これからせいぜいヒイキにしてやってください」

そこへ柝（き）の音がきこえてきたので、

「先生、それじゃあたしはこれで失礼しますわ。あたしのかさねをぜひ見てください」

「ああ、見せてもらいます」

「兄さんのかさねはぼくも見ておかなきゃ……」

雷蔵もあたふたと立ちあがった。紫虹は出ていきかけて、

「先生、今日は御ゆっくりなすってもいいでしょう」

「ええ、はねまで見ていきますよ。雷蔵君の鯉つかみを見ていかなきゃ」

「ああ、そう、それじゃはねてから、ちょっとつきあってくださいません。お話ししたいことがございます」

紫虹の話というのはわかっている。昨夜の幽霊の一件にちがいない。

「ああ、いいとも、それじゃそのころ、もういちどここへ来よう」

「若旦那、わたくしはこれから、さっきおっしゃったところへいって来ようと思うんですが、よろしゅうございますか」

あの火傷のある男衆が、そのときおどおどそばから口を出した。

「ああ、いいわよ。用事があったら音爺いに頼むから。先生、それじゃまたのちほど」

耕助は皆に別れると自分の席へ帰って、かさねの一幕を見物した。

紫虹も京三郎もよい出来だったが、それにつけても耕助は、鶴之助を思い出さずにはいられなかった。もし、これが鶴之助の与右衛門だったら。……

ところが、この幕の終りごろになって、見物席でちょっとした騒ぎが起った。誰か病人が出たらしく、二、三人よってたかって廊下へかつぎ出すのが見えたが、ふと見ると、その病人というのが、さっき紫虹の楽屋にいたおしゃくらしかったので、耕助はなんとなく怪しい胸騒ぎをおぼえた。

しかし、すぐまた、この暑さだから、きっと暑気当りでもしたのだろうと、気を取りなおしているうちに幕になった。

このあとが鯉つかみなのである。

耕助は廊下へ出て煙草を一本吸うと、すぐまた席へもどって来た。

ところが、鯉つかみの幕のあく直前になって場内放送がつぎのような意味の口上をのべたので、耕助ははじかれたように椅子から立上った。

「佐野川雷蔵急病につき、滝窓志賀之助ならびに鯉の妖精ふた役、佐野川紫虹代って相勤めます」

耕助はそのとたん廊下へとび出していた。

紫虹の楽屋へ入っていくと、騒然たるなかに紫虹が若衆の衣裳をつけていた。そばには美しく化粧をした雷蔵が昏倒しており、医者が注射を打っているそばで、おりんと音爺いがおろおろしている。

「紫虹君、いったい、ど、どうしたんです。雷蔵君は……」

「あっ、先生、どうしたのかわかりませんの。衣裳をつけるだんになって、急にひっくりかえったんです」

紫虹の声もふるえている。耕助は医者のそばへよって、そっと雷蔵の顔をのぞきこんだ。雷蔵は真紅に充血した顔をして、額にいっぱい汗をかき、苦しそうな息づかいである。意識はないらしかった。

「さ、先生……」

金田一耕助はあえぎながら、

「大丈夫ですか、雷蔵君は……」

「生命には別状ないと思いますが、しかし、不思議ですね。原因がわからないんで……」

医者のことばを聞いたせつな、耕助の頭脳にさっとひらめくものがあった。かたわらを見ると、さっきみんなでつまんだチョコレートの缶がまだそこに放り出してある。

「先生」

耕助は声をふるわせて、

「さっきここで、このチョコレートをつまんだひとりが、いま客席のほうでやっぱり昏倒しているんです。もしや……」

医者ははじかれたように耕助の顔を見、それからチョコレートの缶をひきよせた。

「せ、先生……」

紫虹が悲鳴に似た声をあげたが、そこへあわただしく頭取がとびこんできた。

「若旦那、若旦那、お客さんがわいて困りますから……」

「ああ、紫虹君、いって来たまえ、ここはぼくが引きうけるから」

「先生、お願いします。音爺い、来ておくれ。こうなったらおまえさんひとりが頼りよ」

十七年まえと同様、早変りの手伝いは音爺いがやることになっているのである。

「先生、それでは……」

「ああ、しっかりやりたまえ」

「なにぶんよろしく……」

紫虹は泣きわらいのような微笑をのこして、音爺いとともに楽屋を出ていったが、これが生きている紫虹の見おさめになろうとは、神ならぬ身の、誰ひとりとして知るよしもなかったのである。

いったい代役というものは、本人より身分のひくいものが勤めるときまったものだが、この場合、鶴之助追善の意味があるので、紫虹がみずからすすんで、勤めることになったのだが、これには見物大喜びであった。

もっと若いころには男役も勤めたそうだが、ちかごろは女形専門でとおしている紫虹の、前髪すがたが見られるというので、若い芸者などもう夢中だった。

じっさい、水からせりあがった紫虹の姿は、水の垂れそうなほどの美しさだった。桜姫をつとめる京丸との色模様も色気たっぷり、一転して見現しになり、鱗がたの浴衣いちまい、京三郎の家老との立廻りには、鯉の精の妖気がほとばしった。

やがてまた宙乗りになり、揚幕から放たれた矢にあたった心で、狂いながらざんぶと池に……。

そこで見物の眼はいっせいに、揚幕のほうへそそがれる。滝窓志賀之助のさっそうたる姿を期待して……。

しかし、その志賀之助のすがたは、いつまで待っても現れなかった。十七年まえの千秋楽と同様に……。

現れないのも道理、紫虹はあの仕掛けの鉄管から、奈落へ抜けるとほとんど同時に死んだのである。

報せを聞いて、金田一耕助が医者とともに駆けつけたとき、紫虹はまだ呼吸があり、弱々しく喘ぎながら、口から泡をふいていたが、医者の注射を待つまでもなく、恐ろしい痙攣が全身をおそったかと思うと、やがて、弓のように体を硬直させ、がっくり息が絶えてしまった。

鱗がたの衣裳を着て、青く隈取った顔が物凄い。

水木京三郎

惨劇の夜は明けた。

金田一耕助はがらんとした稲妻座の、平土間椅子席にただひとり腰をおろしている。まるで置きわすられた置物のように、首うなだれたまま動かない。

舞台はまだ『鯉つかみ』の奥庭の場があいたままだが、役者のすがたはむろん見えない。そのかわり、おりおり警官がいそがしげに出たり入ったりする。

劇場の内部にはまだ要所要所に電気がついているが、それが朝の光と交錯して、かえって侘しさをましている。

今朝のある新聞はこの小屋のことを、幽霊座と呼んでいるが、じっさい、明るい朝の光線のなかにむき出しにされた小屋の内部は、むざんなほどの荒れようである。雨漏りのしみ、くろずんだ壁、破れたシート。……稲妻座は小屋がくさっているという評判もむりではない。

金田一耕助は椅子に腰をおろしたまま、あいかわらず身動きもしない。はたから見ると眠っているように見える。くさった小屋のよどんだ空気が、侘しげにその周囲をめぐって流れる。

しかし、耕助は眠っているのではない。昨夜かれは一睡もしなかったけれど、頭脳はかえって冴えかえっている。不眠のために頰はこけ、眼は落ちくぼんでいるけれど、胸のなかには、はげしい怒りの嵐が吹きあれている。

金田一耕助が首うなだれ、身うごきもしないでいるのは、その嵐をおさえつけて、まとまった思考の塔を築きあげようとしているのである。

耕助はもう一度、昨夜からのことを思い出してみる。

佐野川紫虹のあの恐ろしい苦悶と、急激な死を目のあたり見たとき、誰の頭脳にもすぐうかんだのは、楽屋で昏倒している雷蔵のことだった。紫虹も同じ薬でやられたのではあるまいか。……

「音平さん、これはいったい、ど、どうしたというンです」

金田一耕助は何気なく、音爺いのほうをふりかえって、一瞬、はっと呼吸をとめた。音爺いの顔に、なんともいえぬ物凄い表情のうかんでいるのを見たからである。

年をとってなにもかも諦めきったようなあの音爺いの顔に、そのとき、悪魔のような残忍な影が、復讐鬼のつめたいよろこびに似た色が、強く浮き出していると見てとったのは、金田一耕助のひがめだったろうか。それとも奈落のうすぐらい光線のせいだったろうか。

だが、金田一耕助に声をかけられた瞬間、音爺いの顔色はばらりと変った。いつもの無感動な表情になって、

「さあ。……わたしにもさっぱりわかりませんので、わたしどもここで、若旦那が仕掛けを抜けていらっしゃるのを待っておりましたンで。それで、早変りのお手伝いをしようとしますと、急に苦しみ出したンで。……」

音爺いのほかにもうふたり、弟子がそこにいたが、かれらのいうことも同じだった。紫虹は仕掛けをぬけてくると、ばったり奈落の床に倒れた。弟子のひとりが手をとって扶け起すと、紫虹はその手をふりはらい、なにかしら、びっくりしたような顔色で、きょとんとあたりを見まわしていたが、ふいによろよろと音爺いの足下にすがって起きあがろうとしたところで、急に泡をはき、はげしく痙攣しはじめたので、弟子たちがきゃっと悲鳴をあげたのである。

「わたしにゃ何がなんだかさっぱりわけがわかりません。まるで狐につままれたような気持ちで。……」

　金田一耕助は注意ぶかく、そういう音爺いの顔色を見まもっていたが、その顔色にうそはなさそうであった。音爺いもほんとにびっくりしているらしいのである。しかし、それでは、さっきの奇妙な表情は……？

　金田一耕助はしかし、すぐ妄想をはらいおとすようにはげしく首をふって、

「先生、とにかく楽屋へはこんでいきましょう。手当てによってはまだ……」

　医者はかるく首を左右にふったが、しかし反対はしなかった。弟子たちや、報せを聞いて駆けつけてきた幕内のひとたちが、すぐ駆けよって紫虹のからだを抱きあげる。

　金田一耕助はその一群についていこうとする、音爺いの手をとって引きとめると、

「音平さん、あなたはここに残っていてください」

　音爺いはさぐるような眼で耕助を見る。

「ここは大切な現場なんだ。おまわりさんが来るまで、誰もこの現場に手をつけちゃいけないんだ。だからね、音平さん、あんたここで見張りをしていてください。誰もちかよらないように……。ね、音平さん、ぼくのいうことわかる？」

　音平はぽかんとした顔で耕助の顔を見ていたが、あいてに念をおされると、あわててこっくりうなずいた。しかし、はたしてかれが何をかんがえているのか、その無感動な顔色からは、さぐりようもなかった。

　人間もこれくらい年齢（とし）をとると、ちょっと人間ばなれがしてくる。鶴之助の男衆を

しているころ、音爺いはすでに六十ちかくだったから、いまでは七十の坂をとっくに越えているはずである。鶴右衛門、鶴之助、雷蔵と三代にわたって佐野川家につかえてきた音爺いは、甲羅（こうら）に苔が生えて、妖怪味さえおびている。ある意味では、とても金田一耕助などの手に負える相手ではなさそうだった。

「わかったね、じゃ、お願いしましたよ」

金田一耕助はそう念を押しながら、もういちどあたりを見まわす。

眼のまえにある大きな水船が無気味である。底はしまっていたけれど、それでもいくらか漏水があるらしく、それとさっき紫虹がぬけ出したとき、こぼれた水とで奈落は水びたしになっている。そのうえを幕内のひとたちがべたべたと踏みにじっていったので、あたりは惨憺たるありさまになっている。

金田一耕助はものうい眼でその水だまりを見ているうちに、急におそわれたように身ぶるいをした。

十七年以前にもかれはこうして水船のそばに立ち、水びたしになった奈落の床を視つめていたのだ。そのときの水船もやっぱりこれだったのにちがいない。

金田一耕助はやけにがりがり頭をかきまわしながら、水船と、水船のそばに立っている音爺いの説明を待つかのように。……

しかし、音爺いは相変らず、きょとんと無感動な顔をして立っている。

金田一耕助はおこったような声で、

「それじゃ、音平さん、お願いしますよ」

と、もういちど念を押すと、いそいでその場をはなれた。

楽屋へかえってくると、ちょうど医者が紫虹の死を宣告しているところだった。医者の宣告を聞いて、廊下に立っているひとびとのあいだから、すすり泣きの声がもれる。

金田一耕助はそのすすり泣きをかきわけて、のれんのなかへ入っていった。

「先生。やっぱりいけませんか」

「お気の毒ですが……現代の医学の力では……」

「雷蔵君のほうは……？」

「こちらはもう大丈夫です。間もなく意識も恢復するでしょう」

「金田一先生」

そのとき横から改まった声をかけたのはおりんだった。おりんは紫虹と雷蔵と、ふたりならんで寝かされた枕もとに、盲いた眼をうすく閉じて、端然として坐っている。

「ああ、姉さん、とんだことが出来ちまって……」

金田一耕助が挨拶するのを、

「いいえ」

と、おりんは手をあげて軽くとめると、

「そのことよりも、これは警察へとどけなければならないんでしょうねえ」

と、落ちつきはらった声でたずねた。

「ええ、そ、それはもちろんですとも。こちらさんには重々お気の毒ですけれど」

「いいえ、それより音平はそのへんにおりませんか」

「ああ、音平さんなら奈落で番をしてもらっています。警察のひとたちが来るまで、むやみにひとを近づけないようにと思って……」

「ああ、そう、それじゃ頭取を呼んでください」

頭取はのれんの外に立っていた。蒼い顔をして入ってくると、おりんとふた言三言、何かこごえで話していたが、すぐあたふた出ていった。

金田一耕助はなにかしら、ふしぎなものでも見るような眼で、そういうおりんを見まもっている。たとえ腹ちがいとはいえ、げんざいの弟……それも稲妻座にとっては、かけがえのない花形役者が死んだというのに、おりんのあの落ちつきようはどうだろう。

おりんは昔から気丈な女であった。めったに感情の動揺をおもてに現さない女だった。しかし、それでもさっき雷蔵の倒れたときには、かなり狼狽の色を示したものである。

紫虹の場合は、雷蔵にくらべると、桁ちがいにことが重大なはずである。雷蔵は間もなく正気にかえるはずだが、紫虹は永遠にかえらぬひとなのだ。紫虹は死んだのだ。殺されたのかもしれないのだ。

それだのにおりんはどうして、ああも冷たく取りすましていることができるのだろう。

盲いているがゆえに、いっそう表情の読みにくくなったおりんの顔を、さぐるように視まもっているうちに、金田一耕助はふいと怪しい胸さわぎをおぼえた。つめたく取りすましているおりんの顔に、音爺いのあの無感動な顔色と、共通したものがあるのを感じたからである。

耕助が何かいおうとしたとき、医者がさきに口をひらいた。

「ときに、さっきのチョコレートの缶は……？」

「はあ、それはここにとってございます。大切な証拠ですから。……」

おりんは背後からまるいチョコレートの缶を取り出すと、手さぐりで蓋をとって金田一耕助のほうへさし出した。

「金田一先生、よく見てください。へっちゃアいないでしょうね」

耕助は及び腰になって缶のなかを見る。チョコレートは花のように美しく、缶のなかに整然とならんでいる。かぞえてみると、そのなかから六個だけ欠けている。あのとき、チョコレートを食べたのは、紫虹と雷蔵と金田一耕助。それに芸者がふたりに、おしゃくがひとり、都合六人がみんなひとつずつとって食べたのである。

「姉さん、大丈夫です。へってやアしません」

「そうですか」

「先生、紫虹君はやっぱり雷蔵君と同じ毒で……」

「いや、いや、それはまだわからない。第一、雷蔵君にしたところで、服毒したものかどうかよくわからないんですから。……それに、このチョコレートに毒が入っていて、ふたりともそれによって中毒したものだとしたら、紫虹さんのほうが雷蔵君よりもはやく、中毒症状をあらわさねばならんはずなんですがねえ。紫虹さんのほうが雷蔵君より、よほど多量のものを噛んでいなければならぬはずなんだから」

金田一耕助もそのことに気がついていた。

雷蔵が助かって、紫虹が命をおとしたとしたら、紫虹の噛んだ量は雷蔵よりも、よほど多量であったはずであり、したがってその症状も雷蔵よりはやく起らねばならぬはずである。それにもかかわらず、事実は紫虹が発作を起したのは、雷蔵よりもたっぷり三十分おくれていた。

しかし、舞台に出てからの紫虹はどうだったろうか。残念ながら耕助は、紫虹の最後の舞台を見ていないのだが、紫虹は苦痛をこらえて舞台をつとめていたのだろうか。

これは同じ舞台に出ていた京三郎や京丸に、きくよりほかにみちはない。

「ときに、さっき見物席で倒れた妓はどうしたろう。あの妓もチョコレートを食べたのだが……」

「ああ、雛菊さんのことなら、さっき表から話がありました」

答えたのは、おりんである。

「さいわい、お客様のなかにお医者様がいらして、事務所で看てもらったところが、命には別状はないそうです。しかし、その症状というのが、すっかり雷蔵と同じらしいので……」

「それで、ほかの芸者たちは……?」

「ああ、そのひとたちには別にかわりはないのでしょう。なんにもいって来ませんから」

「すると、チョコレートを食べた六人のうち、紫虹君と雷蔵君、それからおしゃくがひとりやられたきりで、ぼくやふたりの芸者衆には、かわりはなかったというわけですね」

金田一耕助はいまさらのように、背筋をつらぬいて走る戦慄を禁じえなかったが、そこへ廊下のほうから大声で、わめく声が聞えてきた。

「静雄ちゃんが殺されたって? そ、そ、そんな馬鹿なことがあるもんか。そりゃ何かの間違いだろう。静雄ちゃんにかぎって……」

のれんの外にむらがっているひとびとを突きのけて、大股に部屋に入ってきたのは、いうまでもなく水木京三郎。鬘はとっていたがまだ舞台衣裳のままだった。うしろにはこれまたお姫様の衣裳のままの京丸が、おびえ切った顔色でおどおどしている。

「姉さん、こりゃいったいどうしたというンです。静雄君が殺されたなんてうそでしょう。静雄君はひとに殺されるような……」

静雄というのは紫虹の本名である。京三郎は嚙みつきそうな調子でそういったが、そこに倒れている紫虹の死顔をひょいと見ると、

「ひゃっ!」

世にも異様な悲鳴をあげてとびのいた。それからいまにも飛び出しそうな眼で、くろずんだ紫虹の顔を見ていたが、

「姉さん。姉さん」

咽喉の奥をぜいぜいいわせながら、

「そ、そ、それじゃほんとうだったんですか。静雄君が殺されたというのは……」

「京さん、御覧のとおりですよ。殺されたのかどうかわかりませんけど……」

京三郎は咽喉仏をぐりぐりさせながら、何かいおうとしてあわてて唾をのみこんだ。

それから雷蔵のほうへ眼をやると、

「ね、姉さん」

と、押しつぶされたような声で、

「喜久雄さんは……？　喜久雄さんはどうなんです」

「雷蔵のほうは助かるそうですよ。おかげさまで……」

京三郎は立ったまま紫虹と雷蔵の顔を見くらべていたが、やがて眼をつむると、まるで悪夢でも払い落そうとするかのように、はげしく首を左右にふった。

頭取の案内で、警官たちがどやどやと、部屋のなかへ踏みこんできたのは、ちょうどそのときだった。

ところがその警官たちが、まだ口も開かないまえに、またひとり、のれんを掻きわけて礫のように飛びこんできたものがある。

紫虹の男衆で、顔半面におそろしい火傷のひきつれのある、民さんという男である。

民さんは警官たちを突きのけて、紫虹の死体に抱きつくと、

「若旦那、若旦那、どうしておまえさんはこんなことになったんです。誰が……誰が……」

民さんはそこで恐ろしい顔をあげると、真正面からおりんの顔をきっと睨んで、

「おかみさん、誰が若旦那を殺したんです。いいえ、おまえさんは知っているはずだ。誰が若旦那をこんなことにしたんです。いってください。さあ、いってください。お

かみさん、……」

金田一耕助はうずくような興味をもって、おりんと民さんの顔を見くらべながら、おりんが何んというかと待っていたが、そのときおりんの態度こそあっぱれだった。

おりんは眉も動かさず、ただ冷然といいはなつ。

「民造、おまえ、いったいどこへいったのだい」

おりんのその一言はまるで燃えさかる火に、水をそそぐような効果を持っていた。いままでいきり立っていた民造は、その一言で毒気を抜かれたのか、空気を抜かれたゴム風船みたいにシュンとして、あわてて生唾をのみこんだ。何故だろう。……

身売り

金田一耕助は平土間の椅子席に首うなだれて考えつづける。

窓からさしこむひとはばの光のなかに、くっきり浮かびあがったかれの姿はまるで殉教者のようだ。あるいは、かれは殉教者のようにじぶんの身を責めているのかもしれない。

稲妻座の外には新聞で事件を知った野次馬が大勢つめかけているけれど、小屋のなかはしいんと静まりかえっている。おりおり廊下をいききする警官たちの足音さえ、この静けさを破るどころか、逆に足音の消えたあとの陰気さを引き立てるようだ。

つまり、いまは稲妻座を震撼させた、昨夜のあの気の狂うような昂奮状態からいったんさめて、みんな虚脱の谷間へずり落ちているのだ。誰もかれもぽかんとして、考える力もうしなっているけれど、しかし誰ひとり知らぬものはない。この虚脱状態が、そう長くつづきはしないということを。この静けさこそ、やがて来るべき大爆発の前兆であろうことを。

金田一耕助は昨夜のことを考えつづける。……

それにしても警視庁から駆けつけてきた、担任警部というのが等々力警部であったことは、金田一耕助にとって仕合せであった。耕助はいままでにもたびたび、この警部と事件をともにしてきているのである。

ひととおり事情を聴取すると、等々力警部は耕助を人払いした作者部屋へつれこんだ。取りあえずこの部屋が捜査本部みたいになるらしい。

「金田一さん、あんたの意見はどうかね。紫虹はチョコレートを食べてやられたのかね」

「警部さん、そのことは、チョコレートの分析ならびに紫虹の死体解剖の結果を見なければ、はっきり断言することは出来ませんね。げんに同じチョコレートを食べながらこうして無事でいるやつもいるんですから。しかし、まあ、十中八九まちがいないと思いますが……」

「そうすると、誰が紫虹にチョコレートを贈ったかということだが……」

そのことならば、すでに一応の調査が出来ていた。その日の午前中、まだ芝居が開かないうちに、紫虹さんにといって届けられたのがそのチョコレートだった。こういうことはままあることなので、楽屋番もさのみ気にもとめなかったから、したがって相手の人相もよくおぼえていなかった。名前をきくとなかに名刺が入っているというので、それ以上追究もしなかった。ところが実際は名刺なんか入っていなかったのである。

「へえ、そのおかたですか。そのひとは髪を切髪にした、白髪の上品なお婆さんでしたが、それ以上のことはどうも……何しろ、今日は初日でごたごたしていたものですから。……」

楽屋番は今度の事件が、じぶんの責任ででもあるかのように、すっかり怯えきっていた。

「とにかく紫虹や雷蔵があのチョコレートにやられたとしたら、チョコレートのなかには毒の入ったやつと入らぬやつとがあったわけですな」

「そうです、そうです。ぼくだの、ふたりの芸者はべつになんともなかったんですからね。それがぼくにはちょっと妙なんで……」

「妙だというのは……？」

「あのチョコレートの缶は紫虹にあてて贈られてきたのだから、犯人は明らかに紫虹をねらってのことと思われる。それをなにも知らずに六人のものが食べたのに、そのうちの三人はべつに異状はなく、あとのふたりは中毒したが、大したこともなく助かった。そして紫虹だけが……ねらわれた紫虹だけが死んでしまった。……と、いうのはあまりうまくいき過ぎてるじゃありませんか。それも紫虹がむしゃむしゃと、三つも四つも食べたというのならともかく、みんな公平にひとつずつ食べたきりなんですからね」

「なるほど」

等々力警部はうなずいて、

「狙われた当の本人が、いちばん強いやつをつまんだというのは、偶然にしてはうまく出来過ぎているというんですね」

「そうです、そうです」

警部はだまって考えていたが、やがて顔をあげると、

「さて、誰から聴取りをしていったものかな。あんたはこの一座の事情に、だいぶ精通しているようだが……」

「水木京三郎からはじめたらどうです。あの男は紫虹が死ぬ直前、いっしょに舞台に

立っていたのだから」

呼ばれて水木京三郎がすぐにやってきた。むろん化粧も落し、部屋着に着かえている。金田一耕助は、久しぶりに見る京三郎の素顔の、あまりにもひどい老けかたに驚かずにはいられなかった。

かつて鶴之助と人気を争った京三郎は、まだ五十まえのはずだのに、もうよぼついた感じである。鶴之助のあの事件が、この男にいかに大きな打撃をあたえたか、それだけでもわかるのである。あの事件さえなかったら、京三郎は大阪落ちをすることもなく、東京の舞台でいよいよ人気をかため、おそらく名優あいついで死亡した、戦後の歌舞伎界では大立者になっていたことだろう。

警部の質問に対して京三郎は、ひくい声で言葉少なにこたえた。それによると舞台における紫虹の様子には、少しもかわりなかったというのである。

「このことはお客さんがたに聞いていただけばよくわかります。静雄君、とても元気で、仕掛けの水船へとびこむまで、十二分に気を入れてやっておりましたから、あのあとすぐに死ぬなどとは……」

「あなたはさっきひどい剣幕で、静雄君が殺されるなんて、そんな馬鹿なことがあるもんか。そりゃなにかの間違いだろうとおっしゃってましたね。あれは何か確信あってのことですか」

　金田一耕助の質問に対して、京三郎はぎくりと体をふるわせたが、

「いえ、あの、それもいま申しましたとおり、静雄君、とても元気だったものですから……まさか死ぬとは……」

　吃りながら答えたものの、その顔色には血の気がなかった。金田一耕助は注意ぶかくその横顔を視まもりながら、

「京三郎さん、昭和十七年ごろ、あなたは満州へ慰問旅行にいらしたそうですが、その際、鶴さん、いや、鶴之助さんにおあいになったという話があるんですが、ほんとうですか」

　金田一耕助の唇から、鶴さんという名が思わず出たとき、京三郎はびっくりしたように、耕助の顔を見なおしたが、その瞳には見る見る一種のかぎろいがひろがって来た。

「ああ、あんたは……」

　と、ごくりと生唾をのんで、

「耕ちゃん、いや、あの、金田一さんじゃありませんか」

「あっはっは、やっと思い出してくださいましたね。そうですよ。その耕ちゃんの金田一ですよ。ずいぶんお久しぶりでしたね」

「そうだ、そうだ、あんたの噂は聞いていた。それじゃあんたは……」

と、等々力警部と見くらべて、

「そうだったのか」

はげしく瞬く眼をいそいでほかにそらしたのは、ひょっとすると、不覚に湧き出る涙を見られたくなかったためではあるまいか。

「いや、どうも失礼しました。あまり意外で、……懐かしくもあったものですから。……ところで、耕……いや、あの金田一さん」

と、京三郎はちょっと耕助の顔を見て、すぐその眼をそらすと、

「いまのあなたのお話ですがね。満州で鶴さんにあったという話。……あれは根も葉もないことなんです。うちの新平が鶴さんにちょっとよく似た男を見かけて、そんなことをいふらしたんですよ。あれは、まったく出たらめなんで」

だが、それだけのことをいうのに、京三郎はなぜ顔をそむけていなければならないのか。なぜ、耕助の顔をまともに見ておれないのか。……なぜか落ちつきを欠いている京三郎の様子を、金田一耕助は注意ぶかく視まもっていたが、やがてにっこり笑うと、

「ああ、そう、いや、有難うございました。それじゃこれで……ああ、すみませんが、おりんさんにこちらへ来るように伝えてくださいませんか。警部さん、いいでしょう」

警部がうなずくのを見て、京三郎は一礼して出ていった。なぜかよろめくような足

どりだった。警部はうしろ姿を見送って、

「金田一さん、あんたはあの男を御存じですか」

「ええ、ずっと昔、よくいっしょに遊んだものです。もう十七年もまえのことですがね。ところで、警部さん」

「はあ」

「ぼくが鶴之助のことをいい出したときの、あの男の素振りをどうお思いですか。あの男、ぼくが金田一耕助だとわかった意外さにかこつけてしまいましたが、なんだかひどくあわてたように思いませんか」

「金田一さん」

警部はむつかしい顔をして、

「あんたは今度の事件が、十七年まえの鶴之助の失踪事件と、何か関係があると思ってるンですか」

「それはどうだかわかりません。しかし、もしかりに京三郎が満州で、鶴さんにあったとしても、なぜ、それをあんなにひたかくしにしなければならないのか、それがぼくにはわからない。……ああ、いらっしゃい。姉さん」

弟子に手をひかれて入ってきたおりんを見ると、耕助はすぐに立って席をすすめた。おりんは席が落ちつくと、弟子を去らせて、さて警部や金田一耕助のほうへむきなおった。

「金田一さん、あたしになにかお訊ねがおありだそうだけど、あたしにゃなんにもお答えすることはないと思いますよ。あんたがたは静雄にチョコレートを贈ってきたひとを探しゃアいいんです。ね、そうじゃありませんか」

おりんは尼将軍の貫禄十分に、落ちつきはらった切り口上だった。

「ええ、そ、そりゃそうです。しかし、姉さん、ぼくのお訊ねしたいってのは、そのことじゃないンですよ。もっとほかのことなんです」

「ほかのことって？」

「さっきね、ほら、紫虹君の楽屋で、民さんてえンですか。紫虹君の男衆が、紫虹君の死んだのはまるで姉さんの責任みたいなことを言ったでしょう。いえ、ちょ、ちょっと待ってください。ぼくのいうのはそのことじゃないンです。そしたらそのとき姉さんが、民さん、おまえどこへ行ったんだいと極めつけましたね。あれはどういうわけなんです」

「金田一さん、それはあなたのお聞きになったとおりですよ。あたしはただ……」

「それはそうでしょうが、姉さんにそれを訊かれると、民造君、いっぺんにペシャンコになっちまったんですよ。だから、あれはどういうわけだろうと……」

盲いたおりんの唇に、皮肉な微笑がひろがっていく。

「金田一さん、そのことならばあたしに聞くより民造に聞いてみてください。あれがどこへ行ってたのか……」

おりんの言葉には、氷のような冷たさがある。金田一耕助はその顔を見ながら、

「そうですか。それじゃそういうことにしましょう。しかし、姉さん、あの民造というのはどういう男なんです。昔ぼくが出入りしてたころには、ああいう男はいませんでしたね」

「あれはね、静雄がべつに家を一軒持ってから、出入りをするようになった男なんです。ちょうど戦争も終りのころで、いろいろ物資が不足するでしょう。それを調達するのに便利だというので、静雄が眼をかけていたんですね。そのうちに、せんに静雄についてた男衆が空襲でやられて、そのとき民造も泊ってたそうですが、まあ、よく働いたんですね。体中に大火傷なんかして……そういう義理があるもんだから、静雄が男衆にしたんです。あたしゃよく知らないンだが、機転のきくいい男衆だって評判ですよ」

「なるほど、それじゃ紫虹君はよほどまえから姉さんと別居してるンですね」

「ええ、あの子もあれでいろいろ考えがあるもンだから。……」

おりんの調子は相変らず冷たかった。金田一耕助はその顔を見まもりながら、しばらく無言で思いまどうふうだったが、急に思い切ったように、

「姉さん、あなたは篠原アキという女を御存じじゃありませんか」

かくべつ威嚇するような調子でもなかったにもかかわらず、そのときのおりんの顔色こそ観物であった。

おりんはまるで、突然、敵の襲撃でも受けたかのように、声なき悲鳴をあげて、二、三歩うしろへとびのいた。全身が瘧にでもかかったようにはげしくふるえた。顔色が真蒼になって、いたましい惨苦のいろにひきつっている。

「姉さん、それじゃあなた知ってるンですね。篠原アキという女を。……」

「金田一さん、金田一さん」

おりんは咽喉をぜいぜいいわせながら、

「誰か呼んで……誰かうちの者を呼んで……」

とっさに金田一耕助は、おりんが倒れるのだと思ってそばへ駆けよった。それから大声で弟子の名を呼んだ。弟子はすぐとんで来て、うしろからおりんの体をかかえた。

「金田一さん」

おりんは弟子の肩につかまりながら、見えぬ眼を耕助にむけて、

「あんたはひどいかたね。だしぬけにおどかしたりなんかして。……でも、あんた、その女をどうして知ってるの」

「ぼくは鶴さんに頼まれて、その女の素行を調べたことがあるンです。鶴さんが失踪

するすこしまえのことでしたが……」

「ああ！」

おりんの顔色にまたしても惨苦のいろがふかくなる。

「そうだったの、そういうことがあったの。それじゃあのとき、あたしにいってくれりゃよかったのに。……金田一さん、そのことについちゃいずれお話ししましょう。ぜひあなたに聞いていただきたいわ。でも、いまは堪忍して。あんまりびっくりしたもンだから、あたし心臓が苦しくなって。……おまえさん、あたしをどこか静かなところへつれてっておくれ」

金田一耕助は茫然として、弟子の肩につかまっていくおりんの姿を見送っている。それはもう尼将軍といわれる日頃のおりんではなかった。路傍に物乞いする老婆のような、みじめな影が、おりんの後姿にしみついている。

金田一耕助は飛び出しそうなほど見張った眼を、等々力警部と見交した。それからあわてて空咳をすると、

「ああ、いや、警部さん、篠原アキという女については、いずれお話しするとして、そのまえに聴取りをつづけようじゃありませんか。民造という男を呼んでください」

民造はすぐにやってきた。

むっつりと入ってきて、警部や金田一耕助のまえに席をしめた、この大きな火傷の

ひきつれのある男の顔を見たとき、金田一耕助の頭脳にすぐ来たのは、こいつひとすじ縄でいくやつじゃないという印象だった。

「ああ、民造さん、あんたを呼んだのはほかでもないがね、あんたはいったいどこへ行ってたンだね、あの大事なときにさ」

金田一耕助は出来るだけかるい調子で口を切ったが、それでも民造は敵意をふくんだ陰気な眼で、じろりとその顔を見ると、

「竹村さんに会いにいったんです」

と、ひくいしゃがれ声でぽつりと答えた。

「竹村さんというのは……？」

「会社の重役さんでさ。ほら、あっちのほうの……」

金田一耕助はふいに大きく眼を視張った。会社というのはいま日本で、歌舞伎興行を一手に握っている大会社のことである。金田一耕助はさっき劇評家の佐藤亀雄から、会社が稲妻座を手に入れたがっていることを聞いた。

「ほほう、そりゃまたなんの用事で……」

「若旦那の身売りのことでさ。その下相談にいったんです」

金田一耕助はまた大きく眼を視張った。

「それじゃ、紫虹君はあっちのほうへ身売りをする肚(はら)があったんですか」

「当りまえでしょう、どんなに腕があるからって、いつまでもこんなくさった小屋に縛られていちゃ、人気は落ちる一方でさ。だから若旦那もとうとう御決心をなすったんで」

「しかし、そのことをおりんさんは知ってるのかね」

「むろん、内緒でさあね。そんなことがわかっちゃ、あのおかみさんの気性だもの、どんなことになるかわかりゃしない。だから、わたしどもも出来るだけの用心はしていたんですが……」

　そこで民造は言葉を切ると、ふいに怒りのこみあげたギラギラするような眼を耕助のほうへ向けて、

「しかし、おかみさんはそのことを、きっと勘づいていたにちがいない。さっきわたしを極めつけた言葉で見ても、……そしてそれと気がついちゃ、あのおかみさん、若旦那をただじゃおかなかったでしょうよ」

　民造の語気には、歯のあいだからしたたり落ちるような毒気があった。

二つの毒

　金田一耕助はやっと平土間の椅子席から立ちあがった。それから眼がさめたように、

あたりを見まわすと腕時計に眼を落す。

時間はかっきり十時である。

耕助は寝不足の眼をしわしわさせながら正面の廊下へ出て見る。夏の陽ざしをいっぱい浴びた劇場外の広場には、野次馬がいっぱいたかっているけれど、かれの待っているものはまだ来ない。

金田一耕助は紫虹の解剖の結果を、チョコレートの分析報告を待っているのである。それがはっきりわかるまでは、推理の立てようもなく、何事も手につかなかった。

耕助はしばらく正面玄関に立って、眩しい夏の陽ざしを見ていたが、やがて踵をかえすと、見物席から楽屋へ入り、紫虹の部屋をのぞいてみる。

紫虹の死体は解剖のために持っていかれて、もうそこにはなかったけれど、雷蔵が寝床のうえに起きなおって、弟子のお給仕でオートミールをすすっていた。雷蔵は真夜中ごろに意識をとりもどしたのである。

「やあ、雷蔵君、食欲はどうかね」

「あっ、先生」

雷蔵はあわてて坐りなおすと、

「御心配をかけてすみません」

ペコリと頭をさげた。耕助は眼を細くして、

「いやあ、そんなことはどうでもいいが、もう少しで雛菊と心中するところだったじゃないか」

「いやだなあ、先生は。……よくなるとすぐあんなことをいってからかうんだもの」

雷蔵はほんのりと顔をあからめた。

「あっはっは。でも、うっかりすると佐野川雷蔵、おしゃくと心中をはかるなんて、新聞に書き立てられるところだったぜ」

「また。……」

「御免御免、もういわない。だけどあの妓、その後どうなんだろう」

「はあ、さきほどお電話がございまして、すっかりおよろしいそうでございます」

弟子がそばから言葉をそえた。

「それはよかった。ときに姉さんは……？」

「おかみさんはお宅へおかえりになりました。片袖を持ってくるとおっしゃって。……」

「片袖ってなあに？」

オートミールをすすりながら、雷蔵があどけない眼をあげて訊ねる。

「いえ、あの、さあ、なんでございますか」

弟子はあわてて言葉をにごすと、耕助に眼くばせをする。耕助はだまってうなずいた。

片袖というのは十七年まえ、鶴之助の失踪した際、遺留品としてのこしていった舞台衣裳の片袖のことなのである。

惣ざらいのあとで、片袖浴衣の不思議な影が障子屋台からあらわれて、水船のなかへ消えたという話は、昨夜も問題になったが、その片袖がおりんの手もとに、鶴之助のかたみとして、いまでも保存してあると聞いて、金田一耕助が見たいといい出したのである。おりんはそれを取りにいったのだろう。

「ときに音爺いのすがたが見えないが……」

「音平さんは奈落でございましょう。先生にいわれたからって、あの水船の底を見張っているンでございます」

「それはそれは……もういいんだのに……それじゃちょっといってみよう」

奈落へおりてみたが、音平のすがたは見えなかった。水船にはまだ水が張ったままなので、漏水のためにそのへんいったい水びたしになっている。耕助はあたりを見まわしながら、

「音平さん、音平さん、どこにいるの」

声をかけると、薄暗いものかげから、まるで物の怪のようにのっそりと現れた。

「ああ、音平さん、まだここにいたの。もういいんだよ。おまわりさんの取り調べは

すんだンだから」

「へえ。……」

音平はしかし、その場を動こうともしなかった。うつむいたまま、もじもじしている。

「どうしたの。どうして上へいかないの」

「あっしはここにいたほうが勝手なんで」

「どうして？」

「ここにおりますと若旦那が……せんの若旦那がいまにもその水船をぬけて、出ていらっしゃりそうな気がするもんですから。……」

音平の言葉をきいたせつな、金田一耕助はとつぜん胸のなかが熱くなるのをおぼえた。音平はここで鶴之助を待っているのだ。

「十七年まえ、あっしがここで眠っちまったばっかりに、若旦那のお行方を見うしなっちゃいました。こんどここから出ていらっしゃったら、何がなんでもお引きとめせにゃならんと思いまして。……」

音平は筒袖のふところから、手拭いをわしづかみにして取り出したが、そのとたん、何やらひらひら、水びたしになった床のうえへ落ちたものがある。金田一耕助が拾いあげてみると、それはブロマイドで雷蔵の舞台姿であった。彼はこの前の興行に出た

『八犬伝』の犬塚信乃らしい。

「音平さん、こんなものがふところから落ちたよ」

手拭いで眼をこすっていた音爺いは、それを見ると、

「ああ、こ、これは……」

とあわてて手拭いでよごれを拭いた。

「どうしたの、音平さん、それ……」

「へえ、昨夜御ヒイキのお嬢さんから頼まれまして……坊ちゃんにサインをしてもらってくれとおっしゃるンで。それをあの騒ぎですっかり忘れておりましたンで」

「八犬伝の信乃だね」

「はい、さようで」

ちょうどそこへ雷蔵の弟子があわただしくやってきて、

「先生、警部さんがお見えになりまして、先生をさがしていらっしゃいます」

「ああそう」

解剖の結果がわかったのだ。耕助は弟子のあとについていきかけたが、途中でふっとふりかえると、音平がまた薄暗いものかげへ入るところだったが、耕助が生きている音平のすがたを見るのは、それが最後だった。

あとから思えば音平が、犬塚信乃のブロマイドを持って、水船の底にひそんでいた

ということが、この事件の解決に非常に大きな意味を持つことになったのだが、耕助は、むろんそんなことに気がつくはずはなかった。

それはさておき耕助が作者部屋へ入っていくと、等々力警部は非常に昂奮の面持で、

「金田一さん、わかりましたよ。検査の結果が……だけど、それがたいへん妙なことになっちまって」

「妙なことって？」

金田一耕助もはっと肚胸をつかれる想いである。等々力警部の顔色からして、予想外の結果が出たことは明らかである。

「まず最初に、チョコレート分析の結果からお話しすると、残っていたチョコレートのたったひとつに、毒が仕込んであったそうです。但しその量は致死量よりはるか下で、少なくとも三つは食べなければ死なないくらいの量だったそうです」

「そして、毒の種類は……？」

「ストリキニーネ。そして、雷蔵や雛菊の嘔吐物からも、同じ毒が発見されるんです」

「すると、何んですか。あのチョコレートの缶のなかには、ストリキニーネを仕込んだチョコレートが、四つまぜてあったというわけですか」

「四つとは……？」

「だって、そうでしょう。紫虹を殺したぶん、雷蔵と雛菊を殺しそこなったぶん、そ

れから残っていた一個……」

そのとたん、等々力警部の面上にものすごい表情があらわれた。

「ところが、紫虹の生命をうばったのは、ストリキニーネではなかったのです。毒は毒だが他の種類の毒、ニコチンだというンです」

金田一耕助は眉をひそめた。

「それじゃ、あのチョコレートには二種の毒が仕込んであったというわけですか。ストリキニーネとニコチンと。……」

等々力警部の顔にはまた物凄い表情があらわれる。

「いや、ところが紫虹を殺したニコチンは、口から入ったものじゃないんです」

等々力警部は一句一句に力をこめて、

「紫虹のからだを綿密に検査したところが、お臀のあたりにポッツリ紅い斑点が出来ていた。つまり紫虹はニコチンを塗った針で、お尻をつかれたというんです。しかもニコチンの毒性からいって、それは紫虹が苦悶しはじめる寸前だろうと。……」

金田一耕助はとつぜん大きな鉞(まさかり)で、頭をぶん殴られたような衝撃を感じてよろめいた。

耕助はいつかどこかで読んだことがある。外国の殺人事件だったか、探偵小説だったか。……ニコチンを塗った針……それじゃ紫虹の殺人に関するかぎり、あのチョコレートは全然無関係だったのか。

金田一耕助と等々力警部は、火をふくような眼を見かわしている。

苦悶をはじめる寸前に、紫虹のまわりにいたものといえば、音爺いとふたりの弟子だが、かれらに紫虹を殺す理由がないとすれば、さらにそれよりさかのぼって、水木京三郎のすがたが大きくうかびあがってくる。……

篠原アキ

「やっぱりそうでしたか。いや、静雄君が死んだ、殺されたということを聞いたとき、いずれまた、自分に疑いがふりかかってくるンじゃないかと思ったンですが……十七年まえの鶴さんのときがやっぱりそうでした。おかげであたしゃア、あたら一生を棒に振ったみたいなもンですからねえ」

京三郎は沈痛な色をして、

「しかし、金田一さん、警部さんも信じてください。あたしゃ静雄君に指一本ふれやアしませんでしたよ。十七年まえの鶴さんのときもそうだったように。……」

京三郎は嗚咽の声をのんだ。

金田一耕助と等々力警部のあいだで、紫虹の死因を中心として、細かい検討がなされてから間もなくのことである。

取りあえず参考人として、作者部屋へ呼び出された京三郎は、警部から紫虹の死因、ならびにその前後の事情——と、いうことは即ち京三郎に関する容疑なのだが——を聞かされたとき、さすがに驚いてはいたものの、しかし、見ようによっては、どこか覚悟をきめていたらしいところもあった。

「いや、いや、京さん、早まっちゃいけない。われわれはなにも、あんたが紫虹君を殺したといってるンじゃないンですよ。ただ、紫虹君が殺される直前に、いちばん身近にいたのはあんただから、何か気がついたことはないかと思って聴いてるンです。いわばまあ、これは内輪の相談みたいなもんだから、あんたも胸襟をひらいて意見を聞かしてください。京さん、あんたは今度の事件を、どんなふうに考えてるンですか」

これは耕助の本音だった。

前後の事情から考えると、京三郎こそいちばん疑わしい人物である。しかし、そうかといって耕助は、すぐにこの男を犯人だと考えることが出来なかった。そこにはいろんなものが欠けている。殺害の動機、ならびに殺害方法に関する専門的な知識——そういう点では京三郎は、もうひとつ適当な人物ではない。

しかし、金田一耕助は感じるのである。京三郎が何か知っているにちがいないということを。今度の事件に関して、何か重大なデータを握っているのではないかということを。……耕助はそれを掘り出したいと考えている。

京三郎は沈痛な色をして、

「耕ちゃん、いや、失礼だが耕ちゃんと呼ばせてください。そのほうがあたしとしちゃ腹蔵なく話が出来ると思うンです」

「結構ですとも。ぼくも耕ちゃんと呼ばれるほうがうれしいですよ」

金田一耕助はバリバリともじゃもじゃ頭を掻きまわしながら、真実、うれしそうに眼をかがやかせる。どうやら京三郎の口が割れそうな気配を看てとったからである。

警部は無言のまま、ふたりの顔を見くらべている。

「耕ちゃん、あんたはいま、こんどの事件についてどう考えるかという質問でしたね。ひとくちにいって、あたしにゃもう非常に意外だった。それよりほかにいいようがないほど意外だった。いや、いや、ちょっと待ってください」

金田一耕助が何かいおうとするのを身振りでとめて、

「そりゃアこういう事件の場合、誰でも口にする挨拶だというンでしょう。しかし、あたしのはそうじゃないンだ。あたしゃアね、今度の話があったときから、何かまた起るンじゃないか、不吉なことがあるンじゃないかと、いやな予感があったンです。だから、もっとほかの人間、たとえば雷蔵君あたりが殺されたと聞いたら、あたしゃそれほど驚かなかったかもしれない。しかし、紫虹君だけはちがうンです。紫虹君だけは、絶対にこんなことになろうたア思わなかった。だから、間違いじゃないかと思ったンです。いや、いまでも思ってるンです」

金田一耕助は等々力警部と顔見合せて、思わずからだを乗り出した。

「どうして……？　どうして雷蔵君なら殺されてもよいが、紫虹君が殺されちゃいけないんです」

京三郎の顔色にはとつぜん暗いかげがさした。それはなんとも名状することの出来ないような、痛ましい暗いかげだった。京三郎は救いようもないほどの沈痛な眼で、金田一耕助と等々力警部を見くらべながら、

「それは……」

と、ひとくちいってから口籠もった。口籠もってから、またふたりの顔を見くらべていたが急に思い出したように、

「それはそうと、おりんさんはいませんか」

「おりんさん……？　おりんさんがどうかしたんですか」

「この話はおりんさんのまえでしたいンです。あのひとがいたらここへ呼んで貰えませんか」

耕助はまた等々力警部と顔見合せたが、

「おりんさんならさっき浴衣の片袖……ほら、あんたも知ってるでしょう、鶴さんの

最後の舞台になった、鯉の精の衣裳の片袖を取りにかえったという話だが、もうこっちへ来てるかもしれない。呼びましょうか」

「ああ、それならその片袖を持ってくるようにいってください」

等々力警部はすぐにひとを呼んでおりんを呼びにやった。おりんは間もなく、弟子に手をとられてやってきたが、

「この話は絶対に他聞をはばかるンですが……」

と、いう京三郎の言葉によって、弟子はすぐ部屋から遠ざけられた。

あとには金田一耕助と等々力警部、おりんと京三郎の四人きり、薄暗い作者部屋には、物の怪のような緊迫がおそいかかってくる。

京三郎は落ちつきをうしなって、しきりにそわそわと額の汗をこすっていたが、それでも思いきったように口をひらいた。

「姉さん、あんた鶴さんの形見になった浴衣の片袖を持っていますか」

押しへしゃがれたような声である。おりんは無言のまま、ふところから小さくたたんだ片袖を取り出した。鯉のうろこがたを大きく染め出した布地である。京三郎はそれを受けとると、じぶんもふところから三寸角ほどに切った布地を取り出して、片袖のうえへ重ねると、警部と耕助のまえへ差し出した。

「見てください。同じ生地ですね」

耕助はふたつの生地を手にとると、ふいに大きく眼を視はった。生地といい、模様といい、まったく同じものである。

「京さん、あんたこれをどうして……？」

「満州で手に入れたんです。鶴さんの使いがその生地を証拠にあたしを迎えに来たンです」

金田一耕助はとつぜん、全身の感覚がしびれていくのを感じた。おりんはそれまで無言のまま、いぶかしげな顔をしてひかえていたが、いまの京三郎の言葉を聞くと、いったん、からだをうしろへそらせ、それから、泳ぐような手つきで京三郎に縋りついてきた。

「京さん、京さん」

おりんは見えぬ眼を見張って、狂気のように、

「それじゃあんた鶴之助にあったの。いつ、どこで……」

「昭和十七年のことでした。満州の通化というところで……」

「それじゃ、鶴之助は生きていたのね。だけど、それじゃ、なぜそのことを、あたしに報せてくれなかったの。ひどい、ひどい、あたしがどんなにあれのことを心配してたか、あんただって知ってるくせに……」

「姉さん、すみません。しかし、それにゃいろいろわけがあって……」

「いくらわけがあるからって、……ひどい、ひどい、あんまりひどい！」

おりんの盲いた両眼から、滝のように泪が溢れる。おりんは京三郎の膝をだいて、はげしく小突きまわした。

おりんが怨むのも無理はない。彼女がいかに鶴之助を愛し、いかに鶴之助を誇りとしていたか、耕助も知りすぎるほど知っている。

「姉さん、ま、まあ、待ってください。いま京さんがそれについて話をしようというのじゃありませんか。話を聞いてから、怨むんだったらうんと怨んであげるがいい。さあ京さん、話を聞こうじゃありませんか」

おりんも聞きわけのない女ではなかった。それに京三郎の話というのに、何かしら恐ろしい秘密がありそうなことに気がついたのか、急に京三郎の膝をはなれて、怯えたようにあとじさりした。

金田一耕助にうながされて、京三郎は力なくうなずくと、ギゴチなく空咳をしながら、

「いまいったとおり、それは通化でのことでした。うちの新平が鶴さんを見たといったのは間違いじゃなかったんです。その夜、興行がおわって宿舎へかえると、満人があたしを待っていた。あたしに会いたいといって待っているものがあるから、ぜひいっしょに来てくれろという。名前を聞いてもいわないで、これを見てくれればわかる

といって、渡されたのがその生地なんです」

「浴衣のきれはし。……」

金田一耕助はささやきながら、おりんの手に生地を握らせてやった。おりんの顔にうかんだ怯えの色はいよいよ深くなってくる。

「それで……？」

「その生地を見たとたん、あたしゃ頭から鉄釘でもぶちこまれたように驚きました。忘れようたって忘れられやアしません。鶴さんが最後の舞台に着ていた衣裳……鶴さんはその衣裳を着たまま消えちまったンです。そして、そのためにあたしがどんなにひどい目にあったか……」

京三郎はちょっと咽喉をつまらせたのち、

「しかし、そのときあっしが会いにいったのは、決して怨みをいうためじゃない。耕ちゃんや姉さんはよく知ってるはずだが、あっしゃ鶴さんとそりゃア仲がよかったンです。世間じゃあの時分、いろんなことをいってたが、あっしゃ鶴さんと兄弟分みたいな仲だった」

耕助とおりんは無言のままうなずいた。

「だからあっしゃ、懐かしくてたまらなかったから会いにいったンです。どういう事情で身をかくしたのか知れないが、出来ることなら内地へ連れてかえりたい……そういう意気込みで会いにいったンだが……向うへ着いたとき、こりゃもういけないと思った」

「いけないって、どうしていけないの」

「鶴さんがあっしを待っていたのは阿片窟でした。鶴さんは阿片と、それから胸の病いですっかりやられていたンです。あっしと話をしているあいだにも、何度も赤いものを喀きました」

「ああ！」

おりんの悲痛なうめき声である。京三郎はわざとそれから眼をそらして急いであとをつづけていった。

「鶴さんはあたしが大きな迷惑を蒙ったことを知っていた。あっしのほうから別に怨みはいわなかったが、鶴さんのほうから何度も何度もあやまって、そのあとで、身をかくしたわけを打ち明けたンです」

「そのわけというのは……？」

「ひとくちにいえば鶴さんは世をはかなんだんですね。あの時分いろんなことがあったでしょう。長男の光雄君は池へ落ちて死ぬ。それに取りのぼせてお染さんが亡くなる。また弟子の仙枝が崖から落ちて死ぬ……」

「だって、だって、それくらいのことで……」

「いいえ、姉さん。それがそうじゃないンです。鶴さんはもっと恐ろしいことを知ってたンです。それで……」

「その恐ろしいことというのは？……」

京三郎は言葉につかえた。かれの面にきざまれた、救いようのない暗いかげは、いよいよ悲痛なものになっていた。

「京さん、その恐ろしいことというのは……？」

おりんにうながされて、京三郎は急に事務的な口調になって話し出した。そうするよりほかに、かれはこの恐ろしい内容を、表現するすべを知らなかったのであろう。

「光雄君とお染さんがほとんど同時に亡くなって、鶴さんが悲嘆の涙にくれていると き、弟子の仙枝が、こんなことを鶴さんの耳に入れたそうです。光雄君が庭の奥の池へ落ちたとき、仙枝はそれに気がついて駆けつけようとしたそうです。ところが池のそばに静雄君がいるのを見て、ほっと安心していると……」

「静雄が……静雄が池のそばにいたンですって！」

おりんは見えぬ眼を大きく見張った。京三郎は力なくうなずくと、相変らず抑揚のない声で早口にいった。

「光雄君は泣きながら、池から這いあがろうとする。静雄君がそのほうへ手を出したので、引張りあげてくれるのだろうと思っていると、逆に光雄君の頭をおさえて、池のなかへつっこんだ。光雄君はしばらく手足をばたばたさせていたが、そのうちにぐったり動かなかった。それを見すまして静雄君は、あたりの様子をうかがいながら、そっとその場を逃げ出した。物蔭からそれを見ていた仙枝は、あまりの恐ろしさに身動きも出来なかったというンです」

薄暗い作者部屋には、さっと妖気がほとばしる。それはまるで黒い霧のように、四人の体を押しつつんだ。

「京さん、そ、それはほんとうですか」

金田一耕助は思わずそう訊ねたが、おりんは口を利かなかった。強い衝撃をうけて、石のように体をかたくしているが、彼女はむしろ耕助よりも、京三郎の話を信じたらしい。

「嘘かほんとうか、あたしゃ知らない。あたしゃただ鶴さんに聞いたままを話しているンです」

京三郎は相変らず、淡々たる口調で、

「鶴さんもむろんそんな話はまに受けなかった。自分のしくじりをごま化すために、そんな作り話をでっちあげるンだろうといって、小っぴどく仙枝を叱りつけたそうです。ところがそれから四、五日たって、夜おそく芝居からのかえりみちで、鶴さんはげんにその眼で静雄君が、崖から仙枝を突きおとすところを見たンだそうです。いや、突きおとしたばかりじゃない。あとから崖をおりていって、崖下に倒れている仙枝の頭へ、大きな石を投げつけて……」

「もうたくさん、京さん、堪忍して、堪忍して……それ以上詳しく話をするのは止して……」

おりんはとつぜん悲鳴をあげると、両手でこめかみをおさえて、気が狂ったようにその場に突っ伏した。

「姉さん、姉さん」

耕助も全身の血が狂うような気持ちで、

「あんたはいまの京さんの話を信用することが出来ますか。いや、京さん、ぼくは決してあんたが嘘をついていると思わないンだ。だけど姉さん。……」

「わからない、わからない、あたしにゃわからない。だけどあの子の気性としちゃ、そんなことがなかったとはいえない」

「それじゃ、姉さんも紫虹に、そんな殺人鬼みたいな血のあることを認めるんですか」

「わからない、あたしにゃそんなむつかしいことはわからない。だけどあたしゃ、あの子が小さい時分から、なんだか怖くてたまらなかった。あの子がそばにいると、ぞっとするような気持ちだった」

おりんもいわず語らずのうちに、紫虹の性質のなかに殺人鬼性のあったことを認めているのだ。耕助は総身の毛が逆立つような恐ろしさをおぼえた。

「だけど、だけど、それだからって鶴さんは、なぜ身をかくさねばならないンだ。そりゃ紫虹は自分の弟だから。……」

「いいえ、そうじゃない。静雄は鶴の弟じゃないの。ほんとは鶴の子供なの！」

金田一耕助はまた全身の感覚が麻痺していくのを覚えたが、つぎの瞬間、ある恐ろしい考えがさっと脳裡にひらめいた。

「それじゃ……それじゃ……紫虹のおっ母さんというのは、もしや篠原アキという女では……」

「そうなの、そうなのよ、耕ちゃん」

おりんはやっと顔をあげると、

「たしか鶴が十六の年だったと思う。その春、かなり重い肺炎をやったので、予後が大切だというお医者さんの意見で、茅ヶ崎の別荘へやっておいたの。そのとき、附けておいた看護婦というのが篠原アキで、アキは鶴より五つ六つの年上だし、それにみっともない器量だったので、まさか間違いはあるまいと思っていたのに……それでうまれたのが静雄なの。静雄がうまれたとき鶴はまだ十七だもの、どうすることも出来やアしない。それで、静雄はひきとって、お父っつぁんの子として籍に入れることにして、アキには手切れ金をやって別れさせました。このことは誰も……静雄でさえ知らない秘密なんだけど、その後アキはお嫁にいって、しかもその御亭主というのに、毒をもって殺したという記事が新聞に出たときのあたしの驚き……。それ以来、篠原アキという名は、あたしにとっちゃ悪魔の合印みたいな気がするんです。でも、鶴がいなくなった時分、あの女はまだ牢にいたはずだと思うンだけど。……」

「いいえ、姉さん、その春アキは出獄してましたよ。それでぼくは鶴さんに、調査を依頼されたんです」

「ああ、それで……それじゃアキが静雄に知恵をつけたのね、おまえこそ鶴之助の長男だって。……それなのに、みんなが光雄ばかり可愛がるもンだから。……」

「京さん、満州で鶴さんにあったとき、鶴さんはひとりでしたか。つれあいがあるような話はなかったですか」

「つれあいがいるようでした。それについちゃ鶴さんも、詳しい話はしなかったが……つれあいがいたとすれば、篠原アキという女ですか」

耕助とおりんはほとんど同時にうなずいた。

耕助の脳裡にはいたましい影像がうかびあがってくる。

自分の倅が……しかも、それはまだやっと十三か十四の子供である……殺人鬼だと知って鶴之助の恐怖と絶望、しかもそこへ、その子の母の、しかもこれまた多分に殺人鬼性を持った女に迫られて、この世から姿をかくした哀れな鶴之助……十七年まえのあの千秋楽の出来事は、せめてこの世から姿をくらますまえの、鶴之助の役者らしい一芝居だったのだろう。

「あたしゃ鶴さんから、そういう話を聞いてたものだから、今度の紫虹君と一座をするときも、怖くて、怖くてたまらなかった。何かまた起るンじゃないかとおそれていたンです。だけど、何か事件が起るとすれば、犠牲者は雷蔵君だろうと思っていた。それが反対に紫虹君がやられたと聞いたもンだから。……」

「京さん。京さん」

おりんが膝を乗り出して、

「それで鶴之助はどうしたの。その後もやっぱり生きているのかしら」

「ところがねえ、姉さん、あたしゃかえりにまた通化を通ったンです。そンとき、ひとに頼んで鶴さんの消息を調べてもらったンですよ。生きていればむりやりにでも内地へつれてかえろうと思ってね。ところが、どうしてもそれがわからない。あたしが会ったときの様子じゃ、もう長くはないと思われたから、きっと亡くなったンでしょうねえ」

「京さん。京さん」

今度は金田一耕助が膝を乗り出した。

「あんたの考えじゃ、もし事件が起るとすれば、犠牲者は雷蔵君だろうと思ったというンですね」

「ええ、まあ、なんだかそんな気がしたんです。むろん、取りとめもない妄想だけど……」

金田一耕助はだまって考えこんでいたが、そこへあわただしい足音をさせてとび込んできたのは、雷蔵の弟子だった。

「おかみさん、たいへん、音爺いが奈落で殺されて。……」

さかさ信乃

ほの暗い奈落の、それでなくとも妖気漂う水船のそばに、ぐったり倒れている音爺いの死体をとりまいて、数名の男が虚脱したような顔で立っている。

誰も口を利くものもなく、咳ひとつするものもない。緊張も度が過ぎれば虚無にひとしい。金田一耕助も全身から空気のように、力の抜けていくけだるさを感じていた。

そのなかにあってただひとり、黙々とうごいているのは医者である。入念に音爺いの死体を調べおわって、

「頸動脈をやられたんですね。何か鋭利な刃物でひとなぐり……」

「先生、死は瞬間でしたか。刺されるとすぐ……？」

金田一耕助がそう訊ねたのは、妙なものがさっきから、かれの眼をとらえていたからである。

「さあ、いくらか余裕はあったでしょうね。大した時間はなかろうが」

「もし、かりにですね。音爺いが自分を刺したやつを知っていて、そいつの名前をなんらかの方法で暗示しておこうと考えたら、それくらいの時間はあったでしょうか」

「つまり、犯人の名前を書きのこしておくというような……？」

金田一耕助がそれに答えるまえに、うしろのほうでおりんの声がした。

「でも、音爺いは字が書けませんでしたよ。あれは文盲だったンです」

金田一耕助は弾かれたようにそのほうへ振りかえった。

「姉さん、そ、それはほんとうですか」

「ええ、ほんとうよ。いくら習わせても、あれは読み書きが出来なかったンです。ずいぶんそれで困ることもあったンだけど……」

金田一耕助はだまって、ある一点を凝視していたが、急にはげしく身ぶるいをすると、何を思ったのか強い声音で、

「姉さん、あんたはここにいちゃいけない。君、君、おかみさんを雷蔵君のところへつれていってくれたまえ。そして、絶対に誰にも会わさないように。いいかね、誰がどんな口実をもうけてきても、絶対に雷蔵君やおかみさんのそばに近づけちゃいかん

よ」

おりんと弟子の顔色がさっと蒼くなる。

「金田一さん」

何かいおうとする警部に、

「ああ、警部さん、誰かあなたの部下をやって、おかみさんと雷蔵君を警戒させてください。相手はもう悪魔みたいに血にうえているはずなんだから。……」

緊迫した空気がさっとほの暗い奈落にながれる。弟子と刑事のひとりが、おりんの左右から寄りそった。

「姉さん、何も御心配なさることはありませんよ。もうすぐ事件もおわりです」

おりんの後姿を見送って、金田一耕助は警部のほうへむきなおった。

「警部さん、あれを御覧なさい。ほら、音爺いのすぐ頭のうえ、水船の壁になにか貼りつけてあるんじゃありませんか」

「うむ、あれならわしもさっきから気がついていたが、ブロマイドじゃないか」

「ええ、そう。雷蔵君の舞台姿ですよ。ぼくはさっき音爺いが、このブロマイドを持っていたのを知っているんです。八犬伝の犬塚信乃です」

「しかし、それが……」

「このブロマイドは血で貼りつけてあるんですよ。ということは音爺いが刺されてから、自分の血で貼りつけたということを意味してやしないでしょうか。まさか犯人がそんなまねをするはずがありませんからね」

等々力警部はびっくりしたように、大きく眼を視張って耕助を見る。

「金田一さん、それじゃ、さっきあんたが、音爺いは刺されてから死ぬまでのあいだに、犯人を暗示するようなものを残しておいたといったのは、このことですか」

「そうです。音爺いは犯人の名を書きのこすにも字を知らなかった。そこでブロマイドで暗示しておいたんです」

「それじゃ、犯人は雷蔵君だと……？」

「警部さん」

耕助は白い歯を出してにっこりと笑うと、

「よく御覧なさい。そのブロマイドは逆さに貼りつけてありますよ」

「そりゃア、わたしも気がついているが……」

「音爺いはなんだって、ブロマイドを貼りつけるのに逆さに、貼りつけたのか。断末魔の苦しみで、上下がわからなかったのか、それともこれにゃ何か意味があるのではないか……」

それから金田一耕助はあたりを見まわし、

「ねえ警部さん、ぼくはさっきあなたに呼ばれるまで、ここで音爺いと話していたんですよ。そのときも、ここは水びたしになっていたが、しかし、これほどひどくはなかったんです。なるほど、その水船の底からは絶えずいくらかの水が漏れている。しかし、ぼくがうえへいっていたあいだに、これだけ多量の漏水があったとは思えない。だから、これはきっと誰か、水船の底をひらいたやつがあるんです」

なるほど音爺いの死体を取りまいて、かなり多量の水がたまっている。その水のなかに血がまじって、無気味な色をたたえている。

「誰かその水船をひらいて見てくれませんか」

言下に刑事のひとりが底をひらいた。底をひらくと同時にいくらかの水がこぼれてきたが、それは大した量ではなかった。

「ねえ、警部さん、この底は昨夜から閉じたままなんです。そして鉄管の上部の孔から、絶えず水船の水が、鉄管の中へ注ぎこんでいるんですから、本来ならば鉄管の中には、水がいっぱいたまっていなければならぬはずです。それがこれだけしか溜まっていなかったというのは、ごく最近、誰かがこの底をひらいた証拠です。なかをのぞいて見ましょう」

鉄管の上部には円型の底がひらいたままぶらさがっている。昨夜紫虹の水抜けをするとき開いた底である。それは中央がいくらかくぼんで、内側には漏水をふせぐためのうすい革が貼りつめてあるが、周囲が少しほぐれていると見えて、ひらひらとぶらさがっている。

「あっ、ちょっと警棒をかしてください」

金田一耕助は警官から警棒をうけとると、それで貼りつめた革のうえを叩いていたが急に悲鳴をあげてうしろへとびのいた。と、同時に鉄管のなかからころげおちたのは、直径三センチばかりのゴムまりである。

警官のひとりがそれを拾いあげようとするのを見ると、

「あっ、さわっちゃいけない！」

金田一耕助はあわてて止めると、警棒のさきでいやというほどゴムまりを押えつけたが、と、同時になかからぬっと出てきたのは、無気味な針のさきだった。

「金田一さん、そ、それじゃこれが……」

等々力警部が思わず大きく息を吸う。

「そうです、そうです。これがあの底の鉄板と革のあいだに入れてあったんです。紫虹は何も知らずにその上へ落ちたが、この重みでゴムまりがへしゃげて、なかから針が突き出して、それが紫虹君のお臀を刺したというわけです」

「だけど、誰がこんなことを……」

「さあ、そのことを考えて見ましょう。昨夜この水船を抜ける役をするのは雷蔵君だったはずなんです。それが紫虹君につきかわったのは、幕がひらく直前だった。それから誰かがこんな仕掛けをしたのか。いいや、そうは思えない。そのころにゃもうここには、雷蔵君のお弟子がふたり来て待機してたンですから。と、すればこの仕掛けは、それより以前、即ち雷蔵君を殺すために用意されていたとしか思えません」

警部はまた音を立てて息をうちへ吸った。

「ところが、幕がひらく直前になって、紫虹が雷蔵君の代役をつとめることになった。もし犯人がその場にいたらそれをとめるか、あるいはなんとかして、この仕掛けを取りのけたにちがいない。ところがそれが出来なかったというのは、犯人がその場に、この楽屋にいなかったことを示しているんじゃないでしょうか。この奈落へ自由に出入りが出来るもので、しかも雷蔵君が倒れるまえに楽屋を出ていったもの、そして、男に化けているが、そのじつ女である人物……そいつが犯人です」

等々力警部はまた大きく眼を視張った。

「男に化けている女……？」

「そうです、そうです。警部さん、音爺いはそのブロマイドでそれを示そうとしたンです。犬塚信乃は男だが、長いこと女として育てられた。そのブロマイドを逆さに貼っておいたのは、その逆で、男に化けている女という意味なんです。犯人はおそらくこのゴムまりを取りもどしに来たのでしょう。音爺いはそれを見とがめて格闘になり刺されたが、肉体と肉体の接触によって、音爺いははじめて相手が女だということに気がついたんです」

「そ、そして、その犯人というのは……？」

だが、金田一耕助がそれにこたえるまえに、とつぜんうえのほうから聞えて来たのはただならぬ悲鳴と怒号、つづいてピストルの音。……

金田一耕助が袴の裾を踏みしだいて、奈落から舞台へとび出して来たときである。上手の障子屋台を蹴やぶって、とび出して来たのは顔半面大きな火傷のひきつれのある、紫虹の男衆の民造だった。手に短刀を握りしめ、弾丸が頰をかすったと見えて、ひとすじの血が垂れている。

民造は舞台の下手へいこうとして、金田一耕助と、その背後に立っている警官たちのすがたを認めた。

「篠原アキ」

金田一耕助が声をかけた。

「君は負けたのだ。このうえ罪を重ねるのは止したまえ」

アキの顔が憤怒のために紫色になる。それはなんともいえぬほど醜悪で兇暴な表情だった。

アキは上手へもどろうとする。しかし、そこにも数名の警官がひかえている。警官の背後には雷蔵を抱きしめたおりんの姿も見える。

金田一耕助はそれを見ると、ほっと安堵の胸を撫でおろしたが、アキはくやしそうに歯ぎしりをした。それから持っていた短刀を雷蔵めがけて投げつけると――むろん、それは途中で警官の警棒によって叩き落されたが――懐中から一個のゴムまりを取り出して両手で握りしめた。

「あっ、いけない!」

一同がそばへ駆けよったとき、アキの体は水煙をあげて、水船の中へ顚落していったのである。

「金田一さん」

アキの体を水船から引きあげようとして、立ちさわいでいるひとびとを指揮しながら、等々力警部が気の抜けたような声でつぶやいた。

「この事件における紫虹の立場はどうなんです。あの男は間違って殺された被害者にすぎないんですか」

「いや、おそらくそうじゃあるまいと思いますね。おそらくおふくろと共謀して、雷蔵君を殺そうとしていたんでしょう。雷蔵君が死ねば稲妻座は紫虹のものです。そうなればこれを会社へ売って、自分も束縛からのがれようと思っていたんですね。しかし、さすがに細かい殺人計画については、母と子の間の打合せがいきとどいていなかったンですね」

「あの幽霊や、チョコレートを贈ったのは……？」

「幽霊はおそらく紫虹だったのでしょう。それからチョコレートを贈ったのも紫虹自身じゃないでしょうか。ああして誰か自分をねらっているものがあると思わせておいて、雷蔵君を殺そうとしたんですね。だから、間違って毒入りチョコレートがじぶんに当っても死なないように、致死量の半分以下しか入れておかなかった。ところがそれが皮肉にも雷蔵君にあたって、雷蔵君は舞台に出られなくなった。しかも、紫虹は初日から、おふくろが雷蔵君を殺そうとして、あんな仕掛けをしているとは知らなかったから自ら代役を買って出たンです。つまりこれはバッテリーのサインのあやまりみたいな事件なんでしょうね」

水から引きあげられたアキのまわりに、おりんや雷蔵、それから京三郎親子が恐ろしそうに立っている。稀代の悪女篠原アキは、水船から引きあげられたとき、すでに息はなかったのである。

「姉さん、あなたの眼が見えたら、もっと早く民造の正体が看破出来たのでしょうがね。もっとも姉さんが失明しているということが紫虹親子のつけめだったかもしれない」

それから雷蔵のほうへむかって、

「雷蔵君、君はなにもかも忘れてしまえ。そしてよく勉強して、お父っつぁんに負けないような役者になるんだ。君のうえに覆いかぶさっていた禍は、これでもうすっかり取りのぞかれたンだから。それから姉さん」

「はあ」

「これは余計なおせっかいかもしれないけれど、意地っ張りもいいかげんにして、もう稲妻座を手ばなすんですね。どうヒイキ眼に見ても、この小屋はもうくさっている。雷蔵君もそのほうが、きっとよい役者になれるでしょう」

おりんはだまって頭をさげた。

鴉

一

「これでも昔はずいぶんはやった神様なんですがね。お彦さま――ほんとは、何んとか何んとかの彦姫様という、ながい名前の女の神様だそうですが、ふつうお彦さまでとおっています。子供の疳にきくというので、わたしなども幼いころ、おふくろにつれられて、お参りにきたのをおぼえていますよ。そのころはこのへんいったい、白粉くさい女のいる茶店だの、土産物のからすの煎餅をうる店だのが、ずらりとならんでいたもんですが、それがあなた、三年まえにきてみて驚きましたな。これ、このとおり、すっかり田圃になっているんですからね。桑海の変とはこのことだが、いや、神様や仏様にも、はやりすたりがあるから面白い」

十一月とはいえ、長い道中をしてくると、やっぱりいくらか汗ばむのである。磯川警部は肥っているから、歩くのが苦手と見えて、息を切らしながら、太い猪首に汗をにじませている。金田一耕助は警部のおしゃべりをききながら、ゆっくり足をはこばせる。

道はゆるいのぼり坂にかかっていて、正面にお彦さまの石段と、石段のうえにうっそうたる杉木立の鉾先がみえる。道の両側にある田圃は、もうあらかた刈りとられているが、それでもまだ男や女が、いそがしそうに立ち働いていて、警部の声をきくと、手をやすめてふしぎそうに二人の姿を見送った。

金田一耕助は石段に足をかけながら、

「三年まえにいらしたというのは、何か事件でもあったのですか」

「そうです、そうです。なに、わたしが出向くほどの事件じゃなかったんですが、それでもちょっと妙でしたな。人間ひとり、消えちまったんですからね」

「人間が消えたア？」

「ええ、ま、そういうことになってます。なあに、わたしの睨んだところじゃ、ありきたりの失踪事件だろうと思うンだが、それにしても、どうしてあんなに手数をかけたもんか。……ああ、これゃもういよいよいけない」

石段はあまり高くなかった。それをのぼって、鳥打ちで胸をあおぎながら、境内を見廻した磯川警部は、慨嘆するような調子である。なるほど、はやらなくなった神様とは、こんなものかと金田一耕助にもうなずける。

鳥居は朽ち、拝殿の軒はかたむき、鰐口の緒はちぎれ、ちかごろめったに御用のないらしい賽銭箱は、大きな孔があいている。すべてがペンペン草の生えそうなすがたである。拝殿の奥には、それでも浅黄の幕がはってあったが、それも色あせて、しみだらけである。その幕に白く丸く染め出されているのは、どうやら鴉のかたちらしい。

金田一耕助は眉をひそめて、

「この神様は何か鴉と関係があるんですか」

「鴉はお彦さまの使わしめなんですよ。それについちゃ古い伝説があるようだが、それはどうでもいいとして、だからこのへんじゃ、鴉を大事にしたもんです。ちかごろはどうだか知りませんがね。ところがさっきちょいといった事件ね。それに鴉が一役うけもっているんだから、面白いじゃありませんか」

「鴉が……？」

「いや、その話はいずれあとでしますがね。なに、つまらん事件で、あなたに聞いてもらうほどのことはないと思うが……」

警部は奥歯にもののはさまったような調子でいうと、ゆっくり境内を見てまわる。境内はあまり広くはなくて、右側と背後は、傾斜の急な丘でふさがれ、その斜面にはいちめんに、高い杉木立がおいしげっている。拝殿の右うしろに、これまた軒のかたむいた神楽殿(かぐらでん)があった。

「それでも、このまえわたしがきたころにゃ、たまにはお神楽をあげるひともあるということでしたが、ちかごろではどうですかな」

ぐるりと拝殿をひとまわりしてみたが、どこにも人影はなくて、社務所も雨戸がしめきったままだった。

「これじゃ、まるで開店休業ですな。神様が休業しちゃ世話はない。あっはっは」

境内を左へぬけると、その奥からまた、ゆるやかな下り坂になっていて、その下に、うっそうたる杉木立でおおわれた、二千坪あまりの屋敷がのぞまれる。杉木立のあいまから隠見する、複雑な屋根のたたずまいからみても、いかにも田舎のものもちの家らしい。

「ああ、あれがわれわれのいこうとする……」

「そうです、そうです。蓮池紋太夫の家です」

警部は下り坂にかかりながら、

「じつはこのお彦さまというのも、昔は蓮池家の邸内にあったもんだそうです。江戸にゃよく、屋敷稲荷というものがあったそうですが、ま、それと同じようなもんで、蓮池家の守り神だったんですね。ところが、それがなかなか御利益があるというので、だんだん諸人が信仰するようになった。そこで拝殿をあそこへ持ち出して、一般に開放すると同時に、代々蓮池の当主が、神主みたいな役をつとめることになったんですね。さあ、いつごろのことか知りませんが、蓮池の身上はこれで出来たんだという説があるくらい、ま、ずいぶん儲けたもんでしょうな」

坂を下ると、左側には蓮池家の長い練塀がつづいており、練塀のなかには、亭々たる杉木立がそびえている。道の右側はたかい崖になっていて、崖のうえには、楢、欅、榎などの大木が、道のうえからかさのように枝をひろげていた。そしてその梢から、ひっきりなしに、黒ばんだ落葉をふり落とすのである。

金田一耕助はうずたかくつんだ落葉をふんで歩きながら、まるで長いトンネルをいくようなかんじであった。山峡へ入ったように、空気が急に冷えてきて、さっきまで汗ばんでいた耕助は、たてつづけに二、三度くさめをした。骨をさすような静けさのなかに、けたたましい百舌鳥(もず)の声がきこえる。

それにしても――と、金田一耕助は、足下に鳴る落葉の音をききながら、心ひそかに考えるのである。

磯川警部はどうして自分を、このような不便な山奥の、湯治場へつれてきたのであろうか。そこは山陽線からローカル線にのりかえ、それからさらに軽便鉄道にのりかえて、その軽便鉄道の駅からまた、峠越しに三十分も歩かねばならぬような、山にとりかこまれた、猫の額ほどの一寒村なのである。なるほど、静かなこと、俗気をはなれている点においては申し分なかろう。しかし、少し薬が利きすぎるではないか。……

実をいうとそのころ金田一耕助は、いささか過労の気味があったので、岡山県の片田舎で、果樹園をいとなんでいる、パトロンの久保銀造のもとで静養するつもりで、西下したのである。ところが岡山駅へつくと、急に旧知の磯川警部がなつかしくなった。

そこで途中下車して、県の刑事課へ警部を訪れると、磯川警部はまるで、意外なところで恋人にめぐりあったようによろこんだ。さらに耕助の来意をきくと有頂天になって、それははなはだ好都合である。実は自分も二、三日、どこか静かなところで、のんびりしたいと思っていたところだが、それにはたいへん恰好の場所があるから、ぜひ案内したい。――というようないきさつから、金田一耕助はいまこうして、背広にハンチングという、くつろいだすがたの磯川警部と、肩をならべて歩いているのである。

「蓮池家というのは、しかし、もとは何をしていたんですか、神主さんで儲けるまえには……」

しばらくの沈黙ののちに、金田一耕助が思い出したようにそう訊ねた。

「なあに、そのまえは単なる湯治場、温泉宿ですよ。湯治場のあるじ変じて神主となる。うつれば変わるなんとやらですが、こいつがなかなかうまく出来ていましてね、遠方からくる善男善女が、おこもりかたがた、ゆっくり湯治をしてゆく。お賽銭に御祈禱料。お礼の代としこたま入るところへ、さらにまた宿料が落ちるんですから、両々相俟って蓮池家はまたたく間に産をなしたということです。ああ、やっとつきました。ここが正門です」

磯川警部が足をとめたのは、古びているががっちりした棟門のまえだった。

二

その翌日、金田一耕助と磯川警部は、八時ごろ眼をさますと、手拭いをブラさげて湯殿へいった。ここの温泉は温泉というよりは冷泉にちかく、摂氏二十五度しかない。だから別にそれをわかした湯があって、湯治客はかわるがわる、二つの湯につかるのである。

磯川警部はいかにも楽しそうに、あっちの湯へ入り、こっちの湯へ入り、そして、丹念にからだを洗い、ひげを剃るのだが、金田一耕助はからすの行水である。いいかげんに湯からあがると、さっさとからだを拭いて、

「おさきに」

と、ひとりで座敷へかえってきた。

二人にあてがわれた座敷というのは、六畳つきの八畳で、床の間には山水の掛け軸に大輪の菊。あらかじめ警部が申し込んでおいたので、宿でも用意をして待っていたらしい。ほかに客はひとりもなかった。

湯につかっている間に、女中が掃除をしておいてくれたので、耕助は縁側に座蒲団

をもちだし、ゆっくりたばこに火をつける。素肌にゆかたとどてらでは、もう寒いのである。しかし、シャツを着込むのも面倒なので、耕助はそのままぼんやり考えこむ。

磯川警部が耕助を、ここへ案内したのが、単なる保養でないことは、だんだん明瞭になってくるのだが、それでいて、かれはまだその魂胆をうちあけないのだ。

電報でもうってあったと見えて、昨日ふたりが宿へつくと、すぐに女中があらわれて、この座敷へ案内した、それからかわるがわる、女が顔をだしたが、警部はいちいちそれらの人物を耕助に紹介し、あとでその人たちのこの家における地位を説明したりした。そういうようすから見ると、警部は話をするまえに、あらかじめ、関係者一同を、耕助の頭に印象づけようとしているらしいのである。

それでは昨夜からどのような人物に会ったか。――金田一耕助は思いだしてみる。

最初、玄関へあらわれた女中はお杉といって、年は二十七、八であろう。さして醜い顔立ちではなかったが、縮れッ毛の陰気な女で、恐ろしく無口であった。ところがその女に案内されて、座敷へ落ち着くか落ち着かぬうちに、乱れ箱を持ってあらわれたのは、四十前後の愛想のよい女であった。着物の着こなし、口の利きかたにも、どこかただものではない感じがあった。あとで警部の語るところによるとその女はお由良といって、お彦さまのさかんな頃、巫女（みこ）をしていたのを、当主紋太夫が手をつけて、妻にしたそうな。

お由良はふたりの着がえを手伝いながら、適当のお世辞をふりまいていたが、眉間に何やら冴えぬものがあった。やがてどてらにくつろいだ二人が、ちゃぶ台にむかうと、お由良は茶菓子をすすめながら、

「ねえ、旦那」

と、何んとなく片付かぬ面持ちである。

「なんだい、お由良さん」

「何かございましたの。旦那がわざわざ、こんなところへいらっしゃるなんて……」

「どうしてさ」

「どうしてったって……」

「おいおい、お由良さん、そう馬鹿にしたもんじゃないぜ。おれだってたまにゃア、保養ぐらいするだろうじゃないか」

「ええ、それはそうですけれど……」

お由良はちゃぶ台に拭いをかけながら、

「でも、折りが折りですから。……ほら、明後日があれでしょう。明後日でまる三年になるんですわ。だから、いろいろいっているところへ、旦那から電報があったもんですから、みんなひやりとしているところなんですわ」

「あっはっは、馬鹿だね、君たちは、おれを厄病神あつかいにしやアがる。しかし、

そうなるかなあ。もう三年たつのかねえ」

「あら、それじゃ旦那のいらしたのは、ほんとにあのことじゃないんですか」

「くどいね、君は。そんなに疑うならこちらに聞いてごらん。こちら昨日、東京からいらしたばかりだから、そんなこと、御存じの筈がないじゃないか。だけど、君のいうようだとすると、これも何かの因縁というやつかもしれないね。で、例の件から音沙汰は？」

「それが、全然」

「そいつは……そして、珠生さんは？」

「お気の毒ですわ。すっかりおやつれになって……昔から口数の少ないかたでしたが、あれ以来、いっそう無口におなりあそばしまして、しじゅう、ふさいでいらっしゃいます」

「無理もないな。ところで旦那はどうなの。旦那、まだ達者なんだろ」

「ええ、あの時分からみれば、かえってお元気ですけど、このことについちゃ、たいそうなお怒りで、あんな不実なやつはない。一日も早く離婚して、ほかから婿をとろうとおっしゃるんですが、珠生さまがどうしても、おきき入れなさらないで、ともかく三年待ってください。それでもかえって来なかったら、お祖父さまのおっしゃるとおりにいたしますと……」

「なるほど、そして、その期限というのが明後日なんだね。こいつはちょっと深刻だね」

警部は顔をしかめて、

「ところで旦那にゃ、候補者があるのかね。珠生さんのお婿さんの――」

「ええ、それがねえ」

お由良は困じ果てたように、

「わたしの甥なんですよ。甥の泰輔、御存じでしょう。どういうものか、あれが旦那のおめがねにかないましてねえ。それでわたし、困っているんでございますよ」

「それは……」

警部は大きく眼を見張ったが、すぐホロ苦くわらって、

「何も君が困ることはないじゃないか」

「だって……何かわたしが画策でもしてるように思われるのはいやですし、それに貞之助さんのことがございますから。……それは、有難いことは有難いんですけれど……」

お由良はもっと話したいふうだったが、そこへお杉が風呂をしらせてきたので、心をのこして立ち上がった。

夕飯のとき、お由良があらわれるかと思っていたら、彼女は来ずに、幾代という、

十七、八の可愛い美人があらわれた。それが幾代だとわかると、警部は眼を丸くして、
「なんだ、君、幾代か、これは驚いたね。なるほど、あれから三年たつんだものねえ。それにしても綺麗になったね」

「いやな警部さん」

「いったい、いくつになった」

「十八ですわ」

「満か、かぞえ年か」

「かぞえ年よ」

「するとあの時分は十五だったわけだね。道理ではなを垂らしてたっけ」

「嘘よ。いやな警部さんねえ」

「あっはっは、いずれにしても恐れ入った。こんなべっぴんになると知ったら、あの時分、手をうっておくんだった」

「知らない。何んとでもおっしゃい。あなたおひとつ、いかが」

幾代にお銚子をむけられて、金田一耕助はあわてて盃をとりあげた。

耕助はさのみ酒をたしなむ方ではないが、警部が好きなので、幾代がお酌にあらわれたのである。なるほど、警部が眼をまるくするのも無理ではなく、幾代は成熟した女になりきっていて、全身から色気が溢れている。

女中のお杉は陰気な顔をして、警部と幾代の応対をききながら、皿小鉢をならべていたが、それがすむと、

「では、幾代さん、お願いします」

と、からのお盆をもって、足音もなく部屋を出ていった。幽霊のような女である。

「ねえ、警部さん。あなたどうしてここへ来たの、保養だとかおっしゃったそうだけど、嘘よ、そんなこと。あなたみたいなかたに、保養なんかいるもんですか」

「あっはっは、こいつは手きびしいね。すると何か、保養なんて柄じゃないというのかい」

「そういうわけじゃないけど……ずいぶん忙しい体なんでしょ。それに保養ならほかに、いくらだって場所があるわ。ねえ、どうしてこんなところへいらしたの。明後日、何か起こるという見込みなの」

「いやだぜ、おい、おれは何もただで泊めてくれというンじゃないぜ。さもしいことをいうようだが、ちゃんとおあしは払うつもりだよ。してみれば客じゃないか。客が保養だというのに、いちいち疑われちゃたまらないよ」

「だって、あんまり折りが折りですもの」

「そうだってねえ。あのことはおれだっておぼえていたよ。だけど、それが明後日だってことまでは気がつかなかった。ときに、お由良さんの話によれば、明後日、貞之

助さんがかえってこなければ、珠生は再婚するんだってねえ」

「ええ」

「幾代、おまえはどう思う。貞之助さんはかえってくるだろうか。来ないだろうか」

「あたし、かえっていらっしゃると思うわ」

「どうして？」

「だって、お兄さま、ちゃんとそう書きのこしていらっしたんですもの」

「それはそうだが……幾代はどうだ。貞之助さんがかえってきたほうがいいか、悪いか」

「それはいいにきまってるじゃないの。だって、それがほんとうですもの」

「だけど、そうすると可哀そうなのは泰輔君だ。当てが外れてがっかりだろう」

「それゃ仕方がないわ。警部さん、御飯にしましょうか」

食事のあとで、磯川警部が説明するところによると、幾代はこの家の孫娘、珠生のいとこになるのだそうな。但し、いとこといっても母方のいとこだから、当主紋太夫とは血のつながりはないのだが、両親がなくなったので、同じく幼時に両親をうしなった珠生がふびんがって、十二のときからひきとって、妹同様に可愛がっているのである。

「おきゃんで蓮っ葉なところがあるが、あれでなかなか悧巧な娘でしてねえ。それに珠生さんにとっちゃ無二の忠義者らしい」

昨夜、耕助の会ったのは、以上三人の女のほかに、もうひとりあった。

就寝まえのことである。二人がひと風呂浴びにいくと、湯殿には先客があった。おや、それではほかに客があるのかと思っていると、相手はあわてたように、

「これは失礼いたしました。あちらの湯をわかすのが面倒ですから、つい、こちらへ頂戴にまいりまして……もう、おやすみになったかと思っておりました」

「なんだ。誰かと思えば泰輔君じゃないか。いいよ、いいよ、入っていたまえ。早湯をして風邪をひくと悪いよ」

泰輔――と、名前をきいて、耕助がそれとなくみると、相手は三十前後の、筋骨たくましい青年だった。色の浅黒い、眼鼻立ちのかっきりとした、なかなかの男振りである。

警部と泰輔はしばらく、とりとめのない話をしていたが、そのうちに泰輔もまた、そろそろさぐりを入れはじめる。

「警部さん、あなたほんとうに保養だけでいらしたんですか。ひょっとすると、こちらの誰かが何かいってやったんじゃ……」

「泰輔君、君までそんなこと考えているのかい。誰かって誰だい。いったい、何をおれのところへいってきたというんだい」

「いえ、あの、それは……それじゃ、ほんとに偶然なんですね」

「きまってるじゃないか。いや、まったく悪いときに来たよ。これじゃおちおち保養もできない。ときに泰輔君」

「はあ」

「君はさぞ気がもめることだろうね。明後日のこと。──貞之助さんがかえってくるかこないかで、君の運命がきまるんだから」

「警部さん、ぼく、失礼します」

泰輔はむっとしたような顔をして、体をふくのもそこそこに、浴室から出ていった。

警部はにやにやうしろ姿を見送って、

「うっふっふ。ひとの肚はさぐっても、自分の肚はさぐられたくないと見える。金田一さん、あいつここで網を張って、われわれのくるのを待ってたんですぜ」

以上が昨夜耕助の、会ったひとびとの全部であった。

三

昨夜につづいて今日も上天気である。

十一月の空は拭われたようにくっきり晴れて、一点の雲もない。禿山の尾根を歩いていると、じっとりと汗ばむのだが、路がひとたび杉木立や、赤松林の下蔭にはいると、ひやりとした冷気が、肌にこころよかった。

金田一耕助と磯川警部は、もういくつ峠を越えてきたろう。ひとつの峠を越すと、そのまたむこうに、お椀をふせたような山が、いくつかこんもり盛りあがっている。とくべつ高い山はなかったけれど、尾根から尾根へとつづく起伏は、波のように果てしがなかった。

金田一耕助はどこをどう通ってきたのか、見当もつかぬ。いまここでひとりおっぽり出されたら、かえりみちにも迷うだろう。尾根から尾根とつづく路には、これという目印もなく、右を見ても山、むろん人家などあろうはずがない。

時計を見ると、宿を出てからもう五十分たっている。

朝飯がすむと間もなく、警部が散歩に出ましょうといって、さっさと背広を着はじめた。そのようすからして、ただの散歩でないことが、金田一耕助にもすぐわかった。かれも宿のどてらをぬいで、着てきた袷に、よれよれの袴をはいた。

お杉に靴と下駄を、庭へまわすように命じていると、お由良が縁をまわって来た。

「あら、お出掛けですの」

「うん、ちょっと散歩してくる」

「まあ、厳重にお支度をなすって……」

　お由良がさぐるように顔を見るのを、警部はさりげなくうけながして、

「うん、裏山を歩いてこようと思ってね。このひと、東京のゴミゴミした空気ばかり吸うているから、うんと肺の洗濯をさせてやろうと思うんだ」

　お杉が靴と下駄を持ってきたので、それをはいて庭をつっきり裏木戸へ出た。警部はこの家の勝手に通暁(つうぎょう)していると見える。

「では、いってらっしゃいまし」

　お由良の声をききながして、裏木戸から外へ出ようとするとき、金田一耕助はいたいような視線を背後にかんじて、思わずうしろをふりかえった。そして、世にも美しいひとをそこに見たのである。

　そのひとは、二階の欄干に身をよせて、なよなよと、世にも頼りなげに立っていた。病みあがりのようにやつれていたけれど、かいこの腹のように白い肌が、神秘なまでにうつくしい。瓜核顔(うりざねがお)の古風な貌だちながら、磁石のようにひとを吸いよせる魅力を持っているのは、あるいはその顔全体をくるんでいる、いたましいまでの苦悩のかげのせいであったかもしれない。

　耕助がふりかえった刹那、そのひとはふっと視線をそらしたが、しばらくすると、たゆとうようにこちらを見て、それきり瞳がうごかなくなった。耕助はその視線に射すくめられて、しばらく身動きもできなかった。かれはまだ、これほど深い悲しみと

悩みにみたされた、瞳をもった女に出遭ったことがない。

ああ、このひとは童女のように潔らかで美しい。それだのに、どうしてあんなにいたましい、悲しみにみたされているのであろうか。

「おい、行こう」

警部に肩をたたかれて、耕助ははじめてはっとわれにかえった。そして、依然として女の視線を背後にかんじながら、裏木戸をはなれたが、しばらくは、あのなよなよとたよりなげな面影が、網膜から消えやらなかった。

「珠生さんですね」

金田一耕助がポッソリとそう訊ねたのは、それからよほどたってからのことである。

警部はうなずいただけで、それ以上のことを語ろうとはしなかった。

「さあ、いよいよやって来ましたよ。この山を越えるとすぐむこうだ」

はげますような警部の声に気がついて、耕助があたりを見廻すと、そこは風化した禿山の斜面で、ざらざらと白い砂のこぼれる地肌から、あちこちに、にょきにょきと巨石が顔を出していて、そのあいだに、ひょろひょろと痩せた赤松が生えている。

その斜面をはいのぼって、尾根を向こうへ越え、灌木のなかの路を少しくだったところで、耕助は思わずあっと、大きく眼を見張った。

いま、金田一耕助の眼下にあるのは、世にも珍しい巨石の奇勝であった。ひとつの石の大きさは、いずれも自動車の車体か、あるいはそれ以上。そういう巨石が幾百となく、微妙な平衡をたもちながら、山の斜面に累々とつみかさなっているのである。石もこれだけ巨きいと、かえって危なっ気がかんじられない。累々たる堆積に、ふしぎな安定感を持っている。

「もう少し下へおりましょう。いい憩み場所がありますから」

巨石のあいだの路をぬうて、斜面をくだっていくと、間もなく百坪ばかりの台地へ出た。台地の前方はきりおとしたような崖になっており、後方はあの累々たる巨石の斜面である。しかも、その巨石の壁は、台地の奥で日比谷の音楽堂ほどのアーチがたのくぼみをなして、そのくぼみの奥に周囲の雄大さからみると、滑稽なほど小っぽけな仏像が安置してあった。

「これはまた、素晴らしい景色ですね。これが都会のちかくにあったら、ただではおきませんぜ。すぐに電車がつくところだ」

「まあ、そうでしょうな。ごらんなさい。あのくぼみ。人間の力ではとてもあんなことはできない。自然がたくみに巨石をつみかさねて、ああいうくぼみをつくったのですよ。この台地は人間がひらいたものでしょうがね」

「あの仏様はなんですか」

「お薬師様ですよ。巨石崇拝のひとつのあらわれですが、峰の薬師といって、昔はずいぶんはやったもんです。眼の悪いひとがおこもりするんですね。ほら、あれがおこもり堂です。ちょっと入ってみようじゃありませんか」

アーチがたのくぼみの左の奥に、ひとひとり、やっと入れるくらいの間隙（かんげき）があり、そこを入ると畳八枚しけるくらいの、天然の洞窟ができていた。むろん四方の、壁も天井も、微妙な平衡でなりたっている、巨石のたくみな集積なのである。いかに巨石の安定感に信頼をよせている金田一耕助でも、洞窟へ入ったときには、背骨がいたくなるようなかんじであった。

警部はあたりを見廻しながら、

「三年まえにはまだここに、床がはってあったんですよ。そして、……」

と、天井にちかい壁の一方をさしながら、

「あの岩の裂れ目に水平にさしこんだ棒のさきに、鴉の死骸がひとつ、さかさにぶらさげてありました。そして、その死骸から滴る血潮が、じっとりと床にたまっていたんです。三年まえの十一月七日。即ち明日のことですね」

磯川警部はそういって、西洋皿のように光沢のある眼で、まじまじと、射すくめるように、金田一耕助の顔をのぞきこんだのである。

四

「三年まえの蓮池家には、だいたい、つぎのような人物が住んでいました」

それから間もなく洞窟を出て、台地のはしにある石のベンチに、金田一耕助とむかいあって腰をおろした磯川警部は、たばこをくゆらしながら、ゆっくり語りだした。

「まず、第一に蓮池紋太夫、このひとは当時六十八歳……いっておきますが、これはかぞえ年ですよ。以下全部それに準じますから、そのつもりでおききください。――この紋太夫というひとは、子供運のわるいひとで、四人うまれた子供のなかで、育ったのはひとり、これは男子でしたがそのひとも結婚して女の子がひとりできると間もなく、まず細君に死なれ、それからしばらくして、自分も死んでしまいました。だから、紋太夫は天にも地にも、血縁のものといっては、たったひとりの孫娘ばかり、この孫娘というのがいうまでもなく珠生さんで、三年まえには二十三歳、事件の起こったときは、婿養子をむかえて半年ほどのちのことでした。その婿養子というのが貞之助なんです」

こういう田舎で、しかも珠生のような境遇の娘が、二十三まで結婚しなかったというのは、少しおそいようだが、これは戦争のためであった。若者の多くは戦争にかり出され、適当な配偶者がえられなかったからである。

ところが、昭和二十年の夏に戦争がおわると、その秋ごろから、ぞくぞくとして若者がかえってきたが、貞之助もそのなかのひとりだった。貞之助がかえってきたのは、昭和二十一年の正月だったが、かねてから、この青年に望みを嘱していた紋太夫はひどくよろこんで、さっそく縁談がはじまり、その年の四月に、祝言の盃をあげたのである。

「ところで、珠生貞之助の夫婦仲ですが、誰が眼にも、一応うまくいってるとしか見えなかったそうです。むろん、こういう田舎のことですし、どちらもひかえ目な性質ですから、むやみに甘いところを見せつけるようなことはなかったが、ま、互いにいたわり、いたわられつというような仲だったらしい。ただ、あとになって不思議に思われるのは、結婚以来、ふたりとも、どうも冴えない顔色をしている。なんとなく、こう、打ちしずんだようなようすだったそうです。このことは貞之助の場合、ことにふしぎがられたもので、かれは元来、珠生の大の崇拝者で、だから珠生との縁談が起こった際のよろこびようといったらなく、それこそ、天にものぼる心地だと、ひとに洩らしたくらいですから、その貞之助のふさぎようは、当時から、ちょっと奇異の眼で見られていたそうです」

さて、二人が結婚してから三月ほどして、お由良の甥の泰輔がかえってきた。泰輔も幼い時分、両親に死なれたので、お由良の縁で蓮池の家へひきとられていたのである。かれは万事に如才のない、小取りまわしの利く人物なので、紋太夫老人も重宝がって、手代か番頭のように使っていた。泰輔もまた、まめまめしく老人に仕えた。

さて、事件当時、蓮池の家にいた人物といえば、以上のほかにお由良と幾代と女中のお杉。むろんほかに下働きの女中や婆や、男衆など大勢いたが、これらは奥の生活となんの関係もないから、わざと黙殺しておこう。

因みにとしをいえば、貞之助が二十八歳、泰輔が二十五歳、お由良が三十七歳、幾代が十五、お杉が二十四歳だった。

「これでだいたい、当時の蓮池家の模様がおわかりのことと思うが、それではいよいよ、事件のほうへすすめましょうか」

昭和二十一年十一月六日の夕方のことである。貞之助は猟にいくといって、泰輔といっしょに家を出た。

貞之助は昔から猟が好きで、毎年十月十五日の、猟期のはじまるのを待ちかねるほどだったが、結婚生活もこの道楽にブレーキをかけることはできなかったと見えて、猟期があけると夢中で、毎日のように鉄砲を持って、山をかけずりまわった。

それだけならばまだよいのだが、どうかすると夕方から出かけて山に泊り、夜明けを待って猟をはじめるというようなことも珍しくなかった。狩猟には未明がいちばんよいのだそうである。

「そういうとき、山の宿としてえらばれたのがあのおこもり堂で、さっきもいったとおり、当時はまだあそこに床がはってありましたから、貞之助はそこで毛布にくるまってゴロ寝をし、翌日、ここらで狩り暮らしてかえっていったものだそうです」

さて、貞之助のこの道楽については、かくべつ誰も口出しするものがなかったが、ただ、あまりにたびたび夜泊りするので、紋太夫の渋面がしだいにけわしくなってきた。結婚以来半年になるやならずで、たとえ狩猟のためとはいえ花嫁をおっぽりだして、そうたびたび外泊されては、外聞が悪いというのである。

貞之助はほかのことなら、なんでも舅のいうことをきく男だったが、道楽というものは仕方がないもので、こればかりは誰がなんといってもきき入れなかった。珠生もしいて制めようとはせず、ただ危ながって、夜泊りするときには、必ず泰輔をお供につけることにしていた。泰輔もまんざらきらいなほうではないので、いつも喜んでお供した。

「こうして十一月六日の夜から七日の朝にかけて、貞之助と泰輔はここでゴロ寝をし、五時半ごろに起きて、それぞれ、猟をはじめたものだそうです。ところがその朝、蓮池家では……」

老人はだれでも朝が早い。紋太夫は毎朝六時に起きて、七時には食事をはじめる。

いいわすれたがその時分、紋太夫は中風で足腰が立たなくなっていたので、食事も自分の居間でとることにしていた。相手はいつもお由良ひとりだが、貞之助がるすの時は、珠生もよんできて、いっしょに食事をとるのである。

その朝も三人いっしょにお膳にむかって、女中のお杉がお給仕をしていた。そのお杉がふと庭のむこうを見て、

「あら、幾代ちゃんたらいまごろ……」

と、呟いたので、三人がいっせいにむこうを見ると、幾代が萌黄の帯のむすび目をひらひらさせながら、お彦さまにお燈明をあげにいくところであった。

まえにもいったとおり、お彦さまはもと蓮池家の守り神であった。その後、あの丘のうえへ出張したが、それは拝殿や祈禱所だけのことで、御神体は依然としてこの邸内にある。

その御神体をおさめた神殿は、土蔵づくりで、老人の居間から十間ほど向こうに、斜め向きにたっている。このお彦さまに毎朝、お燈明をあげにいくのが幾代の役目で、どんなに寒い朝でも、彼女はきっと六時に起きて、その役目を果たすのである。ところがいまは七時半。

「今朝はこんなに曇っているから、幾代ちゃん、つい、時間をまちがえて寝坊したのね」

珠生がだれにともなく、とりなすようにいった。じっさい、その朝は陰気にくもって、妙にあたりがうすぐらかった。

ところが幾代が観音びらきの、神殿の扉をひらいて、なかへ入ってから間もなくのことである。お杉がまたこごえで叫んだ。

「あら、若旦那さまがむこうへ……」

お杉の声に一同が、また庭のほうへ眼をやると、猟服と猟帽に身をかためた貞之助が、足早に神殿のほうへいくところであった。貞之助はいまごろ、狩猟に夢中になっていることとばかり思っていた一同は、びっくりして、うしろ姿を見ていると、貞之助はつかつかと石段をのぼり、神殿のなかへ入っていった。

と、同時に、

「あら、お兄さま」

と、びっくりしたような幾代の声がきこえ、それから二言三言、押し問答するような声がきこえたが、やがて押されるように出てきたのは幾代である。そして、それと同時に観音びらきが、バタンと閉ざされた。

「まあ、どうしたんでしょう」

おどろいて立ちあがったのはお由良である。

「幾代ちゃん、幾代ちゃん、どうしたの」

呼ばれてこっちへ駆けてきた幾代の顔は、いまにも泣き出しそうであった。

「お兄さまが……」

「だからさ、貞之助さんがどうしたというの」

「なんだか怖い顔をして、だれもこっちへ来ちゃいけないって」

「まあ」

お由良は不安そうに顔をしかめて、紋太夫と珠生を見る。珠生は蒼ざめた顔をして、憑かれたような眼差しで、神殿のほうを見つめている。紋太夫は苦りきった顔色で、

「ほっとけ」

と、吐き出すようにつぶやくと、ごろりと寝床のうえに横になった。お由良はそれを手伝いながら、それでも気になるので、かたときも神殿から眼をはなさなかった。幾代とお杉も不安な眼付きで、神殿を凝視している。

「と、いうわけで、貞之助が神殿のなかへ入ってから、十分ほどのあいだ、四人の眼がかたときも、そこを離れることはなかったというんですが、そこへあわただしくかえって来たのが泰輔でした」

泰輔のいうのはこうである。五時半に起きて、それぞれ猟にむかった貞之助と泰輔は、六時半にいちどおこもり堂にかえってきて、いっしょに弁当をつかう約束になっていた。

泰輔は約束どおりその時刻に、洞窟のなかへかえってきたが、そこには貞之助のすがたは見えず、その代わり、恐ろしいものが天井から、ブラ下っているのを見てきもをつぶした。鴉の死骸である。そして鴉の傷口からしたたる血潮が、じっとりと床をそめていた。……

「だ、だれだ、そ、そんなことをしたのは……」

それをきいてむっくり起きあがったのは紋太夫である。老人の顔はいかりにふるえ、額の血管が恐ろしくふくれあがっていた。鴉はお彦さまの神聖にして、冒すべからざるお使わしめである。

「あいつがしたのか、貞之助のやつがそんなことをしたのか。お使わしめさまを……もったいない。貞之助のやつが……」

老人は歯をキリキリ鳴らしている。

「いえ、あの、だれがしたのかわかりませんが、そのお使わしめさまの死骸の下に、若旦那の鉄砲がほうり出してあったものですから……」

「呼んでこい。貞之助をここへひきずって来い。憎いやつ、どうしてくれよう」

言下に珠生がはだしのまま、ひらりと庭にとびおりた。庭にいた幾代や泰輔はいうまでもなく、お由良やお杉もあとにひきつづいた。観音びらきにはかくべつ締まりはしてなかった。

珠生を先頭に立てて、一同はもみあうように神殿のなかへなだれこんだが、貞之助のすがたはどこにもなくて、妙なものがそこにのこっていた。

五

「あ、ちょっと待って下さい」

金田一耕助が言葉をはさんで、

「昨日あなたが、人間ひとり消えたとおっしゃったのは、このことですか」

警部が無言でうなずいた。

「じゃ、そこんところを出来るだけ詳しく話して下さい」

警部はうなずいて、

「その神殿というのは、大して広くはないのです。畳敷きにして、二十畳というところでしょうか。もとはふつうの白木造りだったそうですが、いちど焼けたことがあるので、その後土蔵造りに改めたんだそうです。だから、ふだんでも暗いのに、その日はまえにもいったとおり、曇天の陰気な朝だったから、いっそう暗かった。ところでこの神殿の内部ですが、これはべつに変わったこともなく正面に祭壇が設けてあって、祭壇のおくに御神体が安置してある。御神体は鏡だそうですが、……その御神体のまえに、さっき幾代のあげていったお燈明がチロチロまたたいていました。ところが貞之助のすがたがどこにも見えないのです。一同は狐につままれたような気持ちで、祭壇の下まで調べてみたんですが、貞之助はどこにもいなかった」

「ちょっと待ってください。その神殿には正面の入り口以外、どこにも出口はないのですか」

「それなんですよ。金田一さん」

警部は帽子をとって、ボリボリ頭をかきながら、

「実はその神殿には、祭壇のまうらにあたるところに、ひとひとり、十分抜け出せるくらいの窓があるんです。わたしの睨んでるところじゃ、貞之助はそこからぬけ出したにちがいないんですが、妙なことには、そんなことは絶対にありえない。窓にはぴったり鉄の戸がしまっていて、なかからちゃんと、掛け金がかかっていたといいはるものがあるんです」

「誰ですか、それは……」

「それがねえ、珠生なんですよ」

金田一耕助は眼をみはって、警部の顔を見直した。警部はちょっと溜息をついて、

「珠生はなかへとびこんで、貞之助のすがたが見えないと知ると、すぐに窓のことを思い出した。そこで祭壇の背後へまわってしらべてみたが、そのときたしかに窓の戸

はしまっており、掛け金がかかっていたというんです」

「しかし、あなたはその窓を調べてごらんになったのでしょう」

「調べましたよ。しかし、わたしの来たのは事件から、三日ほどたってからのことでしたからねえ。もっともそのときほかの連中も、珠生のことばに半信半疑で、窓を調べてみたそうですが、あいにくなことにその神殿、二、三日まえに大掃除して、窓にも塵ひとつのこっていなかったんです。だから、貞之助がそこからぬけ出したとしても、痕跡を発見することはむつかしかったんですね」

「いったい、誰が神殿の大掃除を命じたのです」

「貞之助ですよ」

金田一耕助はまた警部の顔を見直したが、

「しかし、神殿の内部に痕跡はなかったとしても、外部には……。窓の下やなんかどうです。跳びおりた形跡はなかったんですか」

「ところがねえ。神殿のうしろは二間ほどおいて崖になっている。崖のうえには落葉樹がいちめんに生いしげっている。そこから落ちる落葉が、窓の下いったいに積み重なっているんです。だから、窓から跳びおりたとしても、足跡ののこる気遣いはないのです」

さっきから、もじゃもじゃ頭をかきまわしていた、金田一耕助の指の運動は、しだいにピッチをあげてくる。

「あっはっは、なかなかうまく出来ていますね。ところで、入り口からぬけ出したというような可能性は全然ないのでしょうね。みんながキョトンとしているあいだに……」

「それは絶対に。紋太夫老人が居間から、かたときも眼をはなさなかったといいますから……」

金田一耕助はしばらくぼんやり考えていたが、

「なるほど、……それじゃ貞之助が消えたということにしておいて、あなたはさっき、妙なものがのこっていたとおっしゃいましたね。何ですか。それは……」

「まず、猟服と猟帽です。祭壇のうえに、猟服の上着がきちんとたたんでおいてあり、そのうえに猟帽がのっけてありました。そしてその猟帽の下に、祝詞の折本がおいてあり、そのあいだに鴉の羽根がいっぽん、はさんであったんです」

「鴉の羽根……？」

「そうですよ。なかなか手がこんでいるんですよ。そこで羽根のはさんであるところをひらいてみると、そこは見返しのところで、元来白紙のページなんですが、そこに妙なことが書いてありました」

「妙なことというのは」

「われは行く。三年のあいだわれは帰らじ。みとせ経ば、ふたたびわれは帰り来らん」

「はっはっは」

金田一耕助はかるくわらって、

「なかなか詩的な文句ですね。むろん、貞之助の筆にちがいないでしょうな」

「もちろん。ところがちょっと妙なのは、その文句は、はじめ墨でかいてあったんですが、そのうえを血でなぞってあるんです。墨では効果がうすいと思ったのか、鴉を殺して、その血をとって、鴉の羽根でなぞっているんですね。折本のあいだにはさんであった羽根のさきが、どっぷり血にそまっていました」

「で……遺留品はそれだけですか」

「そう、遺留品はそれだけですが、その代わり、なくなっているものがひとつあるんです」

「なんですか、それは……」

「中型のスーツケース」

「スーツケース……？　そんなものが神殿にあったんですか」

「それが妙なんです。幾代が見つけたんですがね。その朝、お燈明をあげにきた幾代が、何気なく祭壇の下をのぞくと、スーツケースがおいてある。変に思ってひっぱり出して調べているところへ、貞之助がとびこんできたんだそうです、貞之助は怖い顔をして、このことは絶対にひとにいってはならぬと口止めしたそうですが、そのスーツケースが貞之助とともに消えているんです」

金田一耕助のもじゃもじゃ頭をかきまわす運動は、いよいよはげしくなってくる。

「なるほど、すこぶる暗示的ですな。ところで、そのスーツケースというのは……？」

「元来、貞之助のものなんですが、養子にくるとき、持ってきたものなんですね。幾代の話をきいて、さっそく家中さがしてみたが、果たしてスーツケースが見当たらない。そこへまた、怪しからんことがわかってきたんです」

「怪しからんことというのは？」

「珠生名儀の銀行の通帳から、十万円、貞之助がひき出しているんですね。いまでこそ十万円なんて、大した額じゃないが、新円に切りかえられたばかりのことですから、こいつは相当大きい。そこで老人かんかんに憤って、わたしが呼びよせられたというわけです」

耕助はしばらくだまって考えていたが、

「警部さん、それであなたのお考えは？」

警部はかるく咳払いをして、

「わたしの考えはいたって単純です。貞之助はなにか蓮池の家に対して不満があった。そこで女房の金をひき出し、それをスーツケースに詰めて出奔したんだと睨んでるんですが、それにしちゃ、なぜあんな手数のかかることをやったのか、それがどうもわからない」

「すると、あなたのお考えでは、貞之助は窓からぬけ出した。そして、その窓をあとから珠生さんがしめた。即ち、この出奔は貞之助と珠生さんの合作だとおっしゃるんですね」

「そうです。金田一さん、あんた何かそれ以外にお考えがおありかね」

「いいえ、ぼくも断然、その説に賛成です。ただ、問題はふたりがなぜ、そんなことをやらなければならなかったか……と、いうところにありますね。ところでその後、貞之助の行方は全然わからないんですね」

「それがねえ、老人は捜査願いを出すといっていきまくんですが、珠生がそれだけは堪忍してくれと泣くんで、それなりけりになっちまったんです。わたしどもにしても、べつに犯罪があったわけじゃなし、金を持ち出したといったところで、女房の金です。珠生が承知のうえだといえばそれきりですからね。それでまあ、手を引いてしまったようなわけですが……」

「それだのに、どうしてこんど、こっちへ出向いてこられたんですか」

　磯川警部は無言のまま、ポケットから一通の手紙を出してわたした。宛名は県刑事課の磯川警部になっており、差し出し人の名前はなかった。中身を出してみると、

磯川警部様、

あなたはいつか蓮池紋太夫の家で起こったふしぎな事件を御記憶でしょうか。来る十一月七日をもって、あれからまる三年経過することになります。そして、その日こそ失踪した、貞之助がふたたびかえってくることになっているのですが、それについてわたしは何んだか、また恐ろしいことが起こりそうな気がしてなりません。それで警部様こちらへ来ていただけたら……と、不躾をかえりみず、この手紙したためました。警部さま、わたしは何んだか怖いのです。怖くて怖くてたまらないのです。警部さま、是非ともこちらへ来てください。

但し、このような手紙の参ったことは、くれぐれも御内分に。

差し出し人の名前はなくて、追伸として、

水茎の跡うるわしい女文字である。

金田一耕助は二、三度それを読み返して、警部にかえすと、

「それで差し出し人の見当は？」

「珠生じゃないかと思う」

警部は手紙をポケットにしまうと、石のベンチから立ち上って、金田一耕助をうながした。耕助が袴の裾をはらって立ち上がると、警部はさきに立って歩きながら、

「珠生はいったい何を考えているのか。問いつめてみてもいいと思うんだが、こうし

て匿名でよこした以上、おいそれと素直に打ち明けやアしまい。三年まえのときもそうでしたが、あれでなかなか剛情な女ですからねえ」

しばらく二人は黙々として、さっき来た山路をとってかえした。日は午にちかく、耕助はそろそろ空腹をおぼえはじめている。しかしかれはそのことも、忘れるぐらい深い思いにふけっていた。

「警部さん」

よほどたってからかれは、前をいく磯川警部に声をかけた。

「さっきのおこもり堂ですがねえ。三年まえには床板がはってあったとおっしゃいましたね。いま見るとすっかり取りはらわれていますが、あれはいつごろなくなったんでしょう」

「さあ、それはわしにもよくわからんが、なに、三年まえだって、床板があったというのは名ばかりで、ずいぶんいたんでいたんですから、誰かがひっぱがして、焚火でもしたんでしょう。あのへんには、よく茸狩りの連中が入りこむようですから。……しかし、それがどうかしましたか」

「いえ、ちょっと。……」

言葉をにごして、それきり金田一耕助は、黙って考えこんでしまったが、しばらくすると、またうしろから警部をよんで、

「警部さん、その朝、外からかえってきて、神殿へとびこんだのは、たしかに貞之助にちがいなかったんでしょうね」

警部はびっくりしてうしろを振り返った。

「どうしてですか。金田一さん」

「いやア。別にこれといって理由はないが……」

警部はまた、向こうをむいて歩きながら、

「それは間違いありませんよ。幾代が面とむかって話をしてるんですからね。それから、そうそう、珠生もちらと横顔を見ただけだがたしかに良人にちがいなかったといってましたよ。ほかの三人、紋太夫とお由良とお杉は、うしろ姿を見ただけのようでしたがね」

「珠生と幾代とがねえ」

としばらく考えたのち、また、警部をよんで、

「警部さん、さっきの手紙はたしかに珠生の筆蹟にちがいないのでしょうね」

「それはたぶん間違いないと思う。祝詞にかいてあった変な文句、あれが果たして貞之助の筆にちがいないかどうかを調べたとき、ついでに家人の筆蹟を全部しらべたんですからね」

「なるほど」

それからまたよほどたってから、

「妙ですね。三年まえには良人の消えるお手伝いをした珠生が、こんどは逆に救いを求めている。何が彼女をそうさせたか。……ひょっとすると珠生は、この三年のあいだに、何か不都合なことを発見したのじゃありますまいか。即ち、貞之助消失は、かれら夫婦の計画によるところだったが、その計画以外に、何か変なことが起こっていた。……それに彼女は気がつき、そして、その結果が明日起こるのではないか。……彼女はそんなふうに考えているのではありますまいか」

「しかし、変なこととは何んです。そして、明日、何が起こるというのです」

「それはぼくにもまだわかりません」

それっきり二人とも考えこんで、宿へかえりつくまで一言も口を利かなかったが、その宿には、二人をハッとさせるようなニュースが待ちうけていたのである。

昼食のお給仕に出たお杉が、日頃の無口にも似合わぬ昂奮の面持ちで、

「旦那様、かえっていらしたんですよ。あのかたが……三年まえに家出をなされた、若旦那の貞之助様が……」

六

しかし、お杉の語るところをよくよく聞くと、厳密な意味で貞之助はまだかえってきたわけではなかったらしい。

「これは幾代ちゃんの話なんですけど……」

と、お杉の語るところによるとこうだった。

幾代はけさ用事があって町へ出た。町というのは軽便の駅のあるところで、ここから半時間ほどの距離である。幾代は用事を早くすませると、軽便の駅へいってみた。これは貞之助失踪以来の習慣で、町へ出ると、必ず彼女は駅へいってみるのである。いつかはそこから、貞之助が出て来そうな気がして……。

明日という日をひかえているだけに、ことにけさの幾代は期待をもっていた。十時二十分に下りが着く。それを彼女は待っていたのだ。その下りからは五、六人の男女がおりたがそのひとりを見ると、幾代はハッと胸をおどらせた。そのひとは黒っぽい、粗末な外套の襟をふかぶかと立て、同じく黒っぽい、粗末な中折れのひさしを、眉ふかくおろしていた、そして、片手に大きなトランク、片手に中型のスーツケースをさげて、軽く跛をひいていたが、そのスーツケースが、強く幾代の眼をひいたのである。

「お兄さまだ――」

彼女はすぐにも言葉をかけようかと思ったが、さすがに外聞をはばかって、おどる心をおさえた。そして、相手が駅を出て、さびしい田舎道へさしかかるのを待って声をかけた。相手は果たして貞之助だった。

貞之助はひどく驚いた。それから、幾代の口からその後の蓮池の様子や、珠生の消息をきくと、面目ないといって涙ぐんだ。幾代はすぐにいっしょにかえろうといったが、貞之助はちょっと寄っていきたいところがあるから、ひとあしさきに行ってくれといった。そんなことをいって、また逃げちゃいやだと幾代が腕をつかむと、逃げやアしない。こうしてわざわざかえって来たのだからといった。

そのうちに、通りがかりのひとがジロジロ見ていくので、幾代もそれ以上頑張るわけにはいかなかった。それじゃあひとあしさきにかえって、みんなを喜ばせておきますから、ちっとでも早くかえってくださいと、別れようとすると、貞之助はこれをもっていってくれと、中型のスーツケースを幾代にわたした。

「幾代ちゃん、そのスーツケースを持って、さっきかえって来たんです。それでいま、その話をきいて、みんなびっくりしたところなんですの」

金田一耕助もびっくりしたように、眼をまるくしてその話をきいていたが、やがて箸をおくと、突然、バリバリジャリジャリと、猛烈に頭をかきまわしはじめたのである。これが昂奮したときの、この男のくせなのだ。

「そ、そ、それでお杉さん、そ、そ、そのスーツケースというのは、た、た、たしかに貞之助さんのものにちがいないんだね」

お杉はびっくりしたように、金田一耕助の顔を見ながら、

「ええ、そ、それはまちがいございません。たしかに三年まえに貞之助さまが、持って出られたスーツケースで、みなさんもそうおっしゃっていらっしゃいます」

「そ、そ、それで……」

金田一耕助はいよいよせきこむのを、あわてて茶をのんでぐっとおさえると、

「けさこの家を、幾代ちゃんのほかに留守にしたものはなかったの。誰もこの家を出やあしなかった？」

お杉はふしぎそうに眼を見張って、

「いいえ、どなたも……旦那はあのとおりですし、お由良さまと珠生さまは、旦那様の枕もとで針仕事をしていらっしゃいました。泰輔様はわたしや爺いやに手伝わせて、朝からずっと、御神殿のお掃除をしていらっしゃったのです」

「御神殿のお掃除……？」

磯川警部はギョッとしたように、耕助の顔をふりかえった。しかし、金田一耕助はそれに対して、かくべつ意見をのべようともせず、しいんと考えこんでしまったので

ある。

七

幾代のもたらしたニュースは、蓮池の一家にとって、たしかに大きなショックにちがいなかった。紋太夫老人は怒りにふるえ、珠生はなぜかしら真っ蒼になり、お由良さんはおろおろし、泰輔は唇をかんで考えこんだ。こうして、ひとさまざまの思いのうちに待たれたにもかかわらず、とうとうその日、貞之助はかえってこなかった。

金田一耕助は幾代のもってかえった、スーツケースというのを見せてもらったが、それはふつうありきたりの、平凡な中型のスーツケースで、いちどカビでも生えたことがあるのか、表面はかなり痛んでいた。

なかには男物の下着類のほか、洗面用具や髭剃り道具などがはいっていたが、持ち主の身許を知るよすがになるようなものは、なにひとつ見当たらなかった。

「これ、貞之助さんのものにちがいないでしょうね」

金田一耕助が念をおすと、珠生はおびえたような眼でうなずいた。

「この中身の下着類やなんかは？……」

「それも……あのひとのものでございます。みんな、見おぼえのあるものばかりで…

喘ぐようにいう珠生の顔を、金田一耕助は呆れたように見なおした。

「そ、それじゃ貞之助さんは、三年まえに持って出られた下着類を、いまもって使っていたというんですか」

金田一耕助はメリヤスのシャツの類を、両手でひろげてみたが、ところどころ虫喰いのあとはあるにしても、三年ものあいだ着古したような形跡は、どこを探しても見当たらなかった。

金田一耕助は思わず、磯川警部と顔見合わせたが、珠生はただ怯えの色のみふかく、ふたりになにを聞かれても、冷たい石のように押し黙っていた。

晩飯のときには、昨日と同じように、幾代がお酌にあらわれたが、昨日とうってかわって、彼女はひどく沈んでいた。

「どうしたんだい、幾代、ひどく浮かぬ顔をしてるじゃないか」

警部がからかうと、幾代は涙ぐんで、

「旦那様に叱られましたの。なぜ貞之助の首に、綱をつけてひっぱって来なかったかって……」

警部はもういちど、お杉からきいた話を、彼女の口から語らせようとしたが、幾代ははかばかしく答えず、ふたりの食事がすむと、逃げるように出ていった。

「変だね。あいつ、どうしたんだろう」

警部は首をかしげたが、金田一耕助はとりあわず、わざと大欠伸をして、

「警部さん、寝ようじゃありませんか。久しぶりに山を歩いたので、すっかりくたびれちゃった」

警部は眼をまるくして、

「寝る？　とんでもない。わたしは貞之助がかえって来るまで待つつもりじゃ」

「そうですか。それじゃぼくはおさきへ失礼して、寝ませてもらいますよ」

警部は疑わしそうに、その様子を見ながら、

「金田一さん、どうしたんじゃ。あんたの考えでは、貞之助は今夜かえって来んというのかな」

耕助がだまっていると、

「金田一さん、あんた今日、妙にこそこそ奉公人に、何やらきいてまわっていたようだが、いったい何をきいていたんです。何か面白い聞き込みがありましたか」

「警部さん、寝ましょう、寝ましょう。あとは明日のことです。ああ、眠い、眠い」

耕助がさっさと寝床へもぐりこんでしまったので、警部は仕方なく、ひとりで湯につかってきたが、耕助はすでに、キリキリ歯ぎしりをかみながら寝込んでいた。肉体的に疲労をおぼえると、歯ぎしりをかむのがこの男のくせなのだが、あんまり健康な

くせとは申せまい。

ところがその翌日のことである。八時ごろに眼をさました二人が、例によって起きぬけに湯につかっていると、湯殿の外へあわただしい足音がきて、

「旦那様、警部様」

と、ガラス戸の外からお杉のよぶ声がきこえた。妙にせきこんでふるえている。

「お杉か、ど、どうした」

「さっき、若旦那、貞之助さまがかえっていらっしゃいまして……」

「な、な、なんだって、て、て、貞之助がかえって来たんだって？」

素っ頓狂な胴間声をはりあげたのは金田一耕助だった。ひどく面喰った顔色だった。

「は、はい。ところがまた消えてしまわれて……御神殿から……それで、旦那様はたいそうなお怒りで、すぐに警部様をおつれしてくるようにと……」

「よし、いまいく」

警部はいそいで湯からとび出したが、そのとき、何気なく金田一耕助のほうをふりむくと、耕助はなにかしら、謎のような微笑をうかべて、しきりにもじゃもじゃ頭をかきまわしていた。

「警部さん、こんどこそあいつをつかまえてください。ひとを……ひとを馬鹿にしおって……大事な大事な蓮池家のひとつぶだねを、あいつはいったい何んと思っている

のか……」

それから間もなく、ふたりが老人の居間に駆けつけると、紋太夫は怒りにふるえ、寝床のうえで不自由な身をもんでいた。そばではお由良がおろおろし、珠生は真っ蒼になって、きっと唇をかんでいる。

「御老人、ま、落ち着いて……お由良さん、いったいどうしたというんですか」

「はい、あの……」

お由良がおどおどしながら、語るところによるとこうである。

その朝も、老人と珠生とお由良の三人は、この居間で食事をとっていた。そばでお杉がお給仕をしていた。すべてが三年まえとそっくりそのままの状況で、いきおい、一同のあたまには、三年まえのあの朝のことが思い出された。それに、昨日の幾代の話もあるので、一同はいっそう言葉少なに箸をはこんでいたが、そこへ、庭のほうからバタバタと軽い足音がきこえてきた。

一同がはっとしてそのほうをふりむくと、ひとりの男がむこうからやって来て、御神殿のなかへとびこんだ。顔は見えなかったけれど、昨日幾代から聞いた男と、そっくり同じ服装であった。古ぼけた外套の襟を立て、古ぼけた帽子をまぶかにかぶり、軽く跛をひいていた。その男が御神殿へとびこむと、すぐにがちゃりと掛け金をかける音がきこえた。

ちょっとの間、あっけにとられた一同は、そのほうを凝視めていたが紋太夫が

「ひっぱって来い。あいつをここへひきずって来い」

だが、誰もそれに従うものはなかった。おびえ切った女たちには、とてもその勇気はなかったのである。老人がまた同じことを叫んだ。

と、お杉がつと立って、男衆の留吉を呼んできた。留吉のあとには、若いものが二人ついていた。それに勇気をえたのか、珠生がはだしのまま庭へとびおりた。お由良とお杉もそれにつづいた。

御神殿の扉はなかから掛け金がおりていた。珠生はすぐ裏手へ廻った。三年まえとちがって、窓には掛け金がおりてなかった。留吉がそこからもぐりこんだ。二人の若者もそれにつづいた。女たちが正面へまわって待っていると、留吉が妙なかおをして、なかから観音びらきの扉をひらいた。貞之助のすがたはまたどこにも見えなかったのである。

「おまけに、警部さん、祭壇のうえには、このようなものがおいてあったというのじゃ」

怒りにふるえる指先で、紋太夫がつきつけたのは、鴉の羽根をはさんだ祝詞の折本である。開いてみると、見返しの白紙のページに、みみずののたくったような血の走り書きで、

われはかえれり
　されどまたわれはいかん
　二度とふたたびわれはかえらじ
　警部と金田一耕助は思わず顔を見合わせる。老人はキリキリ奥歯をかみならしながら、

「警部さん。いったい、これはなんの真似じゃ。あいつは……あいつはこの珠生を、いったいどうしようというのじゃ」

　老人が激昂するのも無理はない。貞之助の行動は、まるでかれらの感情を、翻弄しているようなものである。警部も言葉に窮して、

「とにかく貞之助さんをさがし出すことですね。窓があいていたというから、そこから抜け出したにちがいない。何んのために、そんな変なまねをするのか、貞之助さんさえ探し出せば、何もかもわかりましょう」

「ときに、……泰輔さんのすがたが見えないようですが、どうかしましたか」

　金田一耕助がお由良のほうを振り返った。

「はい、あの、その泰輔はけさ早く、貞之助さんの消息をきいてくるといって、町へ出かけていきましたが……」

「なるほど、そして、幾代ちゃんは？」

「さあ、幾代ちゃんはどうしたのかしら」

お由良もはじめて気がついたように、あたりを見まわしたが、噂をすれば影というのはまったくそのことだった。幾代がそのとき血相かえて、庭のほうから駆けこんできた。

「あ、警部さん、早く来て……早く来てください。お兄さまと泰輔さんが、地蔵くずれの崖のうえで……」

「なに、貞之助と泰輔が……」

紋太夫のことばも終わらぬうちに、警部ははや腰をうかしていた。

「幾代ちゃん、地蔵くずれというのはどこだ」

「はい、この裏山のずっと奥です」

「そこで貞之助さんと泰輔君が、なにをしているというんだ」

「ひどい喧嘩がはじまったんです。どちらに怪我があってもなりません。早くいって、……早くいってください」

「よし、金田一さん」

警部はさっと立ち上がったが、そのときかれは耕助の顔に、世にも異様なかげろいが、うかんでいるのを見たのである。だが、それもほんのちょっとの間で、かれもすぐに警部のあとについて立ち上がっていた。

留吉をはじめ若者たちによって、捜索隊が組織されたのは、それから間もなくのことである。捜索隊の案内は幾代がつとめた。みちみち彼女は、いくどか泪にとぎれながらも、つぎのように警部や耕助に物語った。

幾代は裏山へ茸をとりにいっていた。それはちかごろの彼女の日課になっていたのだが、そこでバッタリ貞之助に出会ったというのである。時間からいって、それは貞之助が神殿を抜け出したのちのことらしい。

彼女は貞之助をひきとめた。いっしょに家へかえってくれるように頼んだ。しかし、貞之助はきかなかった。彼女をふりきって裏山づたいに逃げていった。彼女はそのことを報らせようと、大急ぎで家のほうへかえってきたが、途中でばったり出遭ったのが、町からかえってきた泰輔だった。泰輔は幾代の話をきくと、血相かえて貞之助のあとを追うた。幾代もなんとなく心許なくなったので、そこからまた引き返して、泰輔のあとを追うた。

「すると、地蔵くずれの崖のうえで、ふたりが何かはげしくいいあいながら、立っているのが見えました、そのうちにつかみあいがはじまったので、びっくりして、おしらせにかえってきたのです」

幾代はそこではげしく泣きじゃくった。

それから間もなく一行は、地蔵くずれの崖のうえまで駆けつけたが、そこにはもう、貞之助のすがたも、泰輔のかたちも見えなかった。しかも、崖のはしに誰かがすべり落ちたらしい跡がついているのが、さっと一行を緊張させた。地蔵くずれは数十丈の絶壁である。しかも崖の下には、このへん特有の巨石がごろごろしている。ここから滑り落ちたとしたら、とても生命はおぼつかない。

一行はすぐに崖下へまわった。果たしてそこには、無残な血痕がしたたっていたが、死骸はどこにも見当たらなかった。

その死体が発見されたのは、それから一時間ほどのちのことである。死体は地蔵くずれの崖の下から、少しはなれた雑木林のなかの落葉の下に埋められていた。

死体のぬしは作業服をきた泰輔だった。すぐに医者がよばれたが、その医者の手によって、泰輔の上半身がはだかにされたとき、金田一耕助は何を見付けたのか、世にも嬉しそうに、もじゃもじゃ頭を、ガリガリバリバリと、めったやたらに掻きまわしたのである。

泰輔の左の腕の静脈には、小さく切った絆創膏が貼ってあった。ちょうど注射のあとのように。……

貞之助のすがたは、ついに発見されなかったのである。

八

「珠生さん、何もかもおっしゃっていただけませんか。すべて三年まえのあなたと貞之助さんの計画から、端を発しているのだから」

陰気な声だった。古井戸のなかへ、ポトリと小石でも落としたような、妙にわびしい声だった。だが、そのわびしい耕助の声は、さっと一座を緊張させる。ちょうど井戸の水が、ゆらゆらと波紋をえがくように。

珠生はさっと蒼ざめ、紋太夫は大きく眼を見張り、幾代はわなわなと唇をふるわせる。お由良は泣きはらした眼で、ふしぎそうに、珠生と耕助の顔を見くらべていた。

泰輔の死体が発見された晩のことである。その日いちにち、町へいっていて金田一耕助と磯川警部は、日が暮れてからかえってくると、一同を老人の居間に呼び集めたのである。

「珠生さん、三年まえに神殿の窓に、なかから掛け金をおろしたのはあなたでしたね。それからみても貞之助さんの消失は、あなたがた御夫婦の共謀だったことがわかります。理由は知りません。しかし、貞之助さんはどうしても消える必要があった。しかも、その消失が神秘的であればあるほど効果があった。そこでああいう方法をとられたのですが、それにもかかわらず、あなたはその後、貞之助さんの消失について、しだいに疑いを持ちはじめた。しかも、それは世にも恐ろしい疑惑です。即ちあのとき神殿から、ぬけ出したのはほんとうに貞之助さんだったか。ひょっとするとほかのひと、泰輔君ではなかったか。……そういう疑惑が、あなたを悩ましはじめたのですね。珠生さん、しかし、どうしてそのような疑いが、あなたの頭にきざしはじめたのですか。あなたはあのとき、神殿へとびこんだ男の顔を、ごらんになったわけではないのでしょう」

珠生はものうげにうなずいた。蒼ざめた顔色にかわりはなかったが、もはやそこには、何んの恐怖も、なんの悶えも見られなかった。何もかもをあきらめきった、水のような平静が、神々しいばかりに彼女をくるんでいた。

「あたしはあのとき、猟服を着たひとの顔を見たわけではございません。でも、貞之助があああしてかえってくることは、あらかじめ打ち合わせてあったので、いちずにそれと思いこんでおりました。また、消えたのが貞之助でなくては困るので、顔を見たようにいいはったのです。それがのちになって、ひょっとすると……と、疑いはじめたのは、貞之助からその後いちども音沙汰がなかったからです。貞之助はこの家を去っても、ときおりは、何かの方法で、きっと便りをするからといっていたのに、それが一向なかったのと、もうひとつは、幾代ちゃんの素振りからです」

「ああ、そうそう」

そのとき、思い出したようにお由良が幾代をふりかえった。

「あのとき猟服を着たひとが、神殿へとびこむと、すぐに幾代ちゃんが、あら、お兄さまと叫ぶ声がきこえたわね。あれが貞之助さんではなく、かりに泰輔だとしたら、……幾代ちゃんは泰輔と、ぐるになっていたというの」

「いいえ、恐らくそうじゃありますまい」

金田一耕助がひきとって、

「あれは自然に出た言葉だったのです。そして、そのことも珠生さんの疑惑のもととなったのでしょう。お由良さん、あなたはおぼえていませんか。あのころは、幾代ちゃんは泰輔君のことも、お兄さまと呼んでいたんですよ」

お由良が急に大きく眼を見張った。

「それじゃ、あのとき幾代ちゃんが、お兄さまと呼んだのは……」

「そうです。泰輔君でした。しかも、あのことがあってから間もなく、幾代ちゃんは泰輔君のことを、お兄さまとよばなくなった。泰輔さんというようになった。何故だろう。……珠生さんはそれを疑いはじめた。そして、女性特有の鋭い本能から、泰輔君と幾代ちゃんに、関係のあることを嗅ぎつけたのです」

紋太夫老人がびっくりしたように大きく眼をみはった。そして息をはずませた。

「泰輔と幾代が……馬鹿な、そ、そ、そんな馬鹿な……あのころ幾代はまだ十五の、ほんの小娘だったじゃないか」

「でも、旦那様、それがほんとうでございました」

幾代はいくらか羞じらいながら、それでも悪びれずに、思いあきらめたように呟いた。紋太夫がまた大きく眼を見張った。

「あのときあたしは時間を間違え、いつもよりおくれてお燈明をあげにいきました。そしてスーツケースを見つけて調べているところへ、あのひとが……泰輔さんが貞之助兄さんの猟服を着てとびこんで来たんです。あたしがおどろいて声を立てると、泰輔さんが口をおさえて、これにはわけがあることだ。万事貞之助兄さんやお姉さまに頼まれてやっているのだ。その証拠には、自分があの窓からぬけ出したあとで、お姉さまがこっそり掛け金をおろすから、それをよく見ておいで。そしていまこの神殿へとびこんできたのは、あくまで貞之助兄さんだといい張るのだよ。わけはあとで話すから、お昼過ぎに地蔵くずれの崖下の、雑木林へひと知れず来るようにと、早口にそんなことをいって、あたしを神殿から押し出しました。そこであたしはあのひとのいうとおりにふるまいました。そして、お昼過ぎにいわれたところへ参りました。そして、そこであたしはあのひとに、無理無体に……」

紋太夫がまた大きく息をはずませた。お由良もおびえたような眼をしている。幾代

はいくらか羞じらいがちに、

「でも、あたし、そのことがそれほどいやではなかったのです。それというのが、いつか旦那様の口から、いくいくはおまえと泰輔を夫婦にするつもりだということを、うかがったことがあるものですから。……その後、たびたびあの人に、雑木林へよび出されても、あたしは素直にあの人の、いうままになっていたのです」

幼い幾代は泰輔を、いちずに良人と思いこんでいたのと、はじめて知った男の肉体の秘密に、魂をうばわれてしまったのであった。そして、知らず識らずのうちに、共犯者の役目を演じていたのだ。

「その時分、あたしは夢中になっていたので、あのひとがあんな悪いひとだとは知りませんでした。それに気がつきましたのは、お杉との関係を知ったときからでした」

「お杉と泰輔が……」

老人はまた息をはずませる。額にはねっとりと、冷めたい脂汗がうかんでいた。

「お杉はあたしよりまえから、あのひとと関係があったのです。お杉が自分でそういいました。そしてあたしに別れてくれというんです。あたしはむろんはねつけましたが、その時分から、あたしはなんだかあのひとが、怖くなってきたのですが、そのうちに、あのスーツケース……あのスーツケースを見つけ出して……」

「ああ、あのスーツケース……あれはどこにかくしてあったの？」

「地蔵くずれの崖下の、穴のなかにあったんです。なかには兄さんの下着類ばかり、むろん、お金はありませんでした。あたしはあのひと……泰輔さんがよく地蔵くずれの崖下を、うろついているのを知っていました。だから、それを見つけたときのあたしの驚き……あのひとは神殿の窓からぬけだしたあと、あのスーツケースを、貞之助兄さんにわたしたといっていましたが、貞之助兄さんが、そんなところへかくすわけがありません。あのひとの言ったことは嘘だったのだ。それでは貞之助兄さんは、スーツケースも持たずに、いったい、どこへいったのか……それを考えると、あたしは怖くて怖くて、たまらなくなりました。そこで、何はともあれスーツケースを、こっそり家へ持ってかえって、誰にも知らさずかくしておいたのです」

「それを、今度、利用したんですね」

幾代は力なくうなずいて、

「三年たってもお兄さまが、かえって来なければ、お姉さまは泰輔さんと、婚礼しなければならないことになりました。それは恐ろしいことです。お兄さまはもう、かえっていらっしゃるわけはありませんし、そうなるとお姉さまは、ひょっとすると、良人のかたきかもしれないひとと、結婚することになるのです。あたしはどうしてもこの婚礼を、お姉さまのために妨げねばならぬと……」

「幾代ちゃん、堪忍して。あたしはあなたを、もっと悪いひとだと思っていたのに…

……」

珠生が悲痛なさけびをあげた。

「それじゃ、幾代が町で貞之助にあったというのは……」

「嘘でした。でも、そうでもしなければ旦那様は、すぐにもお姉さまを泰輔さんの、お嫁さんにしてしまうでしょう。せめて、スーツケースだけでもかえってきたら、お姉さまにまた、この婚礼をのばす口実ができます。でも、町で外套の襟を立て、帽子をまぶかにかぶり、大きなトランクを持った、跛の人にあったというのは嘘ではございません。そういう人が駅から出てきたので、あたしはそれをお兄さまに仕立てたのです。そのひとは隣村の親戚へちょっと寄って、その晩つぎの駅から遠いところへいってしまうといってました。あたしはそれをお兄さまに仕立てたのです」

金田一耕助はやさしい眼で、幾代を見ながら、

「わたしたちはそのひとを、今日見つけてきましたよ。そのひとは、まだ親戚に泊まっていたんです。あんたにいろいろのことを聞かれたが、何んのためだかわからなかったと、狐につままれたような顔をしてましたよ」

「それじゃ……それじゃ、今日、神殿からぬけ出したのは……？」

紋太夫がまた喘いだ。

「むろん、泰輔君ですよ。泰輔君は幾代ちゃんの計画に気がついた。スーツケースが

かえってきたことによって、珠生さんがまたこの婚礼に、異議をとなえ出すのはあきらかです。そこで貞之助さんに、二度とここへはかえらぬと、宣言させなければならなくなりました。そこで幾代ちゃんの話を逆に利用して、ああいう風態でかえってくると、注射器で自分の静脈からとった血で、二度とかえらぬという意味を書いた、祝詞の折本をのこしていったのです。それと同時に、幾代ちゃんを殺してしまおうという考えでした。あのスーツケース、あれこそ三年まえの自分の罪業の、何よりのあかしなのですが、それを持ち出した幾代ちゃんを、泰輔君はひどくおそれた。そこで、幾代ちゃんを殺し、その罪を架空の貞之助さんに転嫁しようとしたのです」

「あのひとは……」

と、幾代がそのあとをつづけた。

「けさ八時に、地蔵くずれのうえで待っているようにあたしに命じました。あたしはいわれたとおり待っていました。するとあのひとが、昨日あたしのいったとおりの服装でやってきました。あたしはすぐにあのひとが、自分を殺そうとしているのだと気がつきました。あたしはもう、殺されてもよいつもりでした。でも、あのひとがあたしを崖から突き落とそうとしたとき、本能的に身をしずめたのです。すると逆にあのひとが、もんどり打って崖のうえから……」

幾代は眼を閉じ、息をのんだが、すぐまたことばをついで、

「あたしはそのまま逃げかえろうとしましたが、気がつくと、あのひとはまだお兄さまに化けたままです。それがわかっては拙いので、崖をおり、外套と帽子をぬがせましたが、そうすると、血のつきぐあいがおかしいので、雑木林へひきずっていって、落葉のなかへ埋めたのです。外套と帽子はほかへかくしました」

「その外套と帽子も見つけましたよ」

金田一耕助がやさしくいった。しばらく、氷の張りつめたような、沈黙が居間のなかを閉じこめる。それを破るように、紋太夫がはげしく咳をすると、

「すると、すると、貞之助は……」

「貞之助さんは」

金田一耕助がいたましげな声で、

「三年まえに猟にいった晩、峰の薬師のおこもり堂で、泰輔君に殺されたのです。泰輔君は貞之助さんと珠生さんの計画――貞之助さん消失の計画を知っていたにちがいありません。どうして知ったか、泰輔君が死んでしまったいまとなってはわかりませんが、それをうまく利用して、十万円をうばい、そしてあわよくば、貞之助さんのあとがまに坐ろうとしたのです」

「しかし、……貞之助はなぜ消えなければならなかったのだ。あいつは何か悪いことをしているのか」

「いいえ、お祖父さま」

珠生がいった。それは悲痛な声だった。

「悪いのはあのひとではなくあたしです。あたしはお彦さまに呪われた体でした」

「お彦さまに呪われた……？」

「彦姫さまはとても嫉妬ぶかい神様だときいております。その呪いをうけたのか、あたしは……あたしはうまれながら、女であって、女ではないのです。夫婦のかたらいのできぬ体でございます」

紋太夫の眼はいまにもとび出しそうである。

金田一耕助と磯川警部は、ギョッとしたように顔見合わせたが、やがていたましげに珠生のおもてから眼をそらせた。

「ああ、とうとういってしまった。いってしまって気が落ち着きました。このことを、もっと早くお祖父さまに、打ち明けておけば三年まえのことも、こんどのことも起こらずにすんだのです。でも、そんなことひとに知られるのが恥ずかしかったのと、もうひとつはお祖父さまの夢を破りたくなかったので、あたしはかくしていたのです。お祖父さまは一日も早くあたしが子供をうんで、蓮池のあととりをこさえるようにと、祈っていらっしゃったのですから」

「珠生！」

「あたしは苦しみました。貞之助も苦しみました。あのひとは健康で身内にあつい血がたぎり立っているのです。毎夜毎晩、精力のはけくちを求めて、のたうちまわるのです。あたしはあのひとに、ほかに愛人を持つように頼みました。でもまた、それも思い直さねばなりませんでした。養子の分際で妾など持ったら、お祖父さまはお許しになりません。きっと離縁ばなしが持ちあがりましょう。それはいいのですけれど、そうなるとまたお祖父さまは、ほかに養子を見つけるでしょう。そうするとまたあたしは恥を重ねなければなりません。貞之助はそれをふびんがってくれました。とはいえ、あのひとは枯れ木のようなあたしを抱いて、いつまでも辛抱していることはできなかったのです。そこで一時身をかくすことにしたのですが、ただ、家出をしただけでは、お祖父さまがお怒りになって、離縁ばなしから、つぎの縁談ということになるにきまっています。だから、出来るだけ神秘に消えよう。あのひとの留守中に、縁談など起こらぬような神秘な方法で、消えようということになって、ああいう手段をえらんだのです」

それはいたましい努力、血のにじむような苦心であった。しかも、その苦心、努力は、すべて泰輔によって利用され、そこに恐ろしい殺人計画がうまれたのである。

「貞之助さんの失踪を三年と限ったのは？」

耕助の質問に、珠生はちょっとためらったが、すぐまた心をきめたように、

「あのころのお祖父さまの御健康では、三年のうちには、お亡くなりになるだろうと思ったのです。いいえ、お祖父さまのお亡くなりになるのを、お祈りしたわけではございません。ただ、生きてあたしのこの不幸、女としてのいちばん大きなこの不幸を、御存じになるより、何も御存じなくお亡くなりになったほうが、どれくらいお仕合わせかも知れないと思いました。お祖父さまがお亡くなりあそばしたら、あのひとはすぐかえってきて改めて離婚するなりこのまま名目上の夫婦生活をつづけ、ほかに女を持つなり、どちらかにしようということになっていたんです」

珠生はそこではじめて、世にもみじめな自分の哀れさに、よよとばかり泣きくずれたのであった。

「それにしても……」

磯川警部は思い出したように、ポツリと口をひらいたのは、その翌日、岡山へかえる軽便のなかのことだった。

「思えば妙な事件だったが、貞之助もすこしやりすぎたようだ」

「貞之助がやりすぎたというのは？」

金田一耕助がふしぎそうに顔を見ると、警部はいくらか極まり悪げに顔をしかめて、

「いや、わしはね、いま、祟りというものをかんがえていたんだ。貞之助と珠生が、ああいう計画を立てるのはいいとして、お彦様の使わしめの、鴉を殺すというのは、

やはりいくらかいき過ぎだった。ひょっとすると、その祟りで……」

それを聞くと金田一耕助は、世にも妙な笑いかたをして、

「警部さん、それはあなたの思いちがいです。鴉を殺したのは、貞之助ではありませんよ」

「貞之助ではない？　では、誰が……？」

「泰輔ですよ」

「泰輔……？」

警部は大きく眼を見張った。

「そうです。泰輔はおこもり堂で貞之助を殺しました。恐らく刺し殺したのでしょう。泰輔は血をこぼさぬつもりだったが、それでもいくらか床板に血の痕がついた。朝になってそれに気がついた泰輔は、拭いてもとれぬと観念して、そこで鴉を殺し、その血のうえに鴉の血をたらしたのです。だからあのとき、あなたが床板の血をもっと入念にしらべていられたら、三年まえに事件は片付いていた筈なのですよ」

磯川警部は息を弾ませ、それからがっくり首をたれて、二度とふたたび口をひらこうとしなかったのである。

貞之助のらしい白骨死体が、峰の薬師の巨石の下から発見されたのは、それからひと月ほどのちのことだという。

トランプ台上の首

一

世の中には、いろいろかわった商売があればあるものだ。

冬になると鳩の町のようなところへ、湯タンポの湯を配給するという商売がある。そうかとおもうと、売春婦たちが外で男とあうばあい、おまわりさんに怪しまれるのをさけるために、幼い子供をつれていく。その子供を貸す商売があったそうである。

宇野宇之助の商売は、しかし、それほど奇抜なものではない。昔からあった種類のものだが、それでも、ちょっと人の気づかぬ商売である。即ち、かれの商いというのは、隅田川から、東京湾へかけてたむろしている、水上生活者にお総菜を売りあるく、いわゆるおかず屋である。

昔、江戸時代には、喰らわんか舟というのがあったそうだ。夏の屋根船屋形船、夕涼みの舟のあいまを櫓を漕ぎながら、喰らわんか、喰らわんか、すしに菜飯にひややっこ、喰らわんかねえなどと怒鳴りながら、食物を売ってあるく商売である。

舟を漕ぐという点では、宇野宇之助の商売も、喰らわんか舟の流れをくんでいると、いっていえないこともないが、その客種にいたっては、ぜんぜん種類をことにしている。江戸時代の喰らわんか舟の客というのが、風流涼み舟、すなわち、当時の有産階級であったのに反して、宇野宇之助の客種は、その日、その日を、ギリギリ一杯に生活しているひとたちである。

　したがって、つい先年までは、岡持ちみたいなガラスのケースに入っているのも、ひじきに油揚げの煮つけだの、こんにゃくに里薯(さといも)の煮ころがし、あるいはうずら豆の甘辛煮などと、だいたい、そういった種類のものが多く、飯田屋という屋号を白く染めぬいた、赤提灯(あかちょうちん)を舟のへさきに押し立てて、舟から舟へと、水上生活者のあいだを漕ぎまわる、宇之助じしんの風態(ふうてい)なども、薄よごれた印半纏(しるしばんてん)にねじり鉢巻き、どうかすると貧乏たらしく、無精ひげをはやしてるなんてことも、めずらしくはなかった。

　ところが、一昨年あたりから、その宇之助がすっかりスマートになってきた。だいいち、舟からしてちがっている。以前はふつうの和船を漕いでいたのに、いまでは、いつもペンキ塗り立てみたいに、ぴかぴかボディーをひからせた、モーター・ボートを運転している。モーター・ボートに赤提灯はおかしいとあって、ボートのへさきに、低いアーチのようなものをおっ立てて、赤いガラスのくだで、飯田屋とかいてある。夜になるとそのくだのなかに、いくつかの豆電球がつくという仕掛けである。

　服装等も以前の印半纏や、ねじり鉢巻きは一擲(いってき)して、いまではいつも清潔な割烹服(かっぽうふく)に、コックのかぶるような、白い帽子を採用している。

　それではどうして、以前の無精たらしい宇之助が、こうもスマートに変貌(へんぼう)したのか、これもひとえに食料衛生にたいする、かれの自覚のあらわれなのか……。

いくらか、それもあったかもしれないけれど、もうひとつ、宇之助変貌の大きな原因として、あげられなければならないのは、かれに新しい客種ができたからである。

新しい客種というのは、隅田川の河岸すれすれに建った、聚楽荘というアパートの住人たちだ。このアパートはかなり大きく、四階だての各階に、十五世帯くらいずつ収容しており、したがって六十世帯という家族が、隅田河岸すれすれに、住居していることになる。

この六十世帯の全部が全部、飯田屋の常顧客というわけではない。しかし、このアパートに住むわかい夫婦ものの、ほとんど全部が共稼ぎであった。

ここには男の独身者はいなかった。男の独身者はいれぬという、規則があるわけではないが、男ひとり住むには、いささかお高いのである。しかし、女の独身者は相当いた。男の独身者にはお高いが、女の独身者には住めるというところに、売春取締り法の、むつかしさがあるのかもしれない。たとえば、二号さんの生活なども、一種の売春であるということになれば……。

それはさておき、共稼ぎの奥さんにしろ、二号さん生活の女にしろ、お料理はみんな、あまりお得意でないにちがいない。と、いって、そうたびたび仕出し屋から取りよせるほども、ふところぐあいはゆたかではない。そこで、つい眼の下をとおる飯田屋が、調法がられたというのである。

　はじめのうち宇之助は、よく若い奥さんがたにしかられた。

「まあ、不潔ねえ。食物を売るんでしょう。もう少し身綺麗(みぎれい)にしなさいよ。髯(ひげ)ぐらいは毎日剃(そ)るもんよ」

　だとか、

「また、ひじきに油揚げ？　いやあねえ、もうすこしましなものはできないの」

　だとか。

　こうして、宇野宇之助は聚楽荘の若奥さまがたに、すっかり教育されたのである。食物を売るには、いつも身ぎれいにしていなければならぬこと、また、いまどきの若奥さまがたは、ひじきに油揚げの煮つけだの、こんにゃくに里薯の煮ころがしなんかより、洋食めいたものを、お好みになるということを悟るにいたった。

　そこで、かれのガラスのケースのなかには……このガラスのケースなども、昔から見るとずいぶんハイカラになったもので、ちかごろのは保温装置がついている——コロッケだの豚カツだの、ハンバーグ・ステーキだの、オムレツなどがならぶようになり、それがまた、羽根が生えたように売れるのである。

　つまり、宇野宇之助のおかず屋商売は、聚楽荘のおかげで、がぜんうけに入ったわけだが、しかし、感心に、かれは昔のことを忘れなかった。モーター・ボートをあやつる身分にまで、出世したげんざいの飯田屋の食料品ケースのなかには、いまでもひじきに油揚げだの、こんにゃくに里薯の煮ころがしだの、うずら豆の甘辛煮などがならんでいて、それはまたそれで、結構な収入になるのであった。

さて、昭和三十×年十一月二十四日、午後四時ごろのことである。

宇野宇之助はいつものとおり、若奥さまがたの、お好みにかないそうな料理を満載して、聚楽荘の裏河岸へやってきた。そこでサイレンを、三度つづけて鳴らすのが合図になっている。このサイレンを聞くと、待ちかねたように、あちこちの窓がひらくという寸法である。

「飯田屋さん、きょうはなにがあってえ?」

と、三階あたりからでも、威勢のよい若奥さまは怒鳴るのである。

「へえ、毎度ありがとうさま、きょうはこれだけでして……」

と、心得たもので、モーター・ボートのうえには、天幕のように日覆いが出来ているが、その日覆いのうえに、その日の品と値段表が、三階あたりからでも読めるように、大きく書いてあるのである。

「飯田屋さん、こっちへ来てえ。ハンバーグ・ステーキ二人まえもらうわ」

と、二階の窓から声がかかったかと思うと、綱のさきにぶらさがった笊が、するするると窓からおりてくる。笊のなかには皿と、ハンバーグ・ステーキ二人まえに相当する金が入っている。

「へえ、どうも毎度ありい……」

と、宇野宇之助はモーター・ボートから手をのばし、笊を手許にひきよせると、御注文のハンバーグ・ステーキ二人まえを皿に盛り、そのかわり、お代を頂戴するという仕組みである。

この笊と綱は、宇野宇之助の機転のきく女房の入れ智恵で、飯田屋から、アパートの各家庭へさしあげたもので、寸暇をおしんで、手内職にいそしんでいるような、若奥様がたにひどく調法がられた。

そのうちに、あちらの窓からもこちらの窓からも、飯田屋さあんと黄色い声がかかって、つぎからつぎへと笊がおりてくる。しかし、さすがに三階からうえでは、この笊の曲芸はおぼつかなく、そこいらの住人は、みずから階下へおりてきて、アパートの裏手の犬走りに出てくる。

「あら、もうコロッケはおしまい」

「あっ、どうもおあいにくさま。すっかりヤマになりまして」

「不公平ねえ、少しは四階の住人のためにも、便宜を計ってちょうだいよ。えっちらおっちら、階段をおりてきてあげているのに、お目当てのものは売り切れだなんて……」

「えっへっへ、どうも申し訳ございません」

「ほんとに申し訳ないじゃすまないわよ。うっふっふ、憤ってみたってはじまらないわね。それじゃ豚カツでももらっておこうっと」

「へえ、へえ、毎度おありがとうさま」

四階の客がおりてくるころには、宇野宇之助の商売は、もうあらかたおわっている。アパートむきの料理は、だいたいヤマになっていて、こんどはひじき組のほうへ、まわることになっている。

そのころになると、いつも、管理人のおかみさんが顔を出す。

「飯田屋さん、あいかわらず繁昌で結構だねえ」

「あっ、おかみさん、いま、声をかけようと思っていたところですよ。野菜サラダとオムレツが、少し残りましたから、お皿をもってきてください」

「あら、まあ、そう、毎度すまないわねえ」

おかみさんがいそいそと、うちのなかへとって返すと、宇野宇之助は念のためにサイレンを鳴らす。ひょっとすると、まだ、買いそびれているお客さんが、あるかもしれないからである。

宇野宇之助はブーブー、サイレンを鳴らしながら、さっきから気になるように、一階のいちばん隅っこの窓をながめている。宇之助はその部屋に、牧野アケミというストリッパーが、住んでいることをしっているのである。じつは、宇之助をいちばん最初に、呼びとめてくれたのはそのアケミで、アパート相手の商法について、いろいろ、指導してくれたのもその女であった。

それだけに、アケミは飯田屋がごひいきで、家にいるとかならずいちばんに、笊をぶらさげてくれるのだが、きょうはいっこう、その沙汰がないところをみると、劇場のほうへいっているのだろう。しかし、それにしても、観音びらきの窓のガラス戸が、少しひらいているように見えるのは……？

とつぜん、ぎょっと、宇野宇之助の眼が大きく視開かれた。かれの視線はアケミの部屋の窓から、すぐその下の石垣を上下する。すると、いくらかあぐらをかいた、宇之助の鼻孔がぶるぶるふるえ、呼吸がはずんで、額にねっとりとした汗がふきだしてきた。

宇之助はきゅうに気がついたように、モーター・ボートをアケミの部屋の、すぐ下までもっていった。そして、モーター・ボートから身を乗りだして、点々として、石垣にたれている赤黒い汚点をながめていたが、

「血だ！」

と、思わず息をのむ。しかも、その赤黒い汚点は、アケミの部屋の窓からつづいているのである。

そこへ、管理人のおかみさんが欲張って、大きなどんぶりを持って出てきた。

「あら、飯田屋さん、どうかして？」

「おかみさん」

と、宇之助はおしへしゃがれたような声で、

「アケミちゃんはきょうどうしてます」

「ああ、牧野さん」

と、おかみさんは窓のほうをふりかえったが、まだ、なにも気がつかないらしく、

「そういえば、きょうはあのひとの姿を見ないわね。いつも出入りに、かならず声をかけていくひとだのに……だけど、飯田屋さん、牧野さんがどうかして」

「おかみさん、あれ、血じゃない？　窓から垂れているのは……？」

「えっ、血……？」

ぎょっとしたように、ふりかえったおかみさんは、窓から足下に眼をおとすと、

「ヒーッ！」

と、まるで、こわれた笛のような悲鳴をあげてとびのいた。

「い、い、飯田屋さん！」

「ようし！」

と、宇之助は大いそぎで、モーター・ボートからいかりをおとすと、石垣づたいに

犬走りへよじのぼった。おかみさんが悲鳴をあげて、とびのいたのもむりはない。そこにはひとかたまりの血が、くろぐろとかわいている。

窓の高さはおとなの背丈で、胸もとぐらいである。観音びらきのガラス戸は、果たして少しひらいていて、そのなかに、緑色のカーテンがしまっている。

宇之助は窓枠に両手をかけ、反動をつけてよじのぼると、ガラス戸をひらき、カーテンをひきしぼってなかをのぞいた。そこは居間になっているらしく、いかにもストリッパー好みらしい、派手で、けばけばしい装飾がほどこされている。

「アケミちゃん、アケミちゃんはいないんですか」

宇之助は窓枠から体を乗り出したまま、二、三度呼んでみたが、部屋のなかはシーンとして返事もない。

「おかみさん、なかへ入ってみてもいいですか」

「はあ、あの、飯田屋さん、いちど、よく調べてみて……」

窓の下に立ったおかみさんは、歯をガチガチと鳴らしている。

「それじゃ……」

と、片脚、窓の内部へつっこんだ宇之助は、とつぜん、ありうべからざるものに視線をとられた。しばらくかれは、その世にも恐ろしいものを凝視していた。ちょっとの間、宇之助には、それがなにを意味するのか、納得がいかないような気持ちだった。

そして、それがやっとがてんがいったとき、

「わあっ、お、お、おかみさん！」

と、あやうくかれは、窓からしたの川へ顚落するところだった。

二

昭和三十×年十一月二十四日、午後七時。——即ち、お総菜屋の宇野宇之助が、「わっ、お、おかみさん！」と、絶叫して、あやうく下の川へ顚落しそうになってから、約三時間のちのことである。


等々力警部にともなわれて、聚楽荘一階八号室へふみこんだ金田一耕助は、ひとめ、その場のようすを見ると、思わず、

「こ、これは！」

と、叫んで、その場に立ちすくんでしまった。


ちょうどうまいぐあいに、その日かれは、警視庁捜査一課、第五調べ室、すなわち、等々力警部担当の部屋へあそびにきていた。そこへこの事件の報告が入ったので、警部に誘われるままに、いっしょにやってきたのだが、ひとめ現場を見たせつな、ふた

りとも慄然として、そこに棒立ちになってしまったのである。

まえにもいったように、そこはストリッパー、牧野アケミの借りているフラットのうちの、居間になっているのだが、聚楽荘では各階とも、隅っこのフラットがいちばん上等になっていて、アケミの居間も、十畳じきくらいの広さはある。

そこにいかにもストリッパーごのみらしい、けばけばしい色彩の家具調度類が、なんの秩序も調和もなく、ただいたずらにごたごたとならべてあるが、その一隅に正方形のテーブルがあるのは、麻雀やトランプをするときに、使用されるものなのだろう。

そのカード・テーブルのうえに、トランプのカードがいちめんに散乱しているが、その散乱したカードのうえ、テーブルのちょうど中央に、ちょこなんとのっかっているのは、なんと、血に染まった女の生首ではないか。

女の生首は、隅田川のほうへむかって据えてあるので、ドアから入ったところでは、女の顔は見えなかった。ちぢれた女の電髪が、ぐっしょりと血を吸った、トランプのカードのうえに乱れており、それが血溜まりのうえに、ちょこなんとのっかっているのだから、それだけでも、ときとばあいによって発揮する、女の黒髪のもつあの妖異さを強調しており、ゾーッと血も凍るような眺めであった。

金田一耕助と等々力警部は、こっそり足音をぬすむようにして、カード・テーブルをむこうへまわった。そして、はじめて、真正面からこの恐ろしいものに瞳をすえて、そこでふたりとももういちど、ううむと唸ったのである。

牧野アケミは二十五、六というところだろう。

ストリッパーにぶくぶく肥った女はいないが、この女などもおそらくほっそりとした、均斉のとれた体をしていたにちがいない。顔なども細面で、たかい鼻がいくらか、つんとうわむいているのが、かえって魅力的である。きれいな眼を大きく視張って、唇が少しひらいており、その唇のあいだから舌がのぞいているのが、まるで、誰かをからかっているようにもみえる。厚化粧でごまかしているが、少し窶れが目立っている。

さっき、宇野宇之助が窓から見たのも、この生首なのである。

かれも、笑っているように見えるこの生首の表情から、しばらく、事態の真相が納得できなかったのである。はじめはアケミがばあっと自分を、からかっているのではないかと思ったくらいであった。しかし、やがて、カード・テーブルの下に体がなく、それが斬りおとされた、生首以外の何物でもないと気がついたとき、

「わっ、お、お、おかみさん！」

と、あやうく、下の川へ落っこちそうになったというわけである。

「それで、菅井君、首から下のほうは……？」

等々力警部はゴシゴシと、掌ににじむ汗をハンケチで拭いながら、先着していた所

轄警察の捜査主任、菅井警部補のほうをふりかえった。

「それが、おかしいんですよ。警部さん」

菅井警部補はいまいましそうに眉をひそめて、

「首から下が見つからないんです」

「えっ？」

と、金田一耕助もその言葉をききとがめて、おもわず、生首から視線を警部補のほうへ移すと、まじまじと、捜査主任の顔をみている。

「な、な、なんだって、首から下が見つからないんだって！」

「ええ、そうなんです。だから、おかしいんです。ちょっとこっちへきてください」

菅井警部補に招かれて、金田一耕助も等々力警部のあとにくっついて、窓のそばへよると、外はもう真っ暗で、広い隅田川をへだてた、江東方面に点々として灯がみえる。夜空に、大きな煙突がみえているのは、セメント工場なのだろう。

菅井警部補が窓をひらくと、ビューッと、身を切るような川風が吹きこんでくる。十一月ももう二十四日、夜の川風が身にしみるのもむりはない。

「あれをごらんください、ほら！」

と、菅井警部補が懐中電燈で照らしてみせたのは、窓の下の外壁から下の犬走りである。懐中電燈の光のなかに浮きだした、ドスぐろい、しかも、おびただしい血の跡をみて、ふたりはまた、ううむと唸らざるを得なかった。

「あのとおりの血の跡でしょう。その血の跡は、下の石垣にも点々とついているんです。つまり、それをこのアパートの住人を上顧客としている、水上のお総菜屋が見つけたおかげで、この事件の発見も、はやかったというわけです。まあ、それはさておき、犯人は生首だけをそこへ飾っておいて、首から下は川のなかへ投げすてたか、あるいは舟でどこかへ運んでいったんじゃないかと、いうことになってるんですが……」

「そ、そんなばかな……」

「そんなばかなとおっしゃっても、げんに、このフラットのどこを探しても、首から下がないんだから、仕方がないじゃありませんか」

菅井警部補につめたく反駁されて、等々力警部はううむと唇をへの字なりに曲げ、金田一耕助は金田一耕助で、雀の巣のようなもじゃもじゃ頭を五本の指で、めったやたらとかきまわした。これが興奮したときの、この男のくせなのである。

犯人が、被害者の首と胴とを斬りはなすという事件は、いままでにもたびたびあったことで、それ自体は、それほど珍しい事件でもない。その場合、犯人の目的とするところは、死体の運搬を容易ならしめることと、もうひとつは、死体の身許を不明にすることと、だいたいこのふたつであろう。

だから、被害者の首と、胴が斬りはなされた事件のばあい、首なし死体は見つかっても、首のほうは、なかなか見つからないのがふつうである。なんといっても首なし死体よりも、生首のほうが、運搬に便利だし、またかくす手段にしても、胴のほうより簡単なせいであろう。いや、いや、それにもまして犯人が、生首のほうはとくに入念にかくすせいであろう。なんといっても、顔は人間の看板みたいなもので、たいていの場合、それによって身許が判断されるのだから。

それにもかかわらず、この事件の犯人はなんだって、人間の看板であるところの、生首のほうをここへ置きっぱなしにしながら、持ちはこびに厄介な、首なし死体のほうを、持ち去るなんて馬鹿なことをしたのであろう。

「ねえ、菅井君、それはいったいどういうわけだね」

と、等々力警部はすっかり苦りきっている。

「さあ……わたしにそんなこと、お訊ねになってもわかりませんよ。犯人がつかまったら、訊ねてごらんになるんですね」

と、菅井警部補はつめたく、突っぱねるようにいってから、なに思ったのか、にやりとひとの悪い微笑をうかべると、

「それとも、金田一先生の名推理に、ご期待されるんですね」

どうもこの若い警部補には、金田一耕助の存在が眼ざわりになるらしく、こういう

いかがわしい人物（と、菅井警部補はそう思っているのである）を、警部がつれてきたということによって、大いにプライドを傷つけられているらしい。

「やあ」

と、しかし、金田一耕助はべつに照れたようすもなく、ぼんやりと、もじゃもじゃ頭をかきまわしながら、

「この被害者の体には……つまり首から下には、なにか大きな特徴でもあったんですかな。おできの跡とか、手術の痕とか……」

「なにを馬鹿なことを！」

「えっ？」

「いや、たいへん失礼いたしました。それではどうぞ、あの写真をごらんになってください」

皮肉たっぷりに、菅井警部補が指さすほうを振り返って、金田一耕助はおもわず大きく眼を視張った。

カード・テーブルのうえの生首に注意をうばわれていたかれは、まだろくすっぽ、この部屋のなかも見ていなかったのだが、いま、警部補にうながされて振り返ると、この部屋のいっぽうの壁いちめんに、べたべたと貼ってあるのは女の写真――それも、みんなおなじ女の写真らしいが、その大半は、全裸にちかいかっこうである。

「ああ、ストリッパー……だったんですか」

かれはまだ、この被害者の身許をきいていなかったのである。

金田一耕助は反射的に壁の写真から、カード・テーブルのうえにのっかっている、あの恐ろしい生首に眼をうつして、それがおなじ人間であることを、改めて認識した。

壁に貼ってあるのは、ぜんぶ牧野アケミのヌード写真である。

金田一耕助はわざわざ、その壁のまえへいくと、両手をうしろに組み、いかにも物珍しそうに、一枚一枚写真を眺めている。

それは、生首の顔立ちからでも想像されたとおり、ほっそりと華奢（きゃしゃ）な体つきをしていて、どこかぬらぬらとしたかんじが、蛇のうねりを思わせる。だいたいそういうポーズが多かった。さすがにふたつの乳房だけが、みごとに発達し、隆起しているのがはなはだ印象的だった。

「どこに出ているんですか」

「浅草のミラノ座だそうです」

菅井警部補にかわって、藤田という刑事がこたえた。

「ストリップもヌード・ダンスも、以前ほどじゃないということだが……」

と、部屋のなかを見まわしながら、等々力警部がつぶやいたのは、それにしては、ぜいたくな暮らしだという意味だろう。

菅井警部補もその意味を察したらしく、

「なあに、パトロンがあるんですよ。となりの部屋をのぞいてごらんなさい。豪華なダブル・ベッドでさあ」

等々力警部はさっそくのぞきにいったが、金田一耕助はそれよりも、カード・テーブルのほうに興味をひかれた。

生首の下のトランプの排列は、そうとう乱されているものの、それはあきらかに、ひとり占いの、ペーシェンスの排列になっている。

菅井警部補もそのことに気がついているらしく、

「被害者はゆうべここで、トランプのひとり占いをやっていたんですね。その背後へ犯人が忍びより、背中からぐさりとひとつき……」

と、そういいながら警部補が、かたわらの、ソファのうえからつまみあげたのは、婦人用の派手なガウンである。

それは真っ赤なウール地にところどころ、五線紙にお玉杓子(たまじゃくし)を紫と白で浮き出した、いかにも芸人らしい好みの、けばけばしいガウンである。そのガウンの左肩の下に、鋭い刃物のあとがあり、それを中心として、周囲いったい、ぐっしょりと血に染まっているところをみると、なるほど菅井警部補のいうとおりだろう。

「なるほど」

と、金田一耕助もそのガウンを取りあげて、裏表を調べていたが、

「おや」

と、いうふうに眉をひそめる。ガウンの裏がぐっしょりと、血に染まっているからである。

「どうかしましたか」

「いやね、主任さん。被害者は、素肌にガウンを着ていたんでしょうかね」

「まさか。この寒空に、素肌にガウンをひっかける馬鹿はありませんよ。……それにこいつはウールだから、素肌に着ちゃたいへんだ。体がちくちくしてたまりませんやね」

「だけど、この血の着きぐあいは……？」

「下に薄物かなんか着てたんでしょう。だから、ぐっしょり血が滲みとおったというわけでしょうよ」

「その薄物というのは……？」

「犯人が首なし死体といっしょに、持っていったんですね。このフラットには見つかりませんな」

「なるほど」

金田一耕助はそのガウンを捜査主任にかえすと、また改めて、カード・テーブルの

まわりを見まわした。

正方形のカード・テーブルをとりかこんで、四つの椅子がおいてあり、その椅子から手のとどくところに、二つの小卓が対角線の位置に配してある。そのうえに、灰皿やウイスキー・グラスがおいてあるが、どの灰皿にもたばこの吸殻が二、三本。四つあるウイスキー・グラスのなかには、まだ多少ウイスキーの残っているのもある。

「この部屋のようすからみると、ゆうべここに少なくとも、三人の客があったわけですね」

「そうです、そうです。そして、少なくともそのなかのひとりは、女だったにちがいありませんよ」

「どうして、それがわかりますか」

金田一耕助はべつに、あいてをからかうつもりで聞いたのではないが、それにもかかわらず、菅井警部補はむっとしたように、

「そっちの灰皿にもこっちの灰皿にも、吸口にルージュのついた吸殻がある。しかも、たばこの種類がちがっているんだから、いっぽうが被害者のだとしたら、当然、もういっぽうのは客でしょう」

「なるほど」

と、金田一耕助はうなずいて、

「すると、その客がかえったあとで、被害者がしょざいなさに、ペーシェンスをやっていた。そこをぐさりと……」

「そうそう、そのとき被害者は、この椅子に坐っていたんですね」

菅井警部補がたたいてみせた椅子の背に、なすったように血がついており、床にも点々と、血痕が散っている。

金田一耕助は張り子の虎のようにうなずきながら、

「ところで、ドアは……？」

「ドアには鍵がかかっていて、鍵はドアの内側の鍵穴に、はめこまれたままになっていたそうです。だから報告をきいて、いちばん最初に駆けつけてきた連中は、そっちの窓から、もぐりこんだんだそうです」

「すると、その窓はあいていたんですね」

「ええ、そこからこのアパートへモーター・ボートで、おかずを売りにくる飯田屋という男が、あの生首を見つけたのが、この事件の発端というわけです」

「すると、犯人も、その窓から忍びこんできたのかな」

と、金田一耕助がなにげなく呟くと、菅井警部補はいかにもあいての無智を、憐れむようににやりとわらって、

「さあ、それはどうでしょうかねえ、被害者を殺してから、なかからドアに鍵をかけ

ておいて、首なし死体といっしょに、窓から出ていったとも考えられる」

「あっ、なるほど！」

と、金田一耕助はピーンと、指でじぶんの額をはじくと、

「こういうアパートじゃ、受付にいる管理人も、いちいち、出入りのものに注意をはらわんのでしょうねえ」

「ええ、そう。ことにここは浅草にちかいでしょう。六区関係の人間が相当多いんで、時間的に不規則だから、そういうことは管理人の責任外なんですね」

「なるほど、ところで、死体を解体……つまり、首を斬りおとした場所は……？」

と、金田一耕助が聞きかけたところへ、等々力警部が寝室の横のドアから、むつかしい顔をのぞかせた。

「金田一さん、ちょっとこちらへ……」

「死体解体の現場ですよ」

と、そばから菅井警部補が註釈をいれた。

金田一耕助がはいっていくと、そこは浴場になっており、小判がたをした、タイル張りの浴槽のそばに、金属製のタライがおいてあり、そのタライのなかに、血がどっぷりとたまっているばかりか、白いタイル張りの、床のあちこちにも血が散っている。

「しかも、そのタライのそばに、鋸だの鋏だの、メスのように鋭い刃物だの

が、血に染まって散乱しているのが、ゾーッとするほど空恐ろしい。バックがタイルの白だけに、タライのなかにたまった血や、恐ろしい死体解体道具の印象が、いっそうなまなましく強烈である。

「この鋸や鋏は……？」

金田一耕助がいいかけると、

「さあ、それなんですよ、金田一先生」

と、菅井警部補がいまいましそうに唸った。

「せめて、こいつが犯人のもちこんだものなら、少しゃあ手がかりになったでしょうが、管理人のおかみさんの話によると、これ、被害者のものらしいというんです」

「被害者のもの……？」

金田一耕助は眼を視張って、

「ストリッパーがどうしてまた、鋏はともかく、鋸や、こんないろんな、物騒な道具をもってるというんですか」

「さあ、それなんですよ。いまむこうの居間に、木彫りのブック・エンドや、状差しがあったのに、お気づきじゃありませんでしたか。被害者はああいうものを作るのが上手で、管理人のおかみさんなども、作ったものを貰ったことがあるそうです。なんでも、ミラノ座の楽屋ではやってるんだそうで……」

「ああ、鎌倉彫りみたいなやつ……ちかごろ、ご婦人のあいだではやっているようですね」

なるほど、それに使う刃物なのかと、金田一耕助はそこに散らかっている、恐ろしい工作道具に眼をやりながら、それにしても、この程度の道具で首を斬りおとすには、そうとう、長時間を要したことだろうと、あらためて浴室のなかを見まわした。そして、はじめて気がついたのだが、このアパートはがっちりできていて、よほど大きな物音を立てないかぎり、外部へもれる気づかいはなさそうである。

そこへ藤田刑事がはいってきた。

「ミラノ座の支配人、郷田実という男がやってきて、管理人の部屋で待っているんですが……」

三

ミラノ座の支配人、郷田実というのは五十前後の、がっちりと、岩のように固肥りした男で、浅黒い顔に、げじげじのように太い眉(まゆ)、ギロリと眼つきが鋭くて、その精悍(せいかん)な風貌(ふうぼう)が、テキ屋かなんかのボスを思わせる。

いうまでもなく、アパートのおかみの電話で、かけつけてきたのである。

等々力警部と菅井警部補、それに金田一耕助もくっついて、管理人の部屋へ出向いていくと、そこにはもうひとり、白い割烹服に、コック帽をかぶった四十男が、おかみさんとなにやら話をしていた。

「なあんだ、飯田屋、おまえまだいたのか」

「まだいたのかって、旦那、あっしゃあの生首が眼先きへちらついて、脚がすくむ思いなんです。それにこうして……」

と、コック帽の男は心細そうに窓の外をのぞくと、

「外はすっかり、暗くなっちまったし、これじゃとうてい、モーター・ボートをあやつって、川を渡る勇気はありませんや」

と、額に八の字をきざんで、いまにも泣き出しそうな顔色である。ボチャボチャと、赤ん坊のような肉付きをした、色白の四十男で、鼻下にチョビ髭を生やしているのが、ご愛嬌である。以前舟を漕いでいたせいだろう、逞しい腕っ節と、太いが、弾力にとんだ腰をもった男だ。

「なんだ、きさま、そんな大きな図体をしやがって、意気地のない。……そうそう、警部さん、これが事件の発見者、飯田屋こと宇野宇之助君」

「ああ、水上をお総菜料理を、売ってあるいてるという人物だね」

「へえ、へえ、あっしが飯田屋でございます。このたびはどうも……」

と、口のうちでなにやら、わけのわからぬことを呟きながら、等々力警部のうしろから、入ってきた金田一耕助を、奇妙な顔をしてみていたが、急に気がついたように、ピョコンと立ちあがると、

「旦那、あっしゃ、もう、おいとま願ってもよろしゅうございますか」

「ああ、いいよ。用事があったらまた呼び出すからな」

「へえ、へえ、お呼び出しがあったら、いつでも出頭いたします、それじゃ、おかみさん、モーター・ボートはよろしく頼みますよ」

「飯田屋、モーター・ボートをどうするんだ」

「いえ、もう、おっかなくって、とっても河のうえはいけませんから、タクシーでも奮発して、かえるつもりなんで」

「なあんだ、臆病(おくびょう)なやつだな。そうそう、おかみさん、すまないが、あんたもここを外してくれないかな。郷田君と、ちょっと話したいことがあるんだが……」

「はあ、承知いたしました。それではどうぞごゆっくりと……」

飯田屋とおかみが出ていくと、取りあえず、そこを捜査本部ということにして、

「あんたがミラノ座の支配人ですね。わたしは……」

と、菅井警部補はみずからまず名乗りをあげ、ついで等々力警部を紹介したが、金田一耕助は完全に無視されてしまった。

「さあ、どうぞお掛けになって。われわれもここで一服しながら、いろいろ、お話をきかせて貰いたいと思いますから」

「はあ」

と、答えたものの、郷田はまだ突っ立ったきり、手持ち無沙汰(ぶさた)らしく、上着のポケットをまさぐっているのは、金田一耕助の存在が気になるらしい。

「さっき、ここのマダムから電話がかかってきて……」

と、じろじろ一同を見まわしながら、郷田はうしろ手に椅子(いす)をさぐりよせて、やっと尻を落ちつけると、

「すっかりおったまげてしまったんですが、うちの牧野アケミが殺されてるんですって？」

「はあ、そのことについていろいろ、まあ、お訊(たず)ねしたいことがあるんですが、それにしても、劇場、きょうもやってるんでしょう」

「はあ、それはもちろん……」

「だが、それにしちゃ、きょう被害者、……いや、牧野アケミが休んでいるのを、だれも問題にしなかったんですか」

「いや、それはきのうアケミ……牧野君の口から、少しからだぐあいが悪いから、あすは休ませてほしいという、申し出があったもんですから……」

「きのうのいつごろですか。その申し出があったのは……？」

金田一耕助がとつぜんよこから口を出したので、菅井警部補もおどろいたが、郷田実もぎくっとしたように、そのほうをふりかえった。

そして、このよれよれの着物に、よれよれの袴をはいて、頭といえば雀の巣のような、小柄で貧相なこの男を、いったい何者だろうというように、ジロジロと見まわしていたが、それでも、言葉だけはわりあい丁寧に、

「きのうの晩、十二時ごろ……われわれがここを……つまり、牧野君の部屋を出る、ちょっとまえのことでしたよ」

「えっ！」

と、等々力警部と菅井捜査主任が、いっせいに体をまえへ乗り出して、

「それじゃ、あなた、ゆうべここへ来られたんですか」

菅井警部補の眼つきはにわかに鋭くなる。

「はあ、来ました。だから、いっそうさっきの電話に、おどろいたというわけです。われわれがかえるときには、元気でぴんぴんしていたのに……いや、それゃあ、多少、体ぐあいは悪いようにいってましたがね」

「われわれとおっしゃると……？」

「幕内主任の伊東君……伊東欣三君とストリッパーの高安晴子……牧野アケミの朋輩

ですね。それからわたしの三人です。伊東君にも高安君にも、さっき話をしておきましたから、おっつけここへ来るでしょう」

「なにしにここへ来られたんですか」

「なあに、ブリッジに誘われたんですよ」

「みなさんいっしょに連れ立って、劇場からここへ来られたんですか」

またしても、金田一耕助の横槍(よこやり)である。菅井警部補は不快そうに眉をひそめ、郷田はまた、ギロリと不思議そうな一瞥(いちべつ)を、そのほうへくれると、

「いや、わたしはちょっと用事があって、みんなより少しおくれましたがね」

「あなたのいらしたのは何時ごろ？」

「十一時ごろでしたかな」

「十一時ごろ……？」

と、菅井警部補は疑わしそうに、眉をひそめて、

「しかし、あんたがたがここからかえったのは、十二時ごろだったと、さっきおっしゃったようだが……」

「はあ」

「そうすると、一時間くらいきゃ、ここにいなかったんですか」

「はあ、それというのが最初の予定ではむろん、夜明かしするつもりだったんです。

ところが、どうもアケミの顔色がすぐれないし、じぶんでも、気分が悪いといい出したもんですから、とうとう思いきって、一時間ほどで切りあげることにしたんです。われわれがここ……牧野君の部屋を退去したのは、十二時十分でしたよ」

「それからあんたがたは、すぐ解散したんですか」

「いや、わたしはそのまま、別れてかえりたかったんだが、伊東君がなんぼなんでもこのままじゃ、気が抜けたようだからって、誘うもんだから、それじゃあってんで、三人で六区にあるアザミという、夜明かしバーへいったんです。そこで二時ごろまで飲んで、わたしはひとりでさきにかえりました。あとのふたりはどうしたかしりません。わたしがアザミを出たときは、ふたりはまだ粘ってましたがね」

そこまでいってから、郷田は急に気がついたように、ジロリと一同を見まわすと、

「アリバイ調べというわけですな。わっはっは」

と、わざと磊落そうな笑いかたをしたが、すぐまたきまじめな表情になり、

「しかし、アケミはいったい、何時ごろに殺されたんです？」

と、やっぱり気になるふうである。

「いや、それはまだはっきりしないんだが……厳重な鑑定が必要だからね」

「首を斬りおとされていると、いうじゃありませんか」

「いや、それよりも、少しわたしの質問に答えて下さい。ゆうべ被害者のようすに、

なにかかわったところはなかったですか」

「そういえばねえ。なにかこう、いつものような元気がなかったな。但し、それもこういう事件が起こって、あなたがたにそういう質問をうけて、はじめて思い当たるくらいのもんで、ゆうべはべつに、気にもとめていなかった。だいたいが、じゃじゃ馬というあだ名があるくらいで、ふだんからお天気やの、気まぐれな娘でしたからなあ」

「ゆうべなにかに、怯えてるというようなふうはなかったですか。なにかこう、危険をかんじてるというようなふうは……？」

「ああ、いや、それなんです。そうおっしゃれば、たしかに妙なことがありましたな。但し、それも、いまになって思いあたるくらいのもんで、そのときにゃ、またお芝居を、やってるくらいに思ったんですが……」

「どういうことですか、それ……？」

「はあ、ブリッジをやってる最中でした。風のためにとつぜん、川に面した窓のガラス戸が、バターンとひらいたんですな、アケミはちょうどそのほうに、背をむけて坐っていたんですが、いや、そのときの驚きようったら……ヒーッとかなんとか叫んで、とびあがって……伊東君がすぐ立って、ガラス戸をしめると、アケミちゃん、なにをそんなに、びくびくしてんだいとわらっていましたが、……いや、いまから思えば、あのときの驚きようは、たしかに真に迫ってましたね」

「すると、牧野アケミという娘はかねてから、何者かをおそれていたというふうに、解釈してもいいですか」

「はあ。そういっていいかもしれませんねえ。但し、これもいまになっていえることで、そのときにゃあ、アケミのやつ、またお芝居をしてやあがる、くらいに思っていたんだが……」

「元来が、芝居気のある娘だったんですね」

と、これは金田一耕助の質問だったが、

「ええ、それゃあもう……」

と、あいかわらず、郷田は不思議そうな顔をして、あいてのもじゃもじゃ頭をながめている。いくらか薄気味悪そうであった。

「いや、ところで……」

と、菅井警部補は度重なる、金田一耕助の横槍に、いらいらしたように、

「アケミをおびやかしていた人間が、どういう男、あるいは女であったか、その点について、なにか心当たりはありませんか」

「いや、それはわたしにはわからない。だいいち、アケミがなにかにおびえてるということすら、ゆうべはまだ、気がつかなかったくらいですからね。そういうことはわたしより、楽屋の連中のほうが、よくわかるんじゃないですか。ひょっとすると、高

安晴子がしってるかもしれない」

「ところで……」

と、そのときはじめて、口を出したのは等々力警部である。

「牧野アケミという娘には、もちろん、パトロンがあったんでしょうな」

「ああ、そのことですがねえ、警部さん」

と、さすがに等々力警部にたいするときだけは、郷田の調子もかわっている。

「ゆうべアケミが、きょうの休演を申し出たとき、伊東君もわたしも、あっさりそれを許したというのは、あの娘も、もう、ながくないと思っていたからなんです。アケミのパトロンというのは、稲川商事といって、戦後の新興会社で、まあ、どのていどにやってるのかしりませんが、それでも西銀座のビルに、事務所をもってる会社の社長で、稲川専蔵というひとなんです。その稲川さんのご寵愛が、尋常でないようすなので、アケミも早晩、舞台をよすだろうとにらんでいたんですが、まさか、こんなことになろうとはねえ」

「西銀座のなんというビル？」

「ヤマカ・ビルというんです。これゃまちがいありません。わたしも二、三度、電話をかけたことがありますからね」

「ああ、そうすると、あんたもアケミのパトロンと、お付き合いがあるんですか」

と、郷田をみる菅井警部補の眼が、またちょっと怪しく光った。

「いや、お付き合いというほどではありませんが、この稲川商事というのが、主として、自動車のブローカーをやってるんですな。それでひとに頼まれて、稲川さんを紹介してあげたんだが、なかなかいい自動車を世話してくれたと、わたしの頼まれた男もよろこんでました。まあ、かなり手固くやってるようですね」

「西銀座、ヤマカ・ビル、稲川商事の稲川専蔵、自動車のブローカーですね。電話番号はわかりませんか」

「さあ、あいにく、手帳をもってこなかったもんだから……」

「ああ、そう。田代君」

菅井警部補の眼配せで、刑事のひとりが、さっそく部屋を飛び出していったのは、稲川専蔵なる人物に、連絡をつけるためだろう。

「ところで、パトロン以外に男出入りは……？」

「さあ、それですがね」

と、郷田は待ってましたとばかり、ニヤニヤ笑うと、照れくさそうに顎をなでながら、

「そういうことを、ほじくりかえしてると、きりがないんじゃないですか。面目ないですがねえ、警部さん」

「はあ」

「わたしなんかも、二、三回……いや、四、五回かな、とにかく、交渉がありましたからな。あっはっは」

と、腹をゆすって豪傑笑いをすると、すぐまた、ケロリときまじめな顔になって、

「いや、どうも失礼しました。ストリッパーのだれでもが、そうだというんじゃ、けっしてありませんよ。なかにはまじめな、感心な娘もおりますからな。ただ、アケミという娘、あの娘はとくにあのほうの、欲求がはげしい体質だったんでしょうな。たれかれなしだという評判でした。本人にしてみると、ほんのちょっと、つまみ食いをするくらいのつもりなんでしょう。わたしなんども、つまり、その、つまみ食いをされた口で……あっはっは」

郷田はまた、腹をゆすって笑いあげたが、その笑い声のなかに、一種のむなしさがあることは否定できない。

「それで、パトロンの稲川氏というのは、いくつくらい……？」

と、思い出したように切りだす、菅井警部補の質問にたいして、郷田はまた、待ってましたとばかりにニヤリとわらった。

「わたしゃ電話で、ちょくちょく話をするくらいで、会ったなあ、たったいちどきゃないんですが、さあ、かれこれ六十というところじゃないですか。新興成金さんにし

ちゃお品のいい、頭はロマンス・グレーを通り越して、ほとんど真っ白ですが、それでも血色のいい、精悍で、精力的なかんじのする人物ですよ」

「しかし、なあ、いかに精悍で、精力的なかんじがするといったところで、よわいすでに、六十のじじいじゃねえ」

と、刑事のひとりが呟くと、

「と、いうことは、当然、つまみ食いのお相手が、必要だったというこってすな」

と、もうひとりの刑事が相槌をうったので、くすくすという忍びわらいが、一座をちょっと、くすぐったい暖かさにくるんだ。

「いや、ところが」

と、こういう話になると郷田支配人、得意の壇上という顔色で、

「なかなかさにあらずらしいんですよ。わたしが紹介した男なんかもいってましたが、なかなか達者なじいさんだって。アケミなんかも、あのひとの世話になるようになってから、ころっと、つまみ食いがやんじまったという評判ですからな」

「郷田さんなんかどうです。ちかごろおあいては……？」

「いや、ところが、警部さん、わたしゃ、もう、とっくの昔にご用済みなんで……それについて、いつか伊東君とも話したことがあるんですが、稲川というひとですね。どうやら大陸がえりらしいんです。だから、なんか秘薬でももってるか、それとも、

あのほうの技巧にひどく練達しているか……そうでなけれゃ、あのアケミが、あんなに骨抜きになるはずはねえなんて、まあ、岡焼き半分なんですが、伊東君とふたりで、いきまいたことがあるんですよ」

「大陸がえりというと、そのひと、以前はなにをしてた人物なんですか」

「いや、それはしりません。アケミにきいたことがあるんですが、アケミもしらんといってました。ま、戦後はそういうひと、たくさんあるようですねえ」

「ところで……」

と、そのときまた、横合から口を出したのは金田一耕助である。

「はあ……？」

「つかぬことをお訊ねするようですが、ゆうべのアケミちゃんは、いったい、どういうなりをしてましたか」

「アケミの服装ですか」

と、郷田支配人は眼尻に皺をたたえて、興味ふかげに金田一耕助を視まもりながら、

「素肌にガウンをひっかけてましたよ」

「えっ、素肌にガウンを……？」

と、おもわず訊きかえした菅井警部補は、かっと頰に血の色を走らせて、

「それ、ほんとうですか」

「はあ、なにしろ、さっきもいったとおり、芝居気たっぷりな娘ですからね、なにかひとの意表をついて、あっといわせようというわけでしょう。ゆうべなんかも、ガウンのしたからご自慢の肌をちらつかせて、大いにわれわれを、悩ませようという寸法だったらしいんです。ところが、ゆうべはとくに冷えこみましたろう。ガス・ストーヴをいくらがんがん焚いたって追っつきゃしませんや。それ、みろ、痩せがまん張って、とうとう、風邪ひきゃあがったって、いってたんですけどね」

金田一耕助はできるだけ、菅井警部補のほうをみないようにつとめながら、

「そのガウンというのは、どういう柄でした」

「さあ……真赤なガウンでしたがね。どういう柄だったかそこまでは……そういうことなら、高安晴子がおぼえているかもしれない」

そこへ警官がはいってきて、ミラノ座から、幕内主任の伊東欣三と、高安晴子がやってきたとの報告があった。

四

郷田支配人といれちがいに、管理人室へむかえられた、伊東欣三というのは、ストリップ劇場の幕内主任としては、服装もととのっており、行儀作法もひととおり心得

ていた。

年齢は三十五、六であろう、色白のちょっといい男振りなのだが、それでいて、その色の白さの底にどこか、生気に欠けるところがある。たとえば、麻雀なんかで徹夜したあとの、不健全な倦怠感、そういうものを、まざまざとかんじさせるいっぽう、五尺七寸くらいの長身の、しなやかな手脚に、鋼鉄のような強靭さを持っていそうな、ちょっと、複雑な印象をひとにあたえる人物である。

伊東は部屋へはいってくると、無言のままくるりと一同を見まわしたのち、警部補の指さす椅子に、これまたむっつりと腰をおろした。窮屈な椅子にながい手脚を、もてあますようなかっこうである。

「伊東欣三君……ミラノ座の幕内主任、伊東欣三君ですね」

「はあ……」

「きょうこのアパートで、どういうことが起こったか、ご存じでしょうねえ」

「はあ……」

と、言葉をきって、ちらりと上眼づかいに警部補をみると、

「さっき楽屋でマネジャー……郷田さんからききました」

「さぞ、びっくりしたでしょうねえ」

「それは……もちろん、……はじめ冗談だと思って、ほんとにしなかったんです。そ

したら、さっきまた、マネジャーがここから電話をかけてきて……やっぱりほんとうだ、おまわりさんが大勢きてるっていうもんだから、もう、すっかりびっくりしちゃって……」

なんとなく、のろのろとして、けだるそうな口のききかただが、これがこの男のくせなのだろう。

「君もゆうべ、ここへきたそうですね」

「はあ、ブリッジに誘われたもんだから……」

「君は牧野アケミや、高安晴子という娘といっしょに、劇場から直接、ここへやってきたんですか」

「いえ、ぼく、いったんうちへかえって、それからここへやってきたんで……」

「何時ごろ、それは……？」

「さあ……十時半ごろじゃないでしょうか」

「劇場は何時ごろ閉ねるの？」

「だいたい、九時半でしょうねえ」

「そのとき、……君がここへやってきたとき、アケミはもうかえっていましたか」

「はあ」

「アケミのほかに誰か……？」

「いいえ、誰もいませんでした」

「ああ、すると……」

と、そのときまた、横合から口をはさんだのは金田一耕助である。

「高安晴子もアケミちゃんといっしょに、ここへきたんじゃないんですね」

だしぬけに、変な男が声をかけたので、伊東はびっくりしたように振り返り、うさん臭さそうに、しばらく金田一耕助の顔を見ていたが、

「はあ、……晴んべはぼくより、ちょっとおくれてきました」

「ああ、そう、それでは主任さん、どうぞ」

金田一耕助がペコリと頭をさげると、菅井警部補は馬鹿にされたとでも思ったのか、不快そうな色を露骨にうかべて、

「ええ……と、ところで、ゆうべのアケミの態度だがね、君の眼から見てどうだった？　なにかに怯えてる。なにかを怖れてるというようなふうは……？」

「はあ、それが……こういうことが起こってみると、たしかにそうでしたねえ。しかし、だいたいが、芝居っ気のつよいやつで……」

「いま、郷田氏からきいたんだが、なんでも、窓のガラス戸が風でひらいたとき、ひどくびっくりしたとか……」

「ああ、そうそう、あれなんかもいまから思えば、ふだんの精神状態では、なかった

のかもしれませんな」

「君はあの娘が、なににおびえてたかしりませんか」

「さあ、そんなことは……」

「しらないんだね」

「はあ……」

伊東欣三の応答ぶりは、かくべつ返事を忌避するとか、したがって、問答が渋滞するとかいうのではないが、とかく語尾が不明瞭(ふめいりょう)である。

「ところで、君はアケミのパトロンというのをしってる?」

「はあ……」

「会ったことある?」

「はあ、相当たびたび……だけど、パトロンになってからは、いちども……」

「会ったことないの?」

「はあ……」

「しかし、それはどういう意味? 相当たびたび会ったことはあるが、パトロンになってからは、いちども会わないというのは?」

「はあ、それは……つまり、アケミちゃんをはっきり、じぶんのものにするまでは、よく楽屋へあそびにきて、ぼくなんかにもおごってくれたんで……だけど、アケミちゃんを手にいれて、パトロンの座に坐ると、小屋へもよりつかなくなってしまって……現金なもんですよ、人間てえものは……」

伊東はそこではじめて笑顔をみせたが、笑うとなかなか魅力がある。

「君はアケミのパトロンが、なにをしている人物だかしってる？」

「たしか、自動車のブローカーだときいてますが……」

「ブローカーだときいてますが……どうしたの？　なにかほかにも、やってると……？」

「はあ、どうせストリッパーに、食指をうごかすようなじいさんですからね。そうきれいごとばかりじゃあるまい。相当、暗いこともやってるんじゃないかと……まあ、ぼくはそうにらんでるんですが……」

と、あいかわらず、けだるそうにいってから、急に気がついたように、

「だけど、これ内緒ですよ。名誉毀損だなんていわれると困りますから……」

「いや、それはいいが、君はそのじいさん、稲川専蔵という人物だがね、以前なにをしていた男なのか、しらないかい？」

「さあ、それはいっこう……ながく、支那にいたらしいってことは聞いていますが……いま、大阪にいるそうですね」

「大阪に……？」

と、そばから等々力警部がききとがめて、

「君はどうして、それをしってるの？」

「ゆうべ、アケミちゃんに聞いたんです」

「どういうキッカケで……？」

と、体を乗りだす等々力警部を、伊東はちらりと上眼づかいで見ると、

「それはこうなんで……まだ晴んべ……高安晴子が来ないまえでした。じつは、ゆうべは徹夜をすることになってたんで……それで、徹夜をしているところへ、パトロンがきたらどうするんだと聞いたら、パパ……アケミちゃんはあのひとのことを、パパと呼んでたんですが……パパはいま大阪だから、大丈夫っていったもんだから……」

「大阪へなにしに……？」

「さあ、そこまでは……いずれは、儲け仕事なんじゃないでしょうか」

「ああ、そう」

と、等々力警部が眼配せすると、かわって警部補が乗りだして、

「それじゃ、ついでに聞くがね。君は牧野アケミとどうだったの？　やっぱり関係があったのかい？」

「あっはっは」

伊東はとつぜん声を立てて笑った。

ようやくかれも、この場の雰囲気になれたというのか、あるいはその質問を期待していたのか、にわかにくつろぎをおぼえたように、にこにこしながら、

「およそ男であるかぎり、強壮な男性としての、機能をそなえているかぎり、ミラノ座の関係者で、あの娘と、そういう経験をもたなかったやつは、ひとりもないんじゃないかな」

「ふうむ、そんなでいて、それで男同士のあいだに、いざこざは起こらなかったのかい？」

「ああ薄利多売主義じゃあねえ。いってみればその刹那(せつな)、刹那の皮膚の感触だけの問題なんです。惚れたはれたの、愛情なんてえもんじゃありませんからね」

と、こういう話題になってくると、この男もいくらか語尾がはっきりしてくる。

「それで、パトロンができてからも、関係したことある？」

「ああ、それが不思議なんです」

と、だらしなく、椅子のうえにのびていた伊東は、そこで急に体を起こすと、

「あの娘はまえにも幾人かの、パトロンをもったことがあるんです。それがいつも、長続きしなかったというのは、あんまり浮気がはげしすぎたんですね。だから、こんどもおんなじで、当然、ぼくなんかも従前どおり、ちょくちょく、お情けにあずかれるもんだと、たかをくくっていたところが、どうしてどうして、こんどはてんで、歯

が立たないんです。はじめのうち、ぼくはそれを……」

と、いいかけてから、伊東ははたとばかりに口をつぐんで、いくらか怯えたように、部屋のなかを見まわした。

「はじめのうち、ぼくはそれを……？　どうしたの？」

「はあ……いや……」

「伊東君」

と、警部補はちょっと威儀をただして、

「君がここでなにを話そうと、なにをしゃべろうと、われわれがそれを参考にするだけのことで、これこれしかじかのことを、君がしゃべったなんてことは、絶対に外部にもれる心配はないんだから、ひとつ、そのつもりで話してくれないか。はじめのうち、君はそれをどう考えたというの？」

「はあ、あの、それでは……」

と、伊東はちょっとそわそわして、

「この話、ここだけのことにしてください。いや、つまりあのじいさん、稲川専蔵ってひと、大陸がえりだというでしょう。それに、踊り子あいてに遊んでるようなときでも、それゃ、いつもにこにこしてますが、どうかすると、ひゃっとするような、つまり、凄味なとこのあるひとなんです。しかも、いまでも中国人あいてに、なにかやってるらしいんです」

「中国人あいてに、なにを……？」

と、等々力警部もちょっと、緊張して体を乗りだした。

「いや、それをアケミちゃんに、覚られるようなじいさんじゃありませんやね。だけど、ここへもちょくちょく、中国人がやってきたそうです。まあ、そういうことをアケミちゃんに聞くもんですから、ひょっとすると、強面で浮気を封じられてるんじゃないか、うっかり浮気でもすると、リンチにでもあうおそれがあるんじゃないかと、べつに、そんな気配があったってわけじゃありませんが、ぼくはぼくなりに、そんな想像をたくましゅうしたことがあるんです。アケミのやつがあんまり、固くなっちゃったもんですからね」

「ふむ、ふむ、それで……？」

「もしそうだとすると、アケミが可哀そうです。あの娘、多情は多情ですけれど、なかなかいいやつですからね。それで、あるときそれとなく、さぐりをいれてみたところが、そんな馬鹿なことはない。そんな心配はぜんぜんいらない。あのひとはとしに似合わず、とっても達者で、あのほうの凄いことときたら、おまえなんかの比じゃないって……。それで、そのときはそんなもんかなあ、あちらがえりだというから、なにか霊顕いやちこな、媚薬みたいなもんでももってるのかもしれない……などと、まあ、そんなふうに思ったんですが。いまになってみると……」

「いまになってみると……どうしたの？」

「はあ、いや、こんなことが起こってみると、あれ、フィフティー、フィフティーだったんじゃないかと……」

「フィフティー、フィフティーというと……？」

「つまり、五分五分じゃなかったかと……あのほうがとても達者で、凄いというのもほんとなら、ぼくが想像をたくましゅうした、リンチにたいする恐怖というのも、ほんとじゃなかったか……と、そんな気がしてくるんです。アケミのやつ、首を斬りおとされてるそうだって、さっき楽屋で、マネジャーからきいたもんですから……」

「そうすると、君のかんがえでは、アケミは浮気を見つかって、パトロンにリンチにされたというのかい？」

「いや、はっきりそうとは……でも、こんな話、ここだけのことにしといてください。なんだか、ぼく、怖いんですよ、あのじいさん……」

「いや、それは大丈夫だが、もしアケミに情夫があったとしたら、それはだれだと思う？」

「さあ……」

と、伊東は仔細らしく首をひねって、

「もし、そういうのがあったとしても、うちの関係者じゃないでしょうねえ。あの娘はそういうこと駄目なんです。じぶんでは、上手に立ちまわってるつもりでいながら、かたっぱしから、尻尾を出してるって性分ですから。……うちの一座の関係者だったら、ぼくにも見当がつくはずですがね。ひょっとすると……」

「ひょっとすると……？」

「中国人かなんかじゃないでしょうか。それだったら、ぼくにもちょっと……」

「ああ、そう」

そこで、菅井警部補は等々力警部と、なにやらひそひそ相談していたが、

「それじゃ、念のために、ゆうべの君の行動を、聞かせておいてもらいたいんだが……ここを出ていってから、のちのことだがね」

「はあ」

伊東もその質問を期待していたらしく、眼をあげて警部補の顔を視ながら、

「ゆうべここを出ると、マネジャーの郷田さんと、高安晴子の三人で、六区の、アザミというバーへいきました」

「それから……？」

「それから、二時ごろマネジャーはかえっていきました。そのあとぼくは晴んべを誘って、じぶんの部屋へつれてかえったんです」

「君の部屋というのは……？」

「今戸河岸です」

「晴んべ……いや、高安晴子は君の部屋へ泊ったの？」

「はあ」

「君の部屋というのは、アパートかなんか……？」

「いえ、ギャレージの二階です……」

「ギャレージの二階……？　そのギャレージには、君のほかにだれかいるの？」

「いえ、いまんとこぼくひとりで……」

「と、いうのは……？」

「つまり、そこ、タカラ・タクシーという、タクシー屋だったんですが、おやじが破産しちゃって、債権者にくるまからなんから、一切合財もってかれて、住みこみの運ちゃんなんかも、そっちのほうへつれてかれて……おまけにおやじはブタ箱入り、細君は子供をつれて、田舎のほうへ逃避行ってわけで、ぼくが、まあ、留守番みたいなもんで……」

「すると、君はまだ独身なんだね」

「はあ、それは、もちろん……」

「そこで、君、高安晴子とも関係があるの？」

「関係たってそれは……それゃ、いっしょに寝たことは……ゆうべも……だけど、それだからって、べつにどうのこうのというようなことは……ああいうこと、さっきもいったとおり、その瞬間の、肉体のシビレだけの問題ですから……」

「ああ、そう、それじゃこれくらいで……」

と、菅井警部補がいいかけるのを、

「ああ、ちょっと……」

と、そばからさえぎったのは金田一耕助である。

「ぼくにもちょっと、質問させてください」

「さあ、さあ、どうぞ」

とはいったものの菅井警部補の額から、にがにがしげな色が払拭（ふっしょく）されない。等々力警部はにやにやしている。

「それじゃ、伊東さん、たったひとつ、ぼくの質問にこたえてください」

「はあ……」

「ゆうべ、アケミちゃんはどういうなりをしてましたか」

伊東はちょっと眉（まゆ）をひそめて、

「ガウンを着てました。真っ赤な……」

「ガウンの下は……？」

「ああ、そうそう、それが素肌にガウンなんです。だから郷田さんとふたりで、そんななりしてると、いまに風邪ひくぞといったんですけど、あれも意地っ張りなもんですから……」

「ガウンの模様は……？」

「さあ、そこまでは……たしか、大きな柄がとんでたようだが……」

「ああ、そう、いや、主任さん、どうもありがとうございました」

苦りきっている菅井警部補のほうへむかって、金田一耕助はまた、ペコリとひとつ頭をさげた。

五

伊東欣三といれちがいに、入ってきた高安晴子という娘は、まだやっと、二十（はたち）になるかならずという年頃だろう。アケミとちがってボチャボチャと小柄でかわいい女だが、これでも舞台人かと思われるような、もっさりとしたところを多分にもっている。つまり器量とはまたべつな、舞台人としての、洗練味にかけているのである。もっともそれは、思いがけない事件にまきこまれそうなので、怯（おび）えきっているせいかもしれないが……眼がうわずって、唇まで土気いろをしている。

「ああ、高安晴子君だね。さあ、どうぞ、そこへ掛けたまえ」

「はあ」

と、警部補に指された椅子に、腰をおろした高安晴子は、そわそわとハンケチをもんだり、額の汗をぬぐったり、……恐怖と不安が、彼女の肉体に発汗をうながし、なんとなく、坐り心地が悪そうである。

「君、きょう、ここでなにが起こったかしってるね」

「はあ……」

「いつ、だれにきいたの？」

「さっき、楽屋で……ミラノ座の楽屋で伊東先生から……」

「ああ、そう、それでは、ゆうべのことを聞きたいんだが……君もゆうべ、ここへ来たんだそうだね」

「はあ……」

「誰に誘われたの？」

「アケミさんに……」

「アケミとはふだんから仲好しなの？」

「とんでもない！」

「とんでもないとは？」

「だって、あのかたはうちの一座で、人気随一の大スターですし、あたしはしがない、ワンサのひとりなんですもの」

「それじゃ、どうしてとくべつに、アケミちゃんは君を誘ったのかしら」

またしぬけに、金田一耕助が横から口を出したので、晴子はぎょっとしたように、そのほうへふりかえった。そして、しばらく眩しそうな眼つきをして、あいての顔を視まもっていたが、

「さあ、そんなことは……」

と、口ごもったのち、あわててハンケチで口をおさえたのは、あやうく失笑しそうになったのを、嚙みころすためであろう。なんといっても、箸がころげてもおかしい年頃なのである。しかし、そのことが彼女に、一種のくつろぎをあたえたことはたしかなようだ。

「ああ、そう、いや、主任さん、どうぞ」

質問の腰をおられた菅井警部補は、いまいましそうに眉をひそめて、

「それじゃ、高安君、ゆうべのことを聞きたいんだが、君の眼には、ゆうべのアケミがどううつった？　なにかに怯えてるふうにみえなかった？」

「ええ、そのことなんですけれど……」

と、晴子はまた、緊張のためにかたくなったのか、両のてのひらのあいだで、ハン

ケチを揉み苦茶にしながら、

「あたしには、あれがお芝居だったのか、ほんとうだったのか、よくわからなかったんです。あたしには、あのかた、アケミさんてかた、とっても空想力のつよいひとで、いろんなことを空想して、あのかた、いかにもいまじぶんが、そういう地位にいるようなことをいって、あたしたちをかつぐのがお上手だったんです。ですから、あのことだって、あたしには、嘘かほんとかよくわからなかったんです」

「あのことって……？」

「いいえ、あのかた、あたしに、じぶんはいつ殺されるかしれない。いつかの女に、いつなんどき殺されるかもしれないから、そのときはあんた証人になって……なんて、ごく最近、そんなことといったことがあるんです」

「いつかの女に、殺されるかもしれない……？」

と、菅井警部補はいうにおよばず、一同のあいだに、さっと緊張の気がみなぎる。

金田一耕助もおもわず、晴子の顔を見なおした。

「はあ」

「いつかの女って、どういう女……？」

「いいえ、それがあたしにはさっぱりわかりませんの。それゃいちど、会ったことは会ったんですけれど……」

「晴子さん」

　またしても金田一耕助が、こんどは相手をおどろかせないように、できるだけ、やさしく、おだやかに声をかけた。

「そのときのこと……つまり、その女に会ったときのことを、できるだけ詳しく話してくれませんか。いつ、どこで、どういう状態で会ったかってことを。……」

　晴子は不思議そうな眼を、金田一耕助から菅井警部補、それから、さらに等々力警部にうつしたが、警部がうなずくのをみると、

「はあ」

　と、指に巻いたハンケチで、そわそわと額の生えぎわをこすっていたが、やがて、わりにしっかりした調子で話しはじめた。

「きょうは十一月二十四日ですわね。と、すると、あれは十一月十七日のことでした。なぜ、そうはっきり憶えているかといいますと、きょうが木曜日で、この興行の楽なんですが、その日も、このまえの興行の楽の日でしたから……あたしたちハネからつぎ興行、つまり、こんどの興行のお稽古をしてたんですけれど、その途中でアケミさんとふたりで、近所の屋台店へ支那ソバ食べにいったんです」

「ああ、ちょっと……」

　と、金田一耕助がさえぎって、

「アケミさんとふたりで、支那ソバ食べにいったっていうけど、それ、アケミさんのほうから晴子君を誘ったの？」

「あら、ごめんなさい。あたしのいいかたが悪かったんです。あたしがラーメン食べにいこうと思って、ひとりで楽屋口を出たら、ちょうどそこで、アケミさんに出会ったんです。どちらへとアケミさんが訊くでしょう。それで、あたしがラーメン食べにっていったら、あら、あたしもよ、それじゃいっしょにってことになったんですの」

「ああ、わかりました。それで……？」

「はあ、ところが、そのかえりがけのことなんです。アケミさんとならんで歩いてると、暗がりに立ってた女がハルちゃん、ハルちゃんと呼ぶでしょう。あたし名前、晴子でしょう。ですから、てっきりじぶんのことだと思って、だあれとそっちのほうへいきかけると、失礼ですが、あなた牧野ハル子さんじゃありませんかって、暗がりのなかに立ってた女がいうんです」

「ああ、そう、それじゃ、その女が呼びとめたのは晴子君じゃなくて、アケミさんだったんだね」

「ええ、そうなんですの。あたしそのときはじめて、アケミさんの本名が、春子だってことしったんです」

「なるほど、なるほど、それで……？」

「それで、あたしはじぶんの勘ちがいだった、ってことに気がついてその場に立ちどまるし、アケミさんはアケミさんで、じぶんのことだと気がついて、どなたとかなんとかいいながら、あいてのそばへよっていったんですけれど、ひとめ顔を見ると、すぐにそれが誰だか気がついたらしく、それは、それは、たいへんなびっくりのしようなんです。ちょっとこっちへ、逃げてきそうな素振りでしたけれど、それじゃ悪いと思ったのか、それとも相手にひきもどされたのか、ふたこと三こと、低い声で話をしてましたが、やがてあたしのほうを振りむいて、さきへかえってほしい。じぶんもすぐ、あとからかえるからっていうので、あたしはひとりで楽屋へかえったんです。そしたら、それから三日ほどたって……」

「ああ、ちょっと……」

と、金田一耕助がさえぎって、

「その晩はどうだったの。アケミちゃんはあとから、楽屋へかえってきたの」

「はあ、それはかえってきました」

「そのとき、君は聞かなかったの、相手の女のことを?」

「いいえ、べつに……さっきもいったとおり、むこうさまは大スター、こっちは、その他大勢の組でしょう。いっしょに、支那ソバ食べにいったところで、偶然、落ちあっただけのことですから……」

「ああ、そう、それで三日ほどたってから……？」

「はあ……あれは日曜日の夜でした。アケミさんが楽屋のあたしんとこへきて、このあいだの晩、じぶんを呼びとめた女を、おぼえてるかってきくんです。それで、あたしそのことを思い出して、あれ、どういうひと？　あなたとても、びっくりしていらしたけれどって聞いたんです。そしたらアケミさんがまた、あの女の顔を見たかってきくでしょう。いいえ、遠かったし、暗かったから、顔はみえなかったけどと、あたしがいったんです。そしたらアケミさんが、とっても怖い顔をして、ひょっとしたら、じぶんはあの女に殺されるかもしれないというんですの。だけど、あたし、ほうら、またはじまった、くらいに思って、本気にしなかったんです。でも、面白半分に、それどういうわけですの。なにかあのひとに、怨まれるおぼえでもあるんですのって、聞いたんですの。そしたら、それはいえない。戦争中のいやな、いやな思い出……ってそれこそ、ジェスチュアーたっぷりなんですの。あたし吹き出したくなるのを、やっと我慢して、ちょっと、からかってあげたんですの」

「からかったとは……？」

一同はだまって聞いているけれど、みなそれぞれ緊張していることは、眼じろぎもせずに、晴子の顔を凝視していることでもうかがわれる。等々力警部の一見柔和な瞳の底にも、かくしきれない鋭さがある。

「はあ、あたしこういってあげたんですの。あら、まあ、戦争中のいやな思い出って、あなたみたいったいいくつですの？ いつか二十五だとかおっしゃってましたけど、戦争がすんでからだって、もう十年以上もたってますわよって」

「あっはっは、うまいことをいったね。そしたらアケミさん、なんていいました？」

「そしたらアケミさん、とっても怖い眼つきをして、あたしをにらんでましたけど、それっきりなんにもいわずに、プイとむこうへいっちまったんです。それっきり、その女のことについては、アケミさんもいわなければ、あたしのほうからも聞かなかったんです」

「それで、その女というのはどういう女？」

と、菅井警部補もきびしい顔をして、デスクのうえから乗りだした。

「それが……なにしろ、真っ暗なところに立っていたでしょう。それにちょっと距離があったので、顔はまるで見えなかったんです。でも、なんだかみすぼらしい服装をしていて、寒さにガタガタ、ふるえてるってかんじでしたけれど……」

「それきり、アケミはその女の話に触れなかったんだね」

「ええ、いちども」

「だけどねえ、晴子君」

こうなったら、いちいち警部補の顔色なんか、気にしていられないとばかりに、ま

た、金田一耕助が横合から口を出して、

「あんまり親しくもないあんたが、ゆうべここへ招待されたのは、なにかその女のことに、関係があると思わない？」

「ええ、あたしもそう思ったんです。しかも、あたしそれを、お芝居だと思ってたでしょう。ですから、アケミさんがこんどは、どんなお芝居をするのか、もし、あたしを怖がらせるつもりなら、せいぜい、怖がってあげようと思ってたんですの、あのかた、芝居気が強くていたずらずきですけど、わりと、あたしども若い連中に親切なひとで、騙したり担いだりすると、必ずあとで、それだけの埋め合わせをするひとですの。しかも、マネジャーの郷田さんと、幕内主任の伊東先生が、ごいっしょだということですから、これもあたしどもみたいな、しがないワンサにとっては、ひとつのチャンスだと思ったんですの」

「なるほど、なるほど、それで……？」

晴子の話しっぷりから金田一耕助は、この娘はよっぽど頭脳のよい娘なのだと、感心しながら相槌をうっている。

「はあ、ですから、はじめのうちあのかたが、なんだかびくびくしてるようなのを、くすぐったい気持ちをかくして、ただ黙って、まあ、みていたんですの。ところが、窓のガラス戸がだしぬけに、風でひらいたって話、郷田さんや、伊東先生からお聞きになりまして？」

「ええ、聞きましたよ。とっても、アケミちゃんがびっくりしたって……」

「ええ、そうなんですの。あればっかりは、お芝居やなんかとは思えませんでした。じっさい、真っ蒼になってふるえあがって……しかも、それから急に、気分が悪くなったといいだしたんですけれど、これもお芝居やなんかじゃなく、ほんとに気分が悪そうでした。しかも、それ以外には、べつにあたしをあっといわせる趣向もなく、まもなくおひらきということになったでしょう。ですから、あたし狐につままれたような気もし、かえって、なんだか気味悪くもなったんですけれど、そうかといって、まさかこんな恐ろしいことが起るなんて……」

晴子はいまさらのように、肩をすくめて、身ぶるいをするのである。

「それはそうだろうねえ。ところで、晴子君はその女のことを、マネジャーの郷田さんや、伊東先生に話した？」

「いいえ、まだ……きょうはまだ、そんなひまもございませんし、ゆうべまでは半信半疑というよりも、むしろアケミさんのお芝居だとばかり、思ってたもんですから」

「ああ、そう、晴子君、ありがとう。主任さん、どうも失礼しました」

金田一耕助の傍若無人の横槍(よこやり)に、苦りきっている菅井警部補なのだが、そこは、等々力警部にたいする遠慮もあるのか、

「いや、どういたしまして、先生の名探偵ぶり、名質問ぶりを拝聴させていただいて、こんな光栄なことはございませんな。あっはっは」

と、皮肉たっぷりな挨拶に、高安晴子はまあというような顔をして、あらためて、金田一耕助の顔を視なおしている。

「ああ、それじゃ、高安君」

と、菅井警部補はもったいぶった調子で、

「君はゆうべここを出てから、けさまで、伊東先生と行動をともにしていたというが、ほんとうだろうねえ」

「はあ」

と、うなだれた高安晴子の耳たぶが、火がついたようにもえあがった。その耳たぶに光るうぶ毛がいじらしい。

「マネジャーの郷田氏とは何時まで？」

「ちょうど二時でした。マネジャーがかえるといい出したので、時計をみたんです」

「アザミという夜明かしバーだったそうだが、そのあいだに、郷田氏が座を外すというようなことはなかったかね。つまり、またここへやってきて、それからアザミへひきかえすというような、芸当は出来なかったろうねえ」

「まあ」

と、高安晴子は眼を視張ったが、

「いいえ、そんなことは絶対に……これはアザミでお聞きになってもわかります」

と、キッパリ否定した。

「伊東君はどうだったの。アザミで座を外したようなことは……？」

「いいえ、先生も絶対に。……それは、トイレくらいには、お立ちになりましたけれど」

「それから君は、伊東君に誘われて、今戸河岸の、伊東君の部屋へいって泊ったんだね」

「はい」

「ところでどうだろう。伊東君が寝てるまに、こっそりここへ、やってくるというような、チャンスはなかったろうか」

しばらく黙っていた高安晴子の耳たぶがまた、火がついたようにもえあがった。

「高安君、どうしたんだね、返事は……？」

「はい」

やがて、思いきったように顔をあげた高安晴子の瞳は、乾いて、強い光を放っていた。まっ赤にもえていた血の気もひいて、むしろ蒼（あお）ざめた表情が、顔面にかたく凍りついていた。

「そんなことは、絶対に……」

「どうしてだね。どうして君は、そんなにハッキリ断言できるんだね」

「それは……それは……」

高安晴子は喘ぐようにいって、キリキリと、手にしたハンケチを揉んでいたが、やがて一気呵成にいってのけた。

「あたしたちはゆうべ、一睡もしなかったんです。先生が……先生があたしを寝かさなかったんです。先生があたしを抱いて、夜っぴてはなさなかったんです。窓の外が白んでくるまで……」

だれかがパチンと指を鳴らす音が、やけに大きく、部屋のなかにひびきわたった。

「それじゃ君はゆうべ伊東先生に、夜どおしかわいがられたというのかい」

「はい」

高安晴子は真正面から、菅井警部補の顔を視すえながら、悪びれずにキッパリ答えた。

金田一耕助はその強張った横顔を、興味ふかげに視まもりながら、ゆっくりと、頭のうえの雀の巣をかきまわしている。

かれはいま、伊東欣三がさっきいった言葉を思い出しているのである。

「ああいうことは、その瞬間の、肉体のシビレだけの問題ですから……」

そうすると高安晴子の肉体には、一夜のうちに、何度も何度もシビレてみたくなるような、一種特別な魅力が秘められているのであろうか。

金田一耕助はまた、伊東欣三という男のもつ、不健全な倦怠感と、それと同時に、鋼鉄のような強靱さをもっていそうな、あのしなやかな手脚を思い出していた。

金田一耕助は、あの長身でバネの強そうな伊東欣三と、いま眼前にいる小柄でボチャボチャとした、高安晴子を裸にしてみたうえ、その対照的なふたつの体がぴったりと密着して、夜を徹して躍動しているところを想像しているうちに、なぜか寒気をおぼえて身ぶるいをした。

ちょっとの間、部屋のなかにはギコチない空気が流れたが、それを救おうとでもするかのように、等々力警部がおだやかに言葉をはさんだ。

「ときに高安君、君は伊東先生やマネジャーの郷田さんが、牧野アケミと関係があったことしってる?」

「はい」

と、答えた晴子の瞳は、とつぜん涙にうるんでぬれてきた。彼女はそれをぬぐおうともせず、

「警部さま。あのひとたち、アケミさんや、伊東先生や、郷田さんにとっては、ああいうこと、みんなひとつの遊戯なんです。しかし、あたしにとっては、それは死活問

題なのです」

「死活問題というと……？」

「あたし、はじめて伊東先生から、お誘いをうけたとき、つい、なにげなくお断わりしたんです。そしたら、それ以来、全然、役を見ていただけなくなりました。それですから、ゆうべなども、先生のいいなりにならなきゃならなかったんです」

「ああ、いや、高安君」

と、等々力警部はいたわりをこめた、やさしい声で、

「わたしが訊ねているのは、そのことじゃないんだよ。あのひとたち、ひょっとすると、その後もひきつづいて、アケミと関係があったんじゃないかと、それを君に訊ねているんだが……」

「さあ」

と、高安晴子はしずかに涙をぬぐうと、

「詳しいことは存じませんが、ちかごろはそういうこと、なかったんじゃないでしょうか。アケミさん、パパさん……パトロンのことですわね。パパさんが出来てから、すっかりひとが変わってしまったと、いつかも、伊東先生がおっしゃってましたから」

「ああ、そう、ありがとう」

等々力警部は金田一耕助と顔見合わせて、いままで訊きとりをした三人のうち、こ

の女がいちばん、人間らしい感情をもっているようだと、思わずにはいられなかった。

「ところで、晴子さん、さいごにもうひとつ、訊きたいことがあるんだがね」

と、また、そばから口を出したのは金田一耕助である。

「はあ」

「ゆうべ、アケミちゃんがどういうなりをしていたか、あんたおぼえていない？」

「はあ、素肌に真っ赤なガウン……赤地に五線紙に音符記号を、緑と黄色で、交互にちらしたガウンでした」

「緑と黄色……？」

と、金田一耕助は聞きとがめて、

「それ、記憶ちがいじゃない？　紫と白じゃなかった？」

「いいえ、そんなことはございません。たしかに緑と黄色でした」

と、晴子が自信ありげに、キッパリというので、金田一耕助はいよいよ不思議そうに、

「しかし、いま、アケミちゃんの居間にあるのは……」

と、いいかけたとき、菅井警部補が思い出したように、

「ああ、そうそう、金田一先生はまだ、寝室のほうをごらんになっていなかったんですね」

「はあ、あとでゆっくり、拝見しようと思ってるんですが、寝室になにか……？」

「いや、寝室をごらんになると、緑と黄色と、紫と白との、食いちがいがおわかりになりましょう。と、いうのは寝室のベッドのうえに、おなじ地のおなじ柄の、但し模様の色だけちがうガウンが、もう一着ほうりだしてあるんです。わたしにも、その意味がよくわからなかったんですが、いまの高安君の話をきいて、はじめてわかりました。と、いうのは寝室にあるガウンには、酒の匂いがプンプンするんです。だから、アケミはみんながかえったあとで、ひとりで、ウイスキーを飲んでいるうちに、したたかそれをガウンにこぼして、気持ちが悪いもんだから、もう一枚のガウンに着かえた。そこをやられたというわけでしょう」

「ああ、なるほど」

　と、金田一耕助は大きくうなずいて、

「それじゃ、被害者はおなじ地の、おなじ柄の、但し、柄の色だけちがったガウンを、二着持っていたというわけですな。なるほど、なるほど、これで一挙に疑問氷解、めでたし、めでたしというわけですね。ところが、晴子さん、あんた、アケミちゃんが素肌に、ガウンを着てたってことについて、どう思いますか。いかにストリッパーだからって、裸にガウンは、ちとおかしいと思いませんか」

「ええ、でも、あのかた、なにかにつけて、変わっていらっしゃいましたし、また思い切って、大胆なこともできるかたですから……」

「ああ、そう、それでは主任さん、どうぞおつづけになって」

菅井警部補はそこでアケミのパトロン、稲川専蔵について訊ねてみたが、それについては、晴子はほとんどしっていなかった。パトロンとはっきりきまるまえ、ちょくちょく、楽屋へきていたようだが、じぶんは大部屋のことで、部屋もちがうし、また、ご馳走になったこともないという答えであった。

こうして、訊き取りがおわった三人の証人は、まず、あの首斬り道具のかずかずをみせられたが、三人とも、それをアケミのものにちがいない、楽屋でアケミが使っていたのを、見たことがあると証言した。そのあとで、三人はあの恐ろしい生首と対決させられたが、ひとめそれを見たとたん、晴子が脳貧血を起こしたのもむりはない。しかし、三人が三人とも、アケミの首にちがいないと、証言したことはいうまでもあるまい。

そのあいだに、金田一耕助が寝室へ入ってみると、なるほどそこには、赤地に、緑と黄色の模様の入ったガウンが放りだしてあり、強いアルコールの匂いを、プンプンさせていた。そこにはガウンのみならず、ふだん着らしいスーツや、靴下が、乱れ箱のなかに放りだしてあり、ベッドのうえには、パジャマも散らかっていた。

パジャマはすぐそこにあったのだ。それだのに、アケミはなぜそれを着ようとしないで、素肌にガウンをはおっていたのか。それが、ストリッパーの習性というものだろうか。

金田一耕助は寝室を出ようとして、ふと、ベッドの下にころがっている、靴の踵に眼をとめた。左の靴が横だおしになっていて、その踵に、なにやらキラキラ光るもののあるのが、光線のかげんで、かれの視線をとらえたのである。

金田一耕助はおやと思って身をかがめたが、それは小さなガラスの粉で、かぞえてみると三粉ほど、踵にふかく喰いいっている。念のために、金田一耕助が右の靴をひっくりかえしてみると、こっちのほうの踵にも、ガラスの粉がくいいっている。これでみるとアケミはなにか、ガラスの破片を踏んだにちがいないが、それがあまり小さかったので、アケミも気がつかなかったのか、それとも、気がついてもべつに気にとめなかったのか。……

金田一耕助は注意ぶかく、フラットのなかを探してみたが、どこにも、踏みくだかれたガラスの破片は見当たらなかった。

六

この牧野アケミの、首なし死体紛失事件ほど、当時、世間を驚倒させた事件はなかったが、それから七日たった、十一月三十日にいたって、さらにそれに、追い打ちをかけるような事件が発見されて、ふたたびあっとばかりに、世間の度肝を抜いたのである。

だが、第二の事件へ筆をすすめていくまえに、アケミの首なし死体紛失事件について、もう少し、筆をついやすことにしよう。

かんじんの胴のほうが発見されないので、死因がなんであったか、また、殺害された時刻がいつごろだったか、はっきり断言するには、ちょっと不便がかんじられた。しかしあのガウンの疵(きず)といい、また、そこに付着している、血痕(けっこん)の量や状態といい、素肌にガウンを着ているところを、うしろから、突き殺されたのであろうことは、疑いの余地もなく、また、その時刻は、三人のブリッジ仲間がかえってからまもなくのこと、おそらく、それから、半時間もたたないあいだの、出来事だったろうといわれている。したがって、犯行の時刻は十一月二十四日、午前零時半頃ということになる。

こうなると、三人のブリッジ仲間は、完全に白くなるわけだ。かれらは聚楽荘(じゅらくそう)のまえでタクシーを拾い、六区のアザミへ走らせて、二時ごろまでそこに粘っていたのだから。

ところで、犯人はアケミの首なし死体を、いったいどう始末したのか。それについては事件が発見された日の翌日、すなわち、十一月二十五日の朝になって、だいたいの見当がついた。

と、いうのは二十五日の朝、隅田川口に碇泊している汽船のそばに、無人のボートが一艘、ただよい寄っているのが発見されたからである。

それが前日の二十四日に発見されず、その翌日の二十五日になって、はじめてひとに気づかれたのは、汽船の巨体にさえぎられていたのと、また、たまたまそれに気づいたひとも、その汽船の付属物だろうくらいに考えて、かるく看過していたせいらしい。

このボートの発見が、警視庁へ報告されたとき、たまたま、金田一耕助もそこにいあわせたので、等々力警部とともに急行したが、ボートのなかにはぐっしょりと、血にそまった女のオーヴァが一着放りだしてあった。

このオーヴァはのちに、ミラノ座の朋輩や、聚楽荘の隣人たちによって、たしかに、牧野アケミのものにちがいないということがたしかめられた。しかも、このオーヴァには、綱かなんかで雁字がらめに、しばられたような跡がついていて、それがはなはだ暗示的だった。

そこで、こういうことが考えられる。

牧野アケミの首なし死体は、アケミのオーヴァや、下着類にくるまれたうえ、雁字がらめにしばられて、アケミの部屋の窓から、下のボートにおろされた。それから、犯人はボートを漕ぎだし、東京湾のほどよいところで、首なし死体を海底にしずめた。犯人はそれからふたたび、隅田川をさかのぼり、ほどよい地点で上陸したが、そのとき、ボートを突きはなしたのが、あの汽船のそばへ、漂いよったのであろうと。

このボートの出所は、その日のうちにわかった。それは両国のちかくにある『千鳥』という、貸しボート屋のボートだったが、十一月二十三日の夜八時ごろ、客が漕ぎだしたきり、かえってこなかったものである。

しかし、残念なことには、その客の人相風態を、はっきりおぼえているものはひとりもいなかった。『千鳥』の店員のひとりは、相当の年輩の老人だったと思うというし、べつの店員は、女づれの青年だったように記憶していると、証言がすっかり食いちがっているのである。とかく目撃者の証言というやつが、当てにならぬものであることは、この一例でもわかるだろう。

だが、それはそれとして、犯人はなぜオーヴァを、ボートのなかに残していったのか。死体をくるんできたものなら、なぜいっしょに、海底へしずめなかったのか。いや、そのまえに犯人はなぜ、生首だけを部屋にのこして、首なし死体のほうをかくしたかということが、ふたたび問題になってくる。

どうも、この犯人のすることは、わからないことばかりである。

あるいは、首なし死体のしまつをしたのち、またひきかえして生首のほうも、なんとか、処分をするつもりでいたところが、なんかの故障で、やれなくなったとでもいうのであろうか。しかし、それならそれで、オーヴァのほうも、もっと手際よくしまつをしておくべきではないか。

こうして、この事件には、いろいろわからないことが多かったが、さらにこの事件にもうひとつ、怪しいかげを投げかけたのは、アケミのパトロン、稲川専蔵のゆくえである。

二十四日の晩、菅井警部補の命令で田代刑事が、すぐさま西銀座のヤマカ・ビルにある、稲川商事へおもむいたことはまえにもいったが、残業でオフィスにのこっていた、山根という社員の話によると、社長は二十二日の晩、とつぜん大阪へたったらしい。らしいというのは、社長がみずからそういいおいて立ったのではなく、二十三日の朝十時ごろ、社長の代理と名のる男から、電話でそういってきたというのである。しかも、その男の言葉のなまりからして、日本人ではなく、中国人ではなかったかと思うというのが、山根の話である。

なお、稲川専蔵の自宅は、小田急沿線の経堂（きょうどう）にあったが、経堂のほうへも二十三日の朝十時ごろ、中国人らしい、なまりの男から電話がかかってきて、ご主人はゆうべ大阪へたって、四、五日かえらないかもしれないが、心配はいらないといってきたそうである。しかし、事務所のほうでも自宅のほうでも、稲川が急に、大阪へ立った用件はしらなかったし、また、大阪のどこへいったのか、それも全然わからなかった。

こうして、調べていけば調べていくほど、稲川専蔵というのが謎の人物であった。誰もかれが戦前なにをしていたのか、しっているものはなかった。専蔵には花江という、二十以上も年齢のちがう妻があるが、それも、戦後いっしょになったので、しかも内縁関係だった。花江という女は、昭和二十六年頃まで、キャバレーかなんかで、ダンサーをしていた女だということである。

その花江の話によると、専蔵はながく中国にいたらしいが、中国のどこにいたのか、はっきりしらぬといっている。稲川専蔵というのが本名なのかどうか、内縁関係だから入籍のこともなく、したがって、戸籍なども見たことがないのでわからぬという。

さて、稲川商事の内容だが、西銀座のヤマカ・ビルの三階に事務所をおき、事務員を三名つかって、表向きは、自動車のブローカー業ということになっているが、そのほかに、麻薬の密輸をやっていたのではないか、いや、むしろそのほうが、本業ではなかったかという、疑いが濃厚になってきた。

もし、じじつそうだとすると、アケミに秘密をにぎられたので、邪魔者は殺せとばかりに殺害して、高跳びをしたのではないかとも考えられた。そうなると、当然、このほうへ結びついてくるのが、晴子といちど会い、しかも、アケミがひどく恐れていたらしい、謎の女のことである。

その女と、稲川専蔵とのあいだになにか関係があり、このふたりが共謀して、アケミをやったのではないか。いや、もう一歩この仮説を押しすすめて、その女とは、稲川専蔵の内縁の妻、花江ではないかとも論じられた。

そこで、高安晴子にそっと花江を見させたのだが、なにしろ暗がりのことだったから、よくわからなかったといって、否定もしなければ肯定もしなかった。晴子はかなり悧巧な女で、こういう大事件の証人として、責任をとることを拒否したのである。

その後、二日たっても、三日たっても、稲川専蔵からなんの消息もなく、また、その居所も依然不明のままで、かれにたいする疑惑は、いよいよ深められるばかりだった。稲川の女関係についても、調査がすすめられたが、かれには同棲している花江と、聚楽荘にかこってあるアケミ以外に、情婦があったという線も出てこなかった。

こうして、稲川専蔵のゆくえもわからず、謎の女の身許も判明せず、さらに、アケミの首なし死体も発見されず、いたずらに時日が経過していったが、やがてそこに、世にもショッキングな事実が発見されて、ふたたび世間を驚倒させたのである。

それはさきにも述べたように、十一月三十日のことである。

当時、大森にある松月という、割烹旅館のはなれに、寄食していた金田一耕助は、正午過ぎ、等々力警部に電話口まで呼び出された。

「ああ、金田一さんですね。こちら等々力……」

と、警部の声はひどく弾んで、意気ごんでいた。

「ああ、警部さん、なにか……」

「アケミの生首事件が急転回したんです。あなた、おひまなら、西銀座のヤマカ・ビルの三階へやってきませんか」

「ヤマカ・ビルの三階というと、稲川商事の事務所ですね。そこでなにかあったんですか」

「いや、いま報告が入ったばかりで、わたしもこれから出かけるところなんです。ひとつむこうで、落ちあうとしようじゃありませんか」

「承知しました。じゃ、のちほど」

金田一耕助は大急ぎで帯をしめなおすと、よれよれの袴をつっかけ、インバネスをひっかけるのもそこそこに、松月をとび出した。

もう師走をまぢかにひかえて、巷には、身もちぢむような空っ風が吹いていた。

七

西銀座のヤマカ・ビルというのは、空襲こそまぬがれたものの、相当年代ものの、うすよごれた四階だてのビルだった。

金田一耕助が、自動車をのりつけたビルの入り口には、ちょうどお昼休みの時間のこととて、野次馬がいっぱいたかって、眼の色かえた係官の出入りがあわただしい。金田一耕助がその野次馬をかきわけて、なかへとびこむと、出会いがしらに、ばったり出会った顔馴染みの小崎刑事が、

「ああ、金田一先生」

と、呼吸をはずませて、

「エレベーターは駄目ですぜ。機械が故障で運転中止なんです。ご苦労さんですが、階段をてくってください」

この一事をもってしても、このヤマカ・ビルなるものが、およその程度のビルか、想像できようというものである。

狭い、薄暗い階段には警察官や、このビルに事務所をもつ、会社の事務員たちが、むやみに上ったり下ったりして、ひしめいている。そのあいだをかきわけて、三階へあがっていくと、稲川商事はすぐ鼻のさきにあった。

金田一耕助がそのなかへ入っていくと、こちらに背をむけて、人垣をつくっている警官たちのむこうから、プーンと異様な匂いが鼻をついた。経験によって金田一耕助には、それが死臭であることが、すぐわかるのである。

金田一耕助がインバネスの袖で鼻をおおうて、

「警部さん」

と、ひくいしゃがれた声をかけると、その声にふりかえった等々力警部が、

「ああ、金田一さん、こちらへ……」

と、手をあげてさしまねき、ほかのひとたちも、人垣をひらいて席をゆずったが、そのなかには、菅井警部補の顔もみえている。

金田一耕助はおそるおそる、警官たちのあいだにわりこむと、床のうえに、仰向けの大の字に横たわっている、その恐ろしいものに視線を落とした。

ロマンス・グレーをとおりこして、雪のように白い頭髪が、この男の身許を示している。このあいだ、ミラノ座の支配人郷田実もいっていたが、年齢のわりには頑健そうで、ずんぐりむっくりしたその体つきが、いかにも精力の強さを思わせる。

これこそアケミのパトロン、稲川専蔵にちがいないが、それでは稲川も殺されていたのかと、金田一耕助は慄然たる思いである。

その死体はまだ、それほどひどく変貌しているのではないが、それでもそこから発する死臭には、たえがたいものがあり、死後相当、時日が経過していることを物語っている。

「いったい、この死体はいままで、どこにあったんですか」

と、金田一耕助の声は、おもわず押し殺したようなささやきになる。

「あのなか……」

と、等々力警部が指さしたのは、部屋の隅においてある、大きくて頑丈そうな支那鞄(かばん)である。それはおそらく、稲川専蔵が中国から持ちかえったものだろう。

「この死体は殺されてから、相当日数がたっているようですが、ここの事務員たちは、だれもいままで、これに気がつかなかったんですか」

「いや、ところがねえ、金田一先生」

と、警部のそばから声をかけたのは、ここの所轄の捜査主任で、岡村という警部補である。このひとは菅井警部補とちがって、べつに金田一耕助を邪魔にしなかった。

「話をきいてみると、むりのないところもあるんです。この鞄の鍵は、稲川氏が肌身はなさずもっていて、絶対に誰にも手をふれさせなかったそうです。だから事務員たちも、まさかじぶんたちの眼と鼻のあいだに、社長の死体が、かくされていようとはしらなかったから、きょうまで、そのまんまに過ぎたんですね。ところがきのうあたりから、なんだか変な匂いがするといいだして、しかし、まさかといってたのが、とうとう、きょうたまらなくなって交番へとどけて出た。そこで警官たちが立ちあいのうえで、錠をこわして開けてみたところが、この死体が出てきたというわけです」

「なるほど」

「とにかく、こないだの聚楽荘(じゅらくそう)の事件といい、この事件といい、これゃ近来の大事件ですぜ。金田一先生、ひとつよろしくお願いしますよ」

と、岡村警部補は威勢もいいが、愛想もいい。

「いや、どうも……？」

と、金田一耕助はもじゃもじゃ頭をかきまわしながら、

「それで、殺されたのはいつ……？」

「おそらく、ゆくえ不明になった、二十二日の晩のことじゃないかといってるんですが……」

「そうすると、菅井さん、アケミ殺しよりまえということになりますね」

「ええ、まあ、そうですね」

と、煮えきらない菅井警部補の返事を、そばから等々力警部がひきとって、

「だから、これでまた、事件がひっくりかえったというわけで、ブン屋諸君がさぞや、ガアガア騒ぎ立てることだろうて」

と、憮然たる顔色も無理はないと、金田一耕助もそぞろ、同情を禁じえなかったが、そこへ卓上電話のベルが、けたたましく鳴り出した。

刑事のひとりが、受話器をとって耳へあてると、すぐ、

「主任さん、吉田君からです」

「ああ、そう」

と、岡村警部補が電話をきいているあいだに、金田一耕助はもういちど、床に横たわっている死体に眼をおとした。

ミラノ座の支配人、郷田実もいっていたが、稲川専蔵はヤミ屋などに見られるような、人相の兇悪さはなくて、ふっくらとした福相である。それに相当おしゃれだったとみえて、洋服の仕立てもよく、蝶ネクタイも粋である。ズボンの折り目もちゃんとついているし、靴もぴかぴか光っている……と、そこまで見てきたとき、金田一耕助の眼が、とつぜん大きく視開かれた。あるものが、強くかれの注意をひいたのである。

そのものを、金田一耕助がもっとよく、見きわめようと身をかがめたとき、岡村警部補が電話をきって、等々力警部と金田一耕助に呼びかけた。

「警部さん、金田一先生」

「はあ」

岡村警部補の声のなかに、なにやら異様なひびきがこもっていたので、金田一耕助は身を起こして、おもわず強く、あいての顔を直視した。

岡村警部補は等々力警部と、金田一耕助の顔を、強い視線で見くらべながら、

「じつはここの事務員の調査によって、いつも稲川専蔵が肌身はなさず所持している、小切手帳と印鑑が、紛失していることがわかったんです。そこで念のために、いま吉田という男を取引銀行へ派遣して調査させたところ、十一月二十三日の朝、すなわち

稲川が殺害されたのではないかと思われる日の翌朝、相当大きな金額が、銀行から引きだされているそうです。しかも……」

と、そこでいったん言葉を切った岡村警部補は、ひと息いれながら一同の顔を見まわすと、あとを一気呵成にいってのけた。

「しかも、その小切手を持参して、金を引き出していったという人物が、若い女で、人相風態をきいてみると、ひょっとすると、牧野アケミじゃないかと思われるというんです」

「ふうむ」

と、等々力警部は鼻から猛烈に、ふとい唸り声を吐きだしたが、菅井警部補はちょっと眉をひそめただけで、

「しかし、それは大して不思議ではありませんね。二十三日の朝だったら、牧野アケミはまだ生きていたのですから……」

「菅井君、君はいやにすましているが、それじゃ君に訊くがね、アケミは被害者なのかい。それとも稲川殺しの共犯者なのかい」

「さあ、それは……」

と、菅井警部補はちょっと口ごもったのち、

「それは今後の調査にまたねばなりませんが、時間的にいって、いま岡村君のいった

ことは不可能じゃないということを申し上げたんです。しかし、岡村君、それ、はっきりとアケミとわかってるの？」

「いや、まだそう確定したわけじゃないが、これはいちおう、たしかめておく必要があるからね。さっそくアケミの写真を持たせて、もういちど、銀行の係りのものに鑑定させておこうと思うんだ」

「金田一先生」

と、等々力警部はやれやれというように肩をゆすって、

「お聞きのとおりです。こいつ、ますますこんがらがってきやあがった」

金田一耕助はさっきから、なにか考えこみながら、めったやたらと、頭のうえの雀の巣をかきまわしていたが、警部の言葉をきくとうなずいて、

「岡村さん、それじゃちょっと、事務員をここへ呼んでくださいませんか。聞いてみたいことがありますから……でも、この部屋じゃ困りますかな」

「ああ、そう、じゃ、隣の部屋にしよう」

金田一耕助があたりを見まわしていると、
等々力警部はさっそく、隣室のドアを開いて金田一耕助をみちびいた。そこは社長専用の部屋なのである。

八

岡村警部補はさぐるように、金田一耕助の顔をみていたが、等々力警部の眼配せで、部下にそれと合図をする。合図をうけて、刑事のひとりが出ていったかと思うと、やがて、三人の事務員が社長室へ入ってきた。三人のひとりはわかい女である。

「金田一先生、ご紹介しましょう。右から順に山根純一君、川端宏君、石河和子君」

と、岡村警部補に紹介されて、三人は妙な眼をして、このもじゃもじゃ頭の小男を視つめている。

「いや、あんたがたに、来てもらったのはほかでもありませんがね、社長がいなくなった、二十二日の晩のことを、ちょっとお聞きしたいんだが……」

「はあ、でも、そのことならここにいらっしゃる、岡村さんにさっきも申し上げましたが……」

と、いちばん年嵩(としかさ)の山根純一は、いくらか反抗的な口調である。

「いや、いや、山根君、ぼくはぼく、こちらはこちらだ。こちらのご質問にはなんでも、どんどん答えてあげてくれたまえ……」

「はあ、それでは……と、いっても、さっきも岡村さんに申し上げたとおり、べつにこれといって、変わったことはなかったんです。われわれは、六時ごろそろってここを出たんですが、社長だけは、なにか用事があるといって残っていました。ただそれだけのことなんです」

「なるほど、それで二十三日の朝、いちばんはやく出社したのはどなた？」

「はあ、それはあたしでございますけれど……」

と、そう答えたのは女事務員の石河和子で、彼女はもちろん固くなっているのだが、いっぽう、この和服に袴という男にたいして、大いに好奇心をもやしているのである。

「ああ、そう、それじゃ、石河君に聞きたいんだがね、二十三日の朝、ガラスのかけらのようなものが、この部屋に落ちてやしなかったかしら」

「あら！」

と、石河和子は口のなかで叫んで、それからにわかに頰を紅潮させた。

「そうそう、そういえば、あれは社長さんが、あとへお残りになったつぎの朝でしたわね。シェリー・グラスがひとつ、こなごなにこわれて、そこんとこに落ちていたんです」

と、石河和子は社長の坐る廻転椅子を指さして、

「それから、そうそう、もうひとつ、妙なものが落ちてましたわ」

「妙なものって？」

「真っ白な、コックさんがかぶるような帽子なんです。ですからあたし、社長さんはゆうべここへだれかお客をして、仕出しかなんかとって……」

「石河君」

と、そのとき、そばから言葉をはさんだのは菅井警部補である。

「君、その帽子をどうしたんだね」

と、まるで咬みつきそうな声である。

「その帽子なら、デスクのひきだしにしまってあります。コックさんが取りにきたら、返えしてあげようと思っていたんです。なんなら持ってまいりましょうか」

「ああ、持ってきたまえ。君たちそんなこと、いちいち訊ねられるまでもなく、じぶんのほうから、申し出なければ駄目じゃないか」

「だって……」

と、石河和子が唇をとんがらせて、なにかいいかけるのを、

「ああ、いいよ、いいよ、石河君、なんでもいいから持ってきたまえ」

と、そばから取りなしたのは、岡村警部補である。

石河和子はぐいと肩をそびやかして出ていったが、まもなく純白のコック帽をもってくると、

「はい」

と、岡村警部補のほうへ差し出した。

「やあ、どうもありがとう」

と、岡村警部補はそれを手にとって改めていたが、ふっと眉をひそめると、

「菅井君、うらにイニシアルが入ってるぜ。これゃ君のほうの事件にとって、重大な証拠物件になるんじゃないか」

菅井警部補はみなまでいわさず、ひったくるようにそれを受け取ったが、そこにあるイニシアルをみると、さっと眉間（みけん）に稲妻が走った。

「菅井君、ぼくにもちょっと見せたまえ」

「はあ」

と、菅井警部補はちょっと躊躇（ちゅうちょ）の色をみせたが、上司の命令とあらばしかたがない。不承不承差しだすのを、等々力警部がうけとって、ひとめその裏側をみると、

「金田一さん、これ……」

と、金田一耕助のほうへまわしてきた。

金田一耕助が手にとってみると、裏側に刺繍（ししゅう）された頭文字は、あきらかにU・Uである。U・Uとは聚楽荘（じゅらくそう）事件の発見者、宇野宇之助の頭文字と一致するではないか。

「なるほど。こいつは思わざりき収穫でしたな」

金田一耕助はそれを等々力警部にかえすと、

「ときに、石河君」

「はあ」

「これ、たしかにシェリー・グラスのこわれてたと、おんなじ朝に落ちてたんですね」

「はあ」

「それで、これ、どういう状態で落ちてたの？」

「はあ、その椅子……」

　と、等々力警部が坐っている、社長の廻転椅子を指さして、

「その椅子の下敷きになっておりましたの。さっきいったように、シェリー・グラスがこわれてたでしょう。それを掃除しておりますと、その丸い脚のしたから、なにやら白いものがはみだしております。なんだろうと思って、椅子をとりのけてみると、その帽子が出てきたんですの」

「なるほど、それじゃそれが、二十三日の朝だったということが、はっきり証明出来ると、いっそう有難いんですけれどね」

「あら、そんならなんでもございませんわ。これがお役にたつんじゃございません」

　と、石河和子が差し出したのは、卓上カレンダーである。金田一耕助のほうへ差し出すのを、

「ああ、いや、そちらにいらっしゃる、岡村さんに見せてあげてください。そのかた

がこの事件の主任さんだから」

「ああ、いや、これゃどうも……」

と、岡村警部補がうけとると、ちゃんと、十一月二十三日のところが開いてあり、そこに、

朝、七時半出社。掃除。社長室にシェリー・グラスがこわれており、床よりコックさんの帽子らしきものを拾う。

と、達筆の女文字で書いてある。

「ああ、君、ありがとう、ありがとう。こいつは完全な証拠物件だ。金田一先生、ほら、これ……」

金田一耕助もその卓上メモに眼を走らせると、

「石河さん」

「はあ」

「これ、あんたの字？」

「はあ」

「あんたなかなか字が上手なんだね」

「あら、あんなこと……」

「いや、いや、字が上手だってことはだいじなことですよ。字がへただって自覚があ

ると、こういうメモを書くのもつい億劫になりますね。ひとにみられるのが羞ずかしいなんて、ついつまらないことを考えるからね。その点、あんたは字が上手だから、自信をもって、こうして些細なことも書きとめておく……」

金田一耕助にお土砂をかけられて、石河和子はすっかり逆上気味で、

「自信なんてございませんけれど、変わったことがあったら、なんでも控えておくようにと、社長さんにいわれてるもんですから……」

「ああ、そう、だけどねえ、石河さん」

「はあ」

「あんたはじぶんでも気がつかないうちに、こんどの事件の捜査について、たいへんな貢献をしてるんですよ」

「あら、そんなこと……」

「いや、いや、ほんとうですよ。そのことはいまそちらにいらっしゃる、主任さんもおっしゃったでしょう。だから、この事件が解決して、首尾よく犯人がつかまったら、あんたはまず、殊勲甲というところだ」

「まあ！」

「だからね、石河君、ことのついでに、あんたにひとつお願いがあるんです」

「はあ……」

「ここで二十三日の朝、コック帽を拾ったってことね、当分、だれにもいわないようにしてほしいんです。これは石河さんだけではなく、山根純一君にも、川端宏君にもお願いしたいんですが……」

「はあ、承知しました」

これはいったい、どういう人物なのだろうと思いながら、石河和子はいうにおよばず、山根も川端も、言下に快諾して頭をさげた。

「ああ、そう、ありがとう。じゃ、これくらいで……なにかまた、気がついたことがあったらしらせてくださいよ」

三人の事務員が、ていねいに頭をさげて出ていくと、閉めきった社長室のなかには、俄然、緊張の気がくわわってくる。

「畜生ッ、飯田屋のやつ！」

と、吐きすてるように呟く、等々力警部の声をきいて、岡村警部補も身を乗りだして、

「警部さん、飯田屋というと、たしか聚楽荘事件の発見者でしたね」

「そう、本名宇野宇之助てえんだ。やっこさん、たしかにこれと、同じような帽子を頭にのっけてたよ。野郎、事件発見者として、ちょっぴり顔を出しておいて、あとはまんまと、遁れようという肚じゃなかったのか」

「しかし、警部さん」

と、そばから、ぎこちない声を出したのは菅井警部補である。この警部補はさっきから、しきりに頰っぺたを、ひくひく痙攣させているのである。

「こんなことというの、釈迦に説法みたいなもんですが、飯田屋が犯人だとすると、これほど歴然たる証拠を、現場にのこしていくというのは変ですが……」

「と、おっしゃると、菅井さんのお考えでは……？」

と、そばから、すばやく口をはさんだのは金田一耕助で、これだからこの男、菅井警部補みたいな、神経質な人物に毛嫌いされるのである。はたして、菅井警部補は眉間に稲妻を走らせて、

「だから、だれかが飯田屋に罪を転嫁しようとして、わざとこんな重大な証拠物件を、のこしていったんじゃないかと……」

「そうです、そうです。わたしもそのお説に賛成ですよ。しかし、ねえ、菅井さん。誰かが、飯田屋に罪を転嫁しようとしたとすれば、飯田屋にそれだけの理由なり、条件なりがなければなりませんね。二十三日の朝といえば、アケミはまだ生きていたはずですし、飯田屋がアケミ殺しの発見者となるまえですね。そうすると、たかが出入りのお総菜屋に、罪をおっかぶせようというのでは、理由なり、条件なりが弱いとはお思いになりませんか。だから、あの男とアケミとの関係は、たんなる、お総菜屋と

お得意との関係じゃなく、もっと立ち入った絆によって、結ばれてたんじゃなかったか……と、こういう新しい線が、うかびあがってきたとお思いになりませんか」

「つまり、飯田屋もアケミにつまみ食いされた、ひとりだというわけですね」

と、等々力警部は憮然たる顔色である。

「その飯田屋というのはどういう男です？　アケミというのは、たいへんな淫婦だったという話ですが、金田一先生も飯田屋という男に、お会いになったことがあるんですか」

「あっはっは、いやねえ、岡村さん、これはわれわれ一同、迂闊千万だったんです。このコック帽をみて気がついたんですが、飯田屋という男、かくべつ好男子というのではありませんが、いかにもアケミのような女の、食慾をそそりそうな体をしてるんです。ボッテリと肉が厚くて、逞しく、ボチャボチャと色が白くってね」

「それにチョビ髭なんか生やしゃがってね。いかにも、好きもんといった感じなんだ。こいつはまんまと一杯、喰わされたねえ」

等々力警部は感嘆これ久しゅうしていたが、そのとき菅井警部補が、むつかしい顔をしてそばから口を出した。

「それにしても、金田一先生」

「はあ」

「あなたはどうして二十三日の朝、この部屋にシェリー・グラスが、こわれていたということをしっていらしたんです」

と、まるで詰問するような調子である。

「ああ、それ、それは光線の加減なんですよ」

「光線の加減とは……？」

岡村警部補がギロリと眼玉を光らせた。

「いや、光線の加減で、みなさんは気がつかれなかったようですがね、隣の部屋に倒れてる、死体の靴の裏に、ガラスの破片……と、いうより、ガラスの粉といったほうがいいかな、非常に微細な、ガラスの粉末がささっているんですね。だから、被害者は倒れるまえに、なにかガラス製のものを、踏んづけたんじゃないかと思ったんです」

「ああ、なるほど、なるほど」

と、岡村警部補はすなおに感服し、刑事のひとりが、すぐに事実を調べに隣室へ出ていったが、しかし、菅井警部補はあくまで挑戦的である。

「しかし、金田一先生、そのことがこんどの事件の解決に、なにか役にたつとお思いですか」

「はあ、大きにね」

金田一耕助の自信にみちた顔色に、菅井警部補ははっと、警戒の色をみせたが、

「どういう意味で……？」

「いや、これは一応、綿密に試験していただかなければなりませんが、聚楽荘のアケミの寝室にある女の靴……たぶんアケミの靴だろうと思いますが、その靴の裏にも、ガラスの粉末がささっているんです」

「あっ！」

と、等々力警部と岡村警部補は呼吸をのみ、菅井警部補の眉間にさっと、ものすさまじい稲妻が走った。

「これも光線の加減で、どなたも気がおつきにならなかったようですがね。そこでわたし、あのフラットの隅から隅まで探してみたんですが、どこにも、ガラスのかけらなんか落ちていないでしょう。ですから、大して気にもとめずにいたんですが、きょうここへきてみると、稲川の靴の裏にも、ガラスの粉末がささっている……」

「先生、先生、金田一先生」

と、岡村警部補は顔面を紅潮させて、

「それじゃ、ふたつの靴の裏にささっている、ガラスの粉末を比較研究してみて、それが、同じ性質のものだということになると、牧野アケミは二十二日の晩、この部屋へ、きていたということになるわけですね」

「はあ。……牧野アケミがこの事件で、どういう役割をしめているのか、それは別問題としても……ですね」

九

第二の犠牲者――いや、時間的にいって、第一の犠牲者だった、稲川専蔵の部屋から発見された、飯田屋の白いコック帽を発見したとき、警官たちの多くは、これでだいたい、事件も大団円にちかづいたと考えていた。

たとえ飯田屋が犯人ではなく、誰かがかれに、罪を転嫁しようとしたのであったとしても、それはそれで飯田屋に、なにか心当たりがあるはずである。第一、飯田屋とアケミの関係が、たんなる、お総菜屋とお得意の関係ではなく、もっと、ふかいものであるらしいということがわかっただけでも、捜査上の大進歩である。それにもし、ふたりのあいだに肉体関係があったとしたら、飯田屋はアケミについて、もっといろいろなことをしっているはずである。

いまにして思えば、窓から舟へ首なし死体を、釣りおろすという手段そのものが、飯田屋の商売で、窓から笊をぶらさげるのと、まったくおなじ手法ではないか。

畜生ッ！

よくもわれわれを白痴にしおったが、こうなったらしめたもの、飯田屋を叩いてしぼっていけば、事件解決もそう遠くはないであろう。……と、等々力警部はにわかに楽観しはじめた。

そして、また、じじつ、そのとおりではあったのだけれど、しかし、それはなんという思いがけない方向へ、解決の線がそれていったことだろう。おなじ解決は解決でも、それは、等々力警部などの思いもよらぬ、世にも意外な解決だった。

聚楽荘とヤマカ・ビルと、事件がふたつの警察の管轄区域にまたがってきたので、ここに改めて、統合捜査本部が警視庁にもうけられた。

十一月三十日の夕方、飯田屋こと宇野宇之助が、その統合捜査本部へ、刑事に連行されてやってきたとき、菅井警部補は忿懣の権化であった。

「おい、飯田屋」

と、のっけから、極めつける警部補の舌端は鋭いのである。

「おまえはえろう色男だってなあ、牧野アケミと、よろしくやってたというじゃないか」

「へええ」

と、飯田屋はひとたまりもなく、亀の子のように、首をちぢめて恐れいった。

「ふうん」

と、菅井警部補はにくにくしげな眼で、飯田屋の戸外の商売としては色の白い、ボ

チャボチャとした、きれいな肌をにらみながら、

「それじゃ、おまえ、やっぱりアケミに可愛がられていたのか」

「へえ、まことに申し訳ございません。係りあいになるのがいやなもんですから、つい、いままでかくしておりましたんで……」

「関係ができたのはいつだ！」

と、警部補の舌端はいよいよ鋭い。

かれにとってはこの男を、たんなる事件の発見者として見のがしていたのが、口惜しくてたまらないのである。いや、口惜しいのみならず、捜査主任として面目問題でもある。それだけに、飯田屋にたいする風当たりはきつかった。

「へえ、もう、かれこれ一年になります。去年の秋以来のことですから」

「いったい、どこで逢っていたんだ」

「へえ、それゃわたしのほうから、アパートへ忍んでいくんで……」

「ふうむ。それでいて、一年以上も誰にも気付かれなかったとは、よっぽどうまく、逢曳きをしていたんだな」

「へえ、それゃ、うちのかかあにしれるとうるそうがすから」

と、飯田屋は額にいっぱい吹きだす汗を、手の甲で横なぐりに拭きながら、

「しかし、アパートのほうじゃ、二、三しってらっしゃるかたもおありのはずなんで。

……窓から抜けだすところを見つけられて、しかたなしに、挨拶をしたこともございますから」

「ふうむ！」

と、菅井警部補はいよいよ、いまいましそうに唸った。これだから、民衆の非協力的態度には困るといわんばかりの、忿懣やるかたなき顔色である。

「ほほう！　するとあんたは、いつも川のほうから忍んでいったの？」

と、そばから体を乗りだしたのは金田一耕助で、どうも困った男である。これだから、菅井警部補が渋面をつくるのもむりはない。

「へえ、そうなんで。なんしろ旦那ができてから、表から男を、ひっぱりこむわけにゃいかなくなったもんですからね。と、いってあの娘、これは旦那がたもご存じでしょうが、ああいう、お年を召した旦那ひとりじゃ、とっても、とっても」

「ああ、なるほど。それで表からくる情夫はシャット・アウトして、窓からこっそりの飯田屋君専門てえことになったんですな」

金田一耕助がのらりくらりとからかうと、菅井警部補の渋面が、またいちだんと深くなる。

「へえ、まあ、そんなようなわけで……」

と、飯田屋は赤くなったり、蒼くなったり、七面鳥のように照れて、額の汗をふい

ていたが、

「しかし、旦那がたは、あっしが川のほうから通ってたってこと、ご存じなかったんで?」

「ああ、それゃいま初耳でしたな」

「しかし、それじゃどうして、あっしのことがお耳に入ったんで……? アパートの奥さんがたが、喋舌ったんじゃなかったんで……?」

「ああ、それ……岡村さん、あなたからどうぞ」

「ああ、そう、それでは……」

と、岡村警部補がそばから体を乗りだして、

「飯田屋君、はじめて。君のうわさはかねがね聞いてたんだが、そんなお羨ましいご身分とはしらなかったな。あっはっは」

「いえ、もう、そんなご冗談は……」

「いや、ごめん、ごめん、じつは、君にみてもらいたいものがあるんだが、飯田屋君、君はこれに見憶えがあるだろうねえ」

と、突きつけられたコック帽をみて、なるほどと、わかったようにうなずいて、

「へえ、それゃわたしのものにちがいございません。こいつがあの娘の部屋から、出てきたんでございますね」

「いや、それはともかくとして、君はこれをいつ紛くしたか、憶えていないかね」

「こうっと……」

と、飯田屋は首をかしげて考えていたが、

「ありゃたしか、今月の十五、六日のことでしたかねえ。聚楽荘へご用聞きにいくと、ちょうどアケミのやつ……いえ、あの娘がいあわせまして、なにしろ、あの娘、結構な旦那がついたもんだから、小屋のほうは勝手づとめみたいなもんで、しょっちゅうずる休みをしてたんです。それで、そのとき、笊をぶらさげてきたんですが、その笊のなかに、ご用聞きをすませたら、お寄りなんて書いた紙が入ってましたんで……」

「あっはっは、いよいよもって羨ましいな。おれもいっぺん、そういう身分になってみたいが、ふむふむ、それで、それで……？」

「へえ、あの、それで……」

と、岡村警部補にまぜかえされて、飯田屋は茹鮹みたいに、真赧になってどぎまぎしながら、

「それで、ひとまわりしたあとで、あたりが暗くなってから忍んでいったんです」

「ああ、ちょっと……」

と、そばから素速く金田一耕助がひきとって、

「そういう場合、あんたはモーター・ボートを乗りつけるの」

「いえ、まさか……モーター・ボートじゃ音がしますし、第一、図体が大きゅうがすからね。聚楽荘からちょっとのぼったところに、『都鳥』てえ貸しボート屋があります。そこで貸しボートを借りて……モーター・ボートのほうはそこへ預けとくんです」

「そうすると『都鳥』のほうでは、あんたとアケミの関係をしってたんじゃないかな」

「へえ、それゃ……阿漕の浦にひく網もって申しますからね。ですから口止め料にちょくちょく、商売もんの残りやなんか、せしめられてたんです。これゃ、聚楽荘のおかみさんなんかもそうですがね」

「なんだ、あのおかみもしっていたのか」

等々力警部はおもわず一喝喰らわしたが、そのとたん、菅井警部補の眉間には、殺気にも似た稲妻が走った。

「あっはっは、よっぽど鼻薬が利いてたとみえますな。いや、どうも岡村さん、失礼しました。どうぞおつづけになって」

「はあ、はあ、それで飯田屋君、暗くなってから忍んでいって……？　そしてどうしたんだい」

「へえ、つまり、そのとき、そのキャップを、つい忘れてきましたんで……」

「それが、十五、六日ごろのことだったというんだね」

「へえ、はっきりはしませんが、十六日だったんじゃないでしょうか。十五日は紋日ですから、いかにあの娘が勝手づとめだって、そう勝手に、休むわけにゃいきますまいからね」

「しかし、それが十六日の晩だったとすると、アケミの殺された、二十三日の晩まで一週間あるが、そのあいだに、どうして取りかえしにいかなかったんだい」

「いや、それが、そのつぎの日、ご用聞きにいったとき、アケミが笊をぶらさげてきたら、キャップをさがして、そっと投げおろしてくれるようにって、手紙を用意していったんです。ところが、その日は、アケミは小屋へいったとみえて窓があかないんです。そこでまたそのつぎの夜おそく、小屋がはねた時刻を見計らって、そっと川から忍んでいったんです」

『都鳥』からボートを借りてだね」

と、間髪をいれず、岡村警部補が質問をはさんだ。

「へえ、まあ、そうなんで……」

「ああ、そうそう」

と、そのときまた思い出したように、金田一耕助が言葉をはさんで、

「そんな場合、旦那がきてたらどうするの。いや、旦那でなくとも、友達やなんかがきてる場合だってあるだろう」

「へえ、あの……」

と、飯田屋は赧くなってへどもどしながら、

「旦那がお見えになっているときには、窓の外に水差しがおいてございますんで。その水差しが、一杯のときは旦那がお泊りで、半分のときは、おかえりになるという印なんで……」

「あっはっは、そいつはうまく考えたな。こんやは旦那が、半分きゃ水を差してくださらないから、あとでたっぷり、水を差しにきて頂戴って謎かい」

岡村警部補がうまい洒落をとばしたので、一座はどっと吹きだし、飯田屋の白いボチャボチャした肌が、火がついたように真赧になったが、菅井警部補の渋面だけはくずれなかった。いや、崩れないのみならず、かれの渋面はますます兇暴になってくる。

「ふむ、ふむ、それでただのお客さんの場合は……？　それも、参考のために聞かせておいてもらおう」

「へえ、そんときゃ、窓の外に折り鶴がぶらさげてございますんで」

「これゃまたなんの洒落だい、羽根があったら、飛んでいきたいって謎かい」

「いえ、そうじゃねえんだそうで」

「そうじゃないというと、なにかそれにも意味があるのかい」

「へえ、なんでもアケミの申しますのに、恋にはなまじつる（連れ）は邪魔って、謎なんだそうでして……」

「こん畜生ッ！」

「あっはっは、こいつはちっと苦しい洒落だな」

と、一座はおもわず吹き出して、しばらく、哄笑の渦がおさまらなかったが、飯田屋の話はこれからしだいに、怪奇味をくわえていくのである。

十

「ふむ、ふむ、それで……いや、ちょっと待てよ」

と、岡村警部補は、哄笑がおさまるのを待って、

「キャップを紛くしたのが十六日として、そのつぎのつぎの晩だというから、それは十八日の晩になるわけだね」

「へえ、へえ、ちょうどそのくらいになりましょう。はっきり、日にちまでは憶えとりませんけれど……で、そのとき忍んでったてえのは、べつにキャップのことじゃなくて、キャップもキャップですけれど、このほうは代わりがございますから……つまり、その、なんだかその晩、無闇に、あいつの肌が恋しくなったもんだから、つい、かかあをだまして出向いていったんです。どうもおのろけを申し上げるようで、恐縮でございますが……」

「いや、そんな遠慮はいらんよ。のろけなら、さっきからさんざん聞かされたよ。恋にはなまじ、つるは邪魔まできかされちゃ、みんなもう、免疫になっとるからな。それで……？」

「へえ、それが……いや、もう、そのときの驚きようたらなかったんです。いや、もう、驚いたの、驚かねえのって、あっしゃあんなに、肝をつぶしたことはございませんよ。あんな化けもんみたいな女、もう、二度と逢うまいと思いましたね」

「飯田屋」

と、等々力警部がむつかしい顔をして、

「その晩……つまり、十八日の晩だね。十八日の晩、なにかアケミの身のうえに、変わったことでもあったのかね」

十八日といえば、その前日の晩に、アケミは謎の女にあっているのである。そして、アケミが生命の危険を訴え出したのは、それ以来のことなのだから、警部が緊張したのもむりはない。

金田一耕助やほかの連中も固唾をのんで、宇野宇之助の顔を視まもっている。

「へえ、警部さん、変わったも、変わらねえも、ほんとにあいつは化けもんなんです。あっしゃ、あいつの腹に大きな蜘蛛が、それこそ、腹いっぱいの大きな蜘蛛が、吸いついてるところを見たんです」

「蜘蛛が腹に……？」

あまりとっぴな宇之助の言葉に、一同は唖然として、あいての顔を視なおした。

「そ、そんなばかな！」

と、菅井警部補がまた、頬っぺたをひくひくさせるのをみて、

「いえ、旦那、そ、それがほんとうなんです。あっしゃげんにこの眼で見たんです。こんなでっけえ蜘蛛が……」

と、飯田屋はじぶんの腹部の両側に、てのひらをあてがって、

「ぴたっと、アケミのやつの腹に吸いついてたんです。いや、もう、その気味のわるいったらなかったんです。旦那、これゃ、嘘じゃねえんで、ほんとの話なんで……」

菅井警部補はいうに及ばず、みんなが、うさんくさそうな顔をしているのをみると、宇之助はやっきとなって、唾をとばしていたが、

「飯田屋君」

と、とつぜん金田一耕助がそばから、世にもやさしい、世にも感動的な声で呼びかけた。その声があまり異様だったので、一同がおもわず、その顔をふりかえったくらいである。

「そのときのようすを、もっと詳しく話してくれませんか。あんたがアケミちゃんのお腹に、大きな蜘蛛が、吸いついてるのをみたときの情景をね」

「へえ、へえ……」

「あんた、そのとき、アケミちゃんといっしょに寝ていたの？」

「とんでもない。あんな薄気味わるいあまっちょと、いっしょに寝るなんて、もう二度と、まっぴらごめんでさあ。旦那、まあ、聞いておくんなさいまし。じつはこういうわけで……」

聞いてもらえるのがうれしくて、飯田屋はさかんに唾をとばしながら、金田一耕助のほうへ身を乗りだした。

「そんとき、あっしゃボートからあがって、あの犬走りに立っていたんです。ほら、あの一件がめっかったとき、警察の旦那がたが、乗り越えてお入りんなったあの窓の下なんです」

「アケミの生首がおいてあった、あの部屋の窓の外ですね」

と、金田一耕助が念をおした。

「へえ、そうです、そうです。さいわい、窓の外にゃ水差しもおいてございませんし、折り鶴もぶらさがってなかったんです。しめたってえわけで、窓ガラスをとんとん叩いてみると、ザーザー水を使う音がきこえるんです。さてはアケミのやつ、風呂へはいってやあがるな。それじゃ、風呂から出てくるのを待とうてえわけで、窓のしたに立ってたんです」

「ふむ、ふむ、さぞ寒かったろうに、ご苦労なこったな」

と、からかったものの岡村警部補も、飯田屋の話には、大いに興をそそられているのである。

「へえ、そりゃ、旦那、叡山の坊主は坂本まで、二里か三里の山坂を、高足駄をはいて、お女郎買いに通うてえじゃありませんか」

と、飯田屋はちょっぴり、講談かなんかで拾った知識を披露すると、

「いや、まあ、それはともかくとして、アケミが風呂からあがってきたら、合図をして、窓を開けてもらおうと思ってたんです。そうそう、申し忘れましたが、なかにはカーテンがしまってたんですが、はしっこのほうが少しまくれてて、そこから覗くと、ちょうど部屋の入り口がみえるんです。そのうちに、アケミが風呂からあがってきました。むろん、ズロースははいてましたよ。背中から湯上がりの、ガウンかなんかひっかけてたんです。だけど、まさかあっしがのぞいてようたあ、気がつかなかったんですねえ。お腹はまる出しだったんですが……」

と、飯田屋はにわかに瞳をとがらせて、ごくりと生唾をのみこむと、

「そのお腹んとこに、なんと、大きな蜘蛛が一匹吸いついてるじゃありませんか。ちょうど、こう、お臍んところを中心に、ぺたっと腹に吸いついて、八方に脚をひろげてる、その気味悪さったらありませんや。女だったら、キャッと声を立てるところで

しょう。男のあっしですら、しばらくガタガタ、ふるえがとまらなかったくらいですからね。あっしゃじぶんの眼を疑いましたよ。それで、もういちどよく見なおそうとすると、アケミのやつ、いかにも、いとおしそうにお腹の蜘蛛をなでると、そのまま、ガウンのまえを合わせたんです。あっしゃもうブルブルでさあ。色気もなにも吹っとんじまって、犬走りから、ボートへすべりおりるのがやっとでしたよ。脚がガクガクするもんですからね。ボートに乗ると、それこそ、雲を霞と逃げだしたってえわけで、それ以来、アケミに会っていねえんです」

一同はしばらく、しいんと鳴りをしずめていたが、やがて、金田一耕助がごくりと咽喉仏を鳴らせて身を乗りだすと、

「それで、飯田屋君、その女……十八日の晩、あんたが窓の外からみた女というのは、たしかに、アケミちゃんにちがいなかったんでしょうね。まさか、ほかの女を、見まちがえたというようなことは……」

「ご、ご冗談を……誰がじぶんの女を、見ちがえてよいもんですかい。いえいえ、鶴亀鶴亀、死んじまったからいいようなもんの、あんなやつを抱いて寝てたかって思うと、ぞうっとしまさあ。だいたいがアケミという女、ふだんから、妖怪じみたところがあると思ってはいたんですが……」

「たとえば、どういう点が……」

と、金田一耕助が容赦なく突っこむと、

「いえ、あの、そ、そんなこと、おおっぴらにゃいえませんが……」

と、飯田屋が顔をしかめて、赧くなったところをみると、おそらく閨房における、アケミの嗜好についていっているのにちがいない。

「まるで、あれじゃ、男の生血を吸うのもおんなじことだと、いまになって思いあたるんで。……もっとも、惚れて夢中になってるときは、そうされるのがうれしかったもんですが……まあ、このくらいでご勘弁ねがいます」

と、宇之助がぐっしょり滲んだ額の汗を、日本手拭いでぬぐうているのは、羞恥よりも、むしろ、薄気味悪い記憶からくるものであろう。

飯田屋のいうことは、だいたい想像できそうなので、誰もそれ以上追究しなかった。そういうことをしたり、されたりしているうちに、ついキャップを忘れたのだろう。

「ところで、どうだろう。アケミちゃんのほうでは、君にそういう重大な秘密をしられたってこと、気がついていたろうか」

「いえ、それゃしりますまいよ。それっきり、あっしゃイタチの道ですからね。それも、あんまりながくご無沙汰していちゃ、アケミも怪しんだかもしれませんが、それから一週間たつやたたねえうちに、あの一件でしょう。さいわい、そのあいだにいっぺんも、誘い水がこなかったもんですからね」

「それじゃ、もうひとつお訊ねしたいんだが……」

「へえ、へえ、どんなことでも……」

「アケミちゃんはあんたに、命が危いとか、だれかに狙われてるとか、そんな話はしてませんでしたか」

「いえ、そんな話はいっこうに……もっとも、旦那ってえひとがそうとう、なんてえんでしょうかねえ、つまり、ヤキモチがはげしいってえんでしょうか。気をつけて頂戴、ひとに覚られないように、気をつけて頂戴ってことは、しょっちゅういってましたが、それゃああいう立場になれば、誰だっていうことでしょうからね」

「ところで、飯田屋」

と、菅井警部補の顔は、あいかわらず、苦虫をかみつぶしたようである。

「アケミにはおまえのほかに、誰か、情夫があったような気配はなかったかい?」

「さあ、いっこうに。……なんでも噂によると、せんには、一座の男だれかれなしだったてえ話ですが、あっしゃ根がぼんやりのせいか、気がつきませんでしたね。あったとしたら、よっぽど上手にかくしてたんでしょうねえ」

「ミラノ座の支配人の郷田実や、幕内主任の伊東欣三とはどうだ」

「そうそう、あのひとたちとも、せんにゃ関係があったそうですねえ。しかし、あっしとねんごろになってからは、もう、そういうことはなかったようですねえ。あのひとたちだと、どうしても、旦那にしれやすうございますからねえ」

「ふうむ」

と、岡村警部補はわざと、意地悪そうに鼻を鳴らして、

「それで、結局、飯田屋専門てえことになったわけか。おまえ、よっぽど惚れられてたとみえるな」

「いや、ところが、ねえ、旦那」

と、宇之助は妙にしんみりとして、

「あいつは男に惚れるってことは、なかったんじゃないでしょうか。ただ、ひと一倍炎えやすい体にできてる。旦那だけじゃとても食い足りない。だから、炎える火を消してくれる男でさえありゃ、誰でもよかったんじゃないかって、いまんなってみるとそんな気がするんです。結局、おもちゃにされてたなああっしでさあ」

「あっはっは、おまえなかなか達観してるじゃないか。よし、それじゃ最後にもうひとつ、だいじなことを聞くがね」

と、体を乗りだした岡村警部補を、宇之助もさすがに、不安そうに視まもりながら、

「へえ、へえ、なんでもどうぞ、しってることならなんでも申し上げますから」

「ようし、それじゃ訊くが、おまえアケミの旦那というのをよくしってるだろうな」

「いや、それゃしってることはしってますが、よくってわけにゃいきませんな」

「でも、会ったことはあるだろう」

「へえ、いちど聚楽荘で会ったことがあります。もちろん、むこうさんはあっしのことをご存じなかったんですが……」

「旦那って男がなにをしてるのかしってるか」

「なんでも、自動車のブローカーだって、アケミがいってましたが、詳しいことは存じません」

「最近ではいつ会った？」

「最近たってずうっとせんです。あっしが内海さん……聚楽荘の管理人さんですね。その内海さんのところで油を売ってると、旦那がお見えになったんです。そんなとき、あれがアケミちゃんの旦那だって、内海さんのおかみさんに教えられたんで。会ったのは、あとにもさきにもそれっきりで……」

「それじゃ、もうひとつ訊くが、アケミの旦那が、どこに事務所をもってるかしってるだろうな」

「へえ、なんでも銀座のほうだとか……」

「ビルの名前は……？」

「いえ、そこまでは存じません」

たたみかけるような岡村警部補の質問に、飯田屋はしだいに不安をおぼえたらしく、

きょときょと、あたりを見まわしながら、

「だ、旦那、どうかなすったんで……？」

「おい、飯田屋、しらばっくれるな！」

と、岡村警部補はまず一喝くらわしておいて、

「こっちにゃ、ちゃんとネタがあがってるんだぞ。きさま二十二日の晩、アケミとふたりで西銀座のヤマカ・ビルの三階へ、アケミの旦那の稲川専蔵を訪ねていったろう」

「そ、そんな……」

「まあ、聞け。そして、アケミとふたりで稲川を絞め殺し、死骸を支那鞄につめて逃げやがったろう」

「だ、旦那……」

「そればかりじゃねえ。共犯者のアケミを、生かしておいちゃ後日のさまたげとばかり、そのつぎの晩、アケミを殺して……」

「そ、そ、そんな無茶な、そ、そ、そんな馬鹿な……」

「なにが無茶だ。なにが馬鹿だ。きさま天網カイカイ、疎にしてもらさずって諺をしってるかい。このキャップはな、きさまはアケミの部屋へおき忘れたなんて、態のいいことといってるが、そのじつ、支那鞄のなかから出てきた、稲川の死骸がしっかりその手に握ってたんだぞ」

「ひーッ！」

飯田屋は咽喉のおくから、まるで、こわれた笛みたいな声を立てると、椅子からずりおちて、べったり床にへたばった。

十一

飯田屋が犯人でないまでも、かれを絞めあげたら、なんらかの端緒がつかめるだろうという期待も、アケミの腹に、大きな蜘蛛が吸いついていたなどという、愚にもつかぬ怪談以外、結局、なんのうるところもないらしいとわかってきて、捜査当局の失望は大きかった。

その後、稲川専蔵の取引銀行へ、牧野アケミの写真をもって、刑事が出向いていったが、その結果、稲川の小切手を偽造して、多額の金を引き出したのは、たしかに、この女にちがいないということになった。

また、金田一耕助のアドヴァイスによって、アケミの靴のうらにささっていたガラスの粉末と稲川専蔵の靴のうらのそれと、精密に比較調査されたが、そのふたつが、まったく、同種類の性質のものであるということが証明されて、ここに事件の全貌だけは、ようやくはっきりしてきたのである。

即ち、十一月二十二日の夜、アケミはだれか男とふたりづれ（あるいは三人づれかもしれないが、まずふたりづれとみられた）で、旦那の稲川専蔵を訪れた。

そのとき、稲川がシェリー・グラスを出して、饗応したらしいところをみると、アケミの相棒がいつわって、なにか儲けばなしを、もっていったのではないかと思われる。ところが、話が食いちがったのか、それとも、はじめから予定の計画だったのか、男同士の争いとなり、アケミの相棒が稲川を絞め殺した。その争いの最中に、シェリー・グラスのひとつが、床にころげおちて踏みくだかれた。

さて、アケミとアケミの相棒は、稲川の死体を、その場にあった支那鞄のなかに詰めて逃亡したが、問題はその支那鞄のなかに、なにがあったかということである。その支那鞄は綿密に検査されたが、そこから検出されたのは、相当量のヘロインの粉末であった。

だから、自動車のブローカーというのは、世間態を取りつくろう表看板だけで、稲川の本職というのは、ヘロインの密輸だったのではないかという、疑いが濃厚になってきた。しかも、支那鞄のなかには、もはや、一オンスのヘロインもなかったのだから、アケミとアケミの相棒は、それを奪うのが目的ではなかったか。したがって、あの小切手帳のほうは、むしろ犯人たちにとっては、思わぬ拾いものだったのではないかということになり、捜査当局の緊張は、いやがうえにもきびしくなってきたのである。

だが、さてそのあとがどうなったのか。

アケミと、アケミの相棒のあいだに、仲間われが生じたのか。そして、岡村警部補もいったように、生かしておいては、後日のさまたげとばかりに、アケミの相棒がアケミを殺してしまったのか。

いずれにしてもその相棒を、飯田屋こと宇野宇之助とみると、話ははなはだ簡単だが、宇之助の身辺を洗えば洗うほど、その可能性は薄そうだった。

不幸にして、かれは十一月二十二日の夜の、正確なアリバイをもっていなかった。女房とふたりで、江東楽天地で、映画をみていたというのだが、女房以外にだれも、かれが、映画館でひと晩をすごしたということを、証明できるものはなかった。

しかし、いかにアリバイが不正確だからといって、人間にはそれぞれ人柄というものがあり、また過去の経歴という手型もある。

飯田屋の人柄や、過去を洗えば洗うほど、このような兇悪犯罪とは、およそ縁が遠そうであった。女に甘くて、ちょくちょく他愛もないしくじりを演じるという以外には、宇野宇之助という男は、好人物の愛嬌者だった。いかに、アケミにうつつを抜かしていたからといって、このような兇悪犯罪の片棒をかつぐ男とはおもえないというのが、捜査当局の一致した意見であり、それに第一、人殺しに出かけるのに、じぶんの職業がひとめでしれる、コック帽をかぶっていく、馬鹿もあるまいではないか。

そこで、改めてアケミの身辺が洗われたが、もうひとつ、これという星もあらわれなかった。かつて、アケミと縁のふかかった、郷田実や伊東欣三には、アケミ殺しの当夜における、立派なアリバイがあった。それに、困ったことには、稲川専蔵殺しの正確な時刻がわからないことである。

なにしろ、殺害後一週間以上もたって、そろそろ、死体が腐敗しはじめてから発見されたのだから、二十二日ごろとは推察されても、二十二日の何時ごろと、正確な時間を立証することはむつかしかった。もし、それが真夜中だったとしたら、アリバイの詮議はむりである。

アケミの首なし死体についても、東京湾のあちこちが浚渫されたが、いまだに発見するに至らず、世間のごうごうたる非難のうちに、統合捜査本部では連日のごとく、捜査会議がつづけられていたが、どういうわけか、十二月一日以降、金田一耕助の姿がぴったりとみえなくなった。

あのもじゃもじゃ頭の出しゃばり男が、眼のまえに、ちらちらしないということは、菅井警部補にとってはありがたいことなのだが、またいちめん気にもなるのである。

「それはそうと、警部さん、金田一先生はその後どうしたんですか」

と、菅井警部補がその問題を切り出したのは、十二月五日のことで、稲川専蔵殺しが発見されてからでも、もう五日たっていた。

「ああ、あのひとはいま旅行中なんだ」

「旅行……？」

と、菅井警部補は眼をまるくして、

「じゃ、もうこの事件は断念したんですか」

「いや、おそらくそうじゃあるまい。なにかの端緒をつかんだので、それについて、調査にいってるんだと思うんだが……」

「端緒とおっしゃると……？」

「いや、それはおれにもわからない。あのひとは、はっきりとした確信をもつにいたるまでは、絶対に口をわらないひとだからね。おれもその習慣をしってるから、こっちから、根問いするようなことはひかえているんだ」

「旅行ってどの方面へ……？」

と、こう訊ねたのは岡村警部補である。

「いや、それもしらないんだ」

と、等々力警部はわらって、

「東京駅からハガキをくれてね。ちょっと、旅行してくるとただそれだけなんだ」

「それで、警部さんはあのひとに、期待していらっしゃるんですか」

と、菅井警部補はいくらか詰るような口調である。

「ああ、大きにね。そうそう、君はあのひとを誤解しているようだが、あのひと、いろいろと出しゃばるようだが、最後においては、いつも縁の下の力持ちで満足してくれるんだ。みんな手柄をわれわれに譲ってね。菅井君なんかも、いまにあのひとの真価や人柄がわかってくると、改めて惚れるんじゃないかな」

「あのひと、いったい、どこから収入をえているんですか。こんな事件に首をつっこんだところで、一文の得にもならないだろうに」

そういう岡村警部補の疑問ももっともだった。

「いや、それはいろいろ依頼をうけるんだね。つまり、そういう場合、おれをとおして警視庁という、この大きな機構の力を、たくみに利用してるんだね。その埋め合わせというか、また本人の趣味もあって、こういう事件が起こったばあい、身銭を切って協力してくれるんだ。まあ、相当の収入はあるようだが、なにしろ、慾のないひとだからね、たばこ銭にも困ってることがあるよ。あっはっは、奇人といえば奇人だが、まあ、貴重な存在だね」

こういう会話があった直後に、金田一耕助から電話がかかってきた。捜査陣一同を、集めておいて欲しいという要請なので、等々力警部はさっと緊張した。

十二

「警部さん、金田一先生はいやにおそいじゃありませんか」

警視庁の捜査一課、等々力警部の第五調べ室では、菅井岡村の両警部補に、この事件担当の刑事たちが顔をそろえて、さっきから緊張の気がみなぎっている。

「六時にはやってくるという電話だったから、もうおっつけくるだろうよ」

しかし、そこにかかっている柱時計は、もう六時半になんなんとしている。等々力警部の額には、一抹の不安がかくし切れなかった。

「しかし、警部さん、あの先生、いったいわれわれになにをさせようというんです？こうして鶴嘴やスコップを用意させて、まさか隅田川の底をスコップで、引っ掻きまわせというんじゃないでしょうな」

と、菅井警部補の部下の私服が、皮肉るのもむりはない。そこにいる、私服のなんにんかはものものしく、鶴嘴やスコップを用意していて、それが金田一耕助の要請であることはいうまでもない。

「いや、おれにもようわからんが、しかし、あのひとのやりくちは、以前からよくわきまえている。なにか、事件解決のメドがついたんだろうよ」

「ひょっとすると、あの先生、アケミの腹に吸いついてたという、蜘蛛を退治にいこうてえんじゃないですか」

と、べつの私服がまぜかえすと、

「そうそう、そういえば金田一先生、あの話が出たとき、いやに、真剣でしたねえ」

と、岡村警部補が首をひねっているところへ、

「あっ、来た！」

と、いう刑事の声と同時に、蹌踉（そうろう）としてはいってきたのは金田一耕助。その顔色のあまりの悪さに一同は思わずぎょっと呼吸をのんだが、わけても等々力警部は反射的に腰をうかして、

「き、金田一さん！」

と、デスクのはしを握りしめると、

「あなた、ど、どうかしたんじゃ……？」

「警部さん、すみません」

と、金田一耕助はもじゃもじゃ頭をペコリとさげると、

「まだ、脚ががくがくふるえてるんです」

「脚がふるえているとは……？」

「テキ……いや、テキたちは、ぼくが真相につきあたったことに感付いたようです。

高跳びのおそれがありますから、至急手くばりをしてください」

「テキたちとは……？」

「牧野アケミと伊東欣三……」

一瞬しいんとした沈黙が、第五調べ室をおしつぶしたが、とつぜん、菅井警部補がさっと満面に朱をはしらせた。そして、なにかいおうとするのを、等々力警部が手でおさえつけて、デスクをまわって、金田一耕助のそばへやってきた。

「先生、どうぞお掛けください。それから、ゆっくりお話をうかがいましょう」

「はあ、警部さん、ありがとう」

警部のすすめてくれた椅子(いす)に腰をおろすと、金田一耕助はぐったりと、虚脱したように手足をのばした。これがいつも、事件を解決したときのこの男の状態で、疲労と困憊(こんぱい)とがそこにある。

「金田一先生」

と、もとの椅子にもどった等々力警部は、デスクのうえに両手を組んで、

「それじゃ、あの生首は、アケミじゃなかったとおっしゃるんですか」

と、そう質問を切りだしたとき、警部の声は感動にふるえていた。

「警部さん、あれがアケミだったら、首から下をかくす必要はないはずですね」

「かくす必要はないといっても、げんに首から下は、あのアパートになかったじゃあ

りませんか」

と、詰るようにいったものの、菅井警部補の面には動揺の色がかくしきれない。金田一耕助はにっこりそれに頬笑みかけて、

「いいえ、菅井さん、犯行はあのアパートで、演じられたのではないのですよ。ほかの場所で殺人が演じられて、そこで死体が解体され、生首と血と、あのガウンだけが、聚楽荘へ持ちこまれたのです」

ガタンと大きな音がしたのは、刑事のひとりがスコップを床に倒したのである。

「そして、あそこに陳列されていた、もろもろの犯行の跡らしきものは、すべてここが犯罪の現場である。したがって、この生首はあくまでもアケミであると、思いこませるためのトリックだったんです」

ふたたびしいんとした沈黙が、部屋の空気を圧倒したが、しばらくして、咽喉のつまったような声を立てたのは岡村警部補である。

「すると、金田一先生」

「はあ」

「ここにもうひとり、アケミとそっくり、おなじ顔をした女がいたわけですね」

「ええ、そう、それが即ち謎の女。……つまり十一月十七日の夜、暗がりからアケミを呼びとめた女。……そして、その翌日の十八日の晩、飯田屋君が窓の外から目撃し

た女です」

　また、ちょっとした沈黙があったのちに、

「だけど、金田一さん、それはいったいどういう女……？」

と、感動に言葉をふるわせたのは、等々力警部である。

「ねえ、警部さん」

と、金田一耕助はものうげに、もじゃもじゃ頭を掻きあげながら、

「十七日の夜、アケミは謎の女に呼びとめられて、そのほうへちかよっていったとき、ひとめ相手の顔を見ると、それが誰だかわかったらしいと、高安晴子はいってましたね。アケミはそこに、じぶんとおなじ顔をもった女を発見したのでしょう。しかも、その女が翌晩アケミの部屋にいたとすると、肉親かなんかにちがいない。そこで、ぼく、アケミの郷里、富山県の高岡ですが、そこへいって戸籍をしらべてみたんです。ところが案外なことには、アケミには姉も妹もありません。それでも希望をすてずに、それからそれへと、アケミの親戚をしらべていくと、アケミの母の里、……このほうは石川県なんですが、母の里、つまりアケミにとっては、母方の伯父にあたるひとに、秋子という娘があり、しかも、その秋子というのが、アケミの春子と、おなじ年、おなじ月、おなじ日に、うまれたことになっているんです」

「双生児なんだな」

と、等々力警部が叫び、

「そうだ、そうだ、地方によっては、いや、家柄によっては、いまでも、双生児を忌むという風習があるから、妹のほうが、おふくろの里へ入籍されたんだな」

と、岡村警部補も昂奮し、ふかい感動がこの第五調べ室を支配した。菅井警部補もその例外ではなく、かれはしだいにこうべを垂れはじめている。

「ふむ、ふむ、それで……？　金田一先生、さきをどうぞ」

「はあ、……ところが、この秋子というのが幼いときに、両親とともに満州へわたって、終戦後は一家全部、消息不明になっているんです。……と、ここまでは事実そのものですが、これからさきは、ぼくの想像になるんですが……」

「結構です。どうぞおつづけになってください」

と、等々力警部にうながされて、

「はあ。ところが最近になって、秋子だけが満州からかえってきた。そして頼るところもないままに、アケミの春子のところへやってきた。おそらくふたりとも話をきいて、おたがいの存在は、しってたのでしょうねえ。だから、十一月十七日の晩、暗がりから呼びとめられて、相手の顔を見きわめた瞬間、それが誰であるかアケミにもわかった。そこでじぶんのアパートへ、連れてきたということになるんでしょう」

「そうすると、金田一先生」

と、岡村警部補が体を乗りだし、

「腹に蜘蛛が吸いついていた女というのは、それじゃ秋子のほうだったんですか」

「そうです、そうです。あのとおりそっくりおなじ顔だから、飯田屋がまちがえたのもむりはありませんね」

「しかし、その蜘蛛というのは……？」

「ああ、それ……」

と、金田一耕助は等々力警部をふりかえり、

「警部さん、雑学問というものも、こういうときには役にたちますよ。ある種の肝臓の病気にかかると、肝臓の血管が圧迫されるかわりに、静脈がおそろしく怒張して、それが臍（へそ）を中心にのたくり出て、ちょうど蛇が四方八方に、うねっているように見えるんですね。俗にこの病気をメジューサの首……ギリシャ神話に、メジューサというのがありましょう。ミネルバだったか誰だったか、女神と美をきそった罰に、髪の毛を一本一本、蛇にされたというメジューサ。ちょうど、その頭に似ているというところから、この病気のことを、メジューサの首とよぶそうで、そういう患者の腹部の写真を、ぼくも昔、なにかの本で見たことがあるんです。だから、飯田屋の話をきいているうちに、ぼく、ふっとその病気を連想したんです。光線のかげんであの男には、それが大きな蜘蛛にみえたんでしょう」

「わかりました」

と、等々力警部は大きくうなずいて、

「ところで、アケミはストリッパーである。と、いうことは毎日、裸を観衆のまえに、晒しものにするのがしょうばいである。したがって、アケミにそんな病気はありっこない。しかるがゆえに、その女がいかにアケミに似ていたからとて、それはアケミではありえない。ひょっとすると、アケミにふたごの姉妹があるのではないかと……」

「あっはっは、警部さん、どうぞ、そのままおつづけになってください」

「いや、いや、いや、つまり、これが金田一先生の推理の第一歩であったろうということを、このひとたちに聞いてもらったんです。それではそのあとをぜひあなたから、この連中に聞かせてやってください」

「いや、しかし、そこまで申し上げたら、あとはもうみなさんにもおわかりになったことでしょう」

「いいえ、金田一先生」

垂れていた頭をあげて、金田一耕助を視る菅井警部補の瞳には、一種異様のかぎろいがあった。

「これはやっぱり、先生の口から、いちおうお話を聞かせてください。わたしからもお願い申し上げます」

「ああ、そう、それでは……」

と、金田一耕助はちょっと照れたように、もじゃもじゃ頭をかきまわしながら、

「つまり、じぶんとおなじ顔をもつ女が、もうひとりここにいる。しかも、その女の存在をしるものはひとりもない。……と、いうことがアケミの空想癖を刺戟した。そして、それを伊東にうちあけたところから、こういう結果が、うまれたんだろうと思うんです……」

「すると、ふたりの目的というのは稲川殺し……?」

「ええ。そう、岡村さん、たぶんそれだと思いますよ。あの開かずの支那鞄のなかに、多量の麻薬がかくされていることを、アケミがなにかのはずみに嗅ぎつけた。そこで稲川を殺して、それを横奪りしようじゃないかという計画が、ふたりのあいだに熟していったが、パトロンが殺されれば、当然、そうでなくとも品行のよくない、アケミが疑われるにきまってる……と、そういう段階でいるところへ、お誂えむきの、双生児の妹がとびこんできた。そこで、こいつを殺して、アケミの身替わりにしようというわけですが、おっとどっこい、秋子の腹部にはメジューサの首がある。ところが、いま警部さんもおっしゃったとおり、ストリッパーのアケミの腹に、そんなへんてこなものはなかったことを、多くのひとがしっている。そこが全身身替わりに使うわけにはいかなかったので、首だけ利用することになったのでしょう」

「いったい、秋子はどこで殺されたんですか」

「タカラ・ギャレージの地下室……」

「あっ！」

と、一同は昂奮の声をほとばしらせたが、

「しかし、金田一先生、伊東が犯人だとしても、あいつはいつ秋子を殺して、生首をアパートへもっていったんですか。先生もご承知のとおり、あいつは朝まで、晴子と行動をともにしていたんですが……」

と、そういう菅井警部補の疑問ももっともだった。

「いいえ、菅井さん、あいつは、ミラノ座から聚楽荘へいくまえに、いったん、家へかえったといってましたね。おそらくそのとき、地下室へ監禁しておいた秋子を殺して、解体し、生首や血をなにかに詰めて、ガウンといっしょに持っていったのです」

「あっ！」

と、ふたたび一同は、昂奮を面にたぎらせて手に汗握った。

「そ、それじゃ、四人でブリッジをしていたとき、生首はすでに、あのフラットにあったのか」

「そうです、そうです、警部さん、おそらく、寝室のベッドの下へでもかくしておいたんでしょう。ですから、風で窓のガラス戸が、バタンとひらいたとき、アケミがおびえて、とびあがったんでしょう。おそらく、幽霊が寝室からとび出してきたとでも、思ったんじゃないでしょうかねえ」

ふたたび、シーンとした沈黙が部屋のなかを支配したが、

「それじゃ、あの部屋のトリックは、全部アケミがやってのけたのか。そういやあ、女ひとりで出来ないことはない！」

と、菅井警部補の身ぶるいをするような声である。

「そして、高安晴子は伊東のアリバイに利用されたんだな」

と、等々力警部は溜息をついた。

それからまた、ちょっとした沈黙がつづいたのちに、菅井警部補が、このうえもない畏敬の念をこめて、

「金田一先生、先生はあのとき、アケミのガウンのことを、しきりに気にしていられたが、あのとき、すでに、すでに、このトリックを看破していられたんですか」

「まさか……」

と、金田一耕助は唇をほころばせて、

「しかし、ぼくもあのまえの晩の寒さは、身にしみてしってましたからね。いかに、ガス・ストーヴをさかんにたいたにしろ、素肌にガウンは不自然だと思ったんです。しかし、血のつきぐあいはあきらかに、素肌にガウンをきていたらしい。そこで三人

の証人にきいてみると、やっぱりアケミは、素肌にガウンを着ていたというでしょう。どうも変だと、思ってるともう一着、そっくりおなじようなガウンがあったので、そこいらに、なにかトリックがありはしないかと、考えたことは考えたんですが、結局、これは、こういうことになるでしょうねえ。伊東もおそらく、秋子の下着のうえにガウンを羽織らせて、そこを、突き殺すつもりだったんでしょうが、秋子の下着がきたなすぎたかなんかして、そんなものをアケミのアパートへ、もっていくわけには、いかなかったんじゃないでしょうか。アケミのものでないとわかると大変ですからね。そこでやむなく秋子の上半身を裸にして、それにガウンを羽織らせて、そこを突いたんでしょう。そのことを、聚楽荘へいったとき、注意しといたもんだから、アケミは寒くとも、素肌にガウンで、辛抱しなければならなかったわけです」

「わかりました。金田一先生、それで秋子の首なし死体は……？」

「タカラ・ギャレージの地下室のコンクリートの壁が、せんだっての地震のとき、一間ほどくずれ落ちたんです。伊東がその修理を買って出て、床まできれいに塗りなおしました。その床を少しけずってみたところが、おびただしい血痕が発見されたんです。ところが、ぼくが床をけずって調べたことを、伊東のほうでも気がついたらしいんですね。さっきここへくるとちゅう、すれちがいざま、ぼくの自動車へ消音ピストルをぶちこんで、逃げていった自動車があるんです」

「き、金田一先生！」

と、等々力警部はふるえあがった。

「だ、だ、大丈夫ですよ、警部さん、ぼくはこのとおり、ぴんぴんしてるじゃありませんか。それより、菅井さん」

「はあ」

「ここに、怪自動車のナンバーをひかえておきましたから、至急あなたの手で手配をしてください」

「金田一先生」

と、菅井警部補は直立不動の姿勢で、襟をただして、

「有難うございました」

と、深く、ふかく、こうべを垂れた。

解説

大坪直行

「私の尊敬する推理作家はE・S・ガードナーと横溝正史」

これは、ある推理評論家の言った言葉だが、一見唐突なこの発言は、実は大変当を得た興味深いものなのである。

何故なら、ガードナーと横溝正史ほど、ストーリィテラーであり、エンターテイナーは他にそういないからである。その上、その構成力の秀逸さは他の作家をぐんと圧しているといえよう。

推理小説は娯楽文学である以上、先ず面白くなくてはいけない。もちろん、謎解きの醍醐味を味わわせてくれるものでなくてはいけない。それだけに、ストーリィの面白さ、構成力の秀逸さは他の文学より要求されるのである。

もう十年近くなるが、来日したガードナーが「何故、ペリー・メイスン物が読まれるのか、その秘密を聞かせて欲しい」という質問に次のように答えていた。

「どんなに私のファンであっても、一冊の本が面白くなければ、私に失望してもう読んでくれないものだ。読者というものは、常に一〇〇パーセント要求する。作家はそれに応えなくてはならない。自分の書いた作品を途中でやめられるほど悲しいことはない。

だから、私は二つのことに注意することにしている。一つは、導入部の面白さと結末の意外性はもちろんのこと、途中、ああ、このへんで読者は厭きるなと思うところに必ず興味深い話題なり、読者の好みそうな材料を入れることにしていることだ。そのためには、毎日毎日、その材料になるものを新聞や雑誌、その他あらゆるところから取り入れスクラップしておくことにしている。

そして、あと一つは、自分の作品をもう一度検討、反省して、同じトリックであっても、その前の作品が上手く行かなかったら、もう一度そのトリックに挑戦することを怠らないことである。

ことに、それが他の作家のものであれば、自分の作品への挑戦以上にファイトがわくことは言うまでもない。

私は確かにミリオンセラー作家といわれ、多くの読者をつかんでいる。しかし、それは私の素質はともかくとして、努力以外のなにものでもない」

この努力がガードナーをして、ミリオンセラー作家にしたわけだが、横溝正史の作品が、もし外国で売られていたら、同質の作家だけにミリオンセラー作家になっていたにちがいない。

横溝正史もまた、ガードナーと同じように、その素質の上に、推理小説への情熱で、作品を面白いものにしている作家だからである。

「職業柄というのか、私は本を読むとき、いつも、無心でいられない。心の隅で、どこかじぶんのショウバイに結びつけているのである。消閑の娯しみとして読んでいるつもりでいながら、これはなんかのときに役に立たないかなどと、浅間しいことを考えてしまう。

じぶんの書く探偵小説とは、およそ縁のなさそうな昔の詩集や歌集を読んでいても、『なにかのときの役に』という職業意識とは離れられない」

これは、正史の随筆『賤しき読書家』の一文からの抜粋だが、ガードナーが作品の上でプラスになる材料を常に求めている姿勢と相通ずるものがある。それだけではない。ここに収められている『幽霊座』『鴉』『トランプ台上の首』にしても、どの作品をとっても、ガードナーが自己の作品に、他の作家の作品に挑戦する姿勢と同じく、『幽霊座』では歌舞伎という新しい舞台への挑戦、『鴉』はハーバート・ブリーンの『ワイルダー一家の失踪』の人間消失というトリックへの挑戦、『トランプ台上の首』は高木彬光の『刺青殺人事件』のショックで、いささかデッサンの狂った自己の作品『夜歩く』のトリックへの再度の挑戦を試みているのである。驚くべきと言わざるを得ない。ことに、一度書いたトリックへの再度の挑戦は、推理作家の場合よほどの自信がなくてはできるものではない。

それが出来るのは、おそらく日本では横溝正史しかいないのではなかろうか。

「なにかにひどく感心すると、どうしてもそれに挑戦したくなる性癖だから」と正史は言うが、その言葉の裏側に正史の推理小説への計り知れない情熱と自信を垣間見ることができるのである。

「純白のタイルで張られた浴室には切断されてから間もないと思われる恨みを残した女の生首と、白くやわらかな二本の腕と長くのびた二本の足とが、無残な切口を見せて横たわっていた」

これは高木彬光の『刺青殺人事件』の一場面だが、タイル張りの浴室における完全密室殺人で犯人の姿はもとより、死体の胴体までが煙のように消えていた、というのが、この作品の呼びものトリックであった。

このトリックは、いわゆる常識の逆手をいったトリックなのだが、正史は、この作品が出来る前に、これに似たトリックを考えていたのである。それだけに、そのショックは大きく、いろいろ考えた揚句出来たのが『夜歩く』なのであった。

ところが横溝正史はそれで、どうしても満足することができなかったのである。

『夜歩く』からおよそ九年後の昭和三十二年一月号の「オール読物」で再度『トラン

プ台上の首』という作品で所謂、顔のない死体のトリックに挑戦するのであった。「散乱したカードのうえ、テーブルのちょうど中央に、ちょこんとのっかっているのは、なんと、血に染まった女の生首ではないか」牧野アケミというストリッパーのものとおぼしき女の生首が――。だが、首から下は見つからないのだ。犯人は、人間の看板であるところの首を置き、下の胴体を何故かくしたのか。

事件はますます複雑になって行く。そこで金田一耕助名探偵の推理が冴えるわけだが、水上生活者にお総菜を売り歩くおかず屋、ヌードダンサー、自動車のブローカーと、この作品を書いた当時の世相の一端を作者は上手に使いこなしている。それはトランプカードや俗にいうメジューサの首という病気をからませて、実は読者を作者の独特の世界へとうまく導いていくのである。

作者の世界へ、いつのまにか導いて行くうまさといえば『鴉』（「オール讀物」昭和26年7月）も、三年後に戻ってくるという血文字の書置きを残して村の分限者の邸内神殿からみんなの見ている前でこつぜんと消えた若旦那の貞之助と、どっぷり血に染まった鴉の羽根のからみなどは全篇に異妖な空気と不可能興味を漂わせ、読者をいやが上でも一種異様な神秘的な世界へと導いて行く効果を十分にあげている作品である。

この『鴉』についで正史は、長篇『悪魔が来りて笛を吹く』を書き、次に、ここに収められている『幽霊座』を(「面白倶楽部」昭和27年11月—12月)ものにしたわけだが、この作品は故安藤鶴夫氏からのちょっとしたヒントから生まれた。

古朽た芝居小屋の稲妻座は東京七不思議の一つとされている。それは周囲の建物といちじるしく調和をかいた古色蒼然たる劇場であることもその一つの因だが、十七年前に当時人気随一の若手役者が夏狂言『鯉つかみ』の芝居中、忽然と姿を消してしまったことにあった。そして、その失踪の忌日として十七回忌追善興行が催されるのだが、同じ舞台、同じ狂言のこの催しの最中、惨劇があいついで起るのである。毒死、刺殺、斬殺と姿なき殺人者の魔手はつぎつぎとのびてくるのだが、金田一探偵は十七年前の謎とからませて解決して行く。

この『鯉つかみ』の仕掛けこそ故安藤鶴夫氏に教えてもらったものなのだが、この頃の正史は『鴉』といい『悪魔が来りて笛を吹く』『幽霊座』と、人間消失、死んだはずの人物が徘徊するというようなある意味で似かよったトリックに挑戦しながら草双紙趣味と当時の世相などをストーリィの中に完全に溶け込ませていることに気づく。

この『幽霊座』は全集にも入っていない。正史は、あまりよく知らない歌舞伎の世界をバックにしただけに自信がなかったのかも知れないが、梨園にわだかまる因襲と確執、親子の愛憎のからみなどは横溝正史独特の草双紙趣味が上手く出ていて面白い作品である。

とにかく、ここに収められた三つの作品でもそうだが、横溝正史の厭くなき推理小説への情熱がほとばしった作品群といえよう。

ただ単に、ストーリィテラーであり、エンターテイナーであると指摘する前に、その底に作家が、いかに一作一作努力しているか読者は考えるべきであろう。

横溝正史はそういう作家である。

本書は、昭和四十八年九月に小社より刊行した文庫を改版したものです。なお本文中には、あいの子、満州、満人、殺人鬼みたいな血、文盲、跛、支那など、今日の人権擁護の見地に照らして、不適切と思われる語句や表現がありますが、作品全体として差別を助長するものではなく、また、著者が故人である点も考慮して、原文のままとしました。（編集部）

幽霊座(ゆうれいざ)

横溝正史(よこみぞせいし)

昭和48年 9月30日　初版発行
令和4年 5月25日　改版初版発行
令和6年 12月10日　改版再版発行

発行者●山下直久

発行●株式会社KADOKAWA
〒102-8177　東京都千代田区富士見2-13-3
電話　0570-002-301(ナビダイヤル)

角川文庫 23187

印刷所●株式会社KADOKAWA
製本所●株式会社KADOKAWA

表紙画●和田三造

◎本書の無断複製（コピー、スキャン、デジタル化等）並びに無断複製物の譲渡および配信は、著作権法上での例外を除き禁じられています。また、本書を代行業者等の第三者に依頼して複製する行為は、たとえ個人や家庭内での利用であっても一切認められておりません。
◎定価はカバーに表示してあります。

●お問い合わせ
https://www.kadokawa.co.jp/（「お問い合わせ」へお進みください）
※内容によっては、お答えできない場合があります。
※サポートは日本国内のみとさせていただきます。
※Japanese text only

©Seishi Yokomizo 1955, 1973, 2022　Printed in Japan
ISBN 978-4-04-112777-3　C0193

◆◇◇

角川文庫発刊に際して

角川源義

第二次世界大戦の敗北は、軍事力の敗北であった以上に、私たちの若い文化力の敗退であった。私たちの文化が戦争に対して如何に無力であり、単なるあだ花に過ぎなかったかを、私たちは身を以て体験し痛感した。西洋近代文化の摂取にとって、明治以後八十年の歳月は決して短かすぎたとは言えない。にもかかわらず、近代文化の伝統を確立し、自由な批判と柔軟な良識に富む文化層として自らを形成することに私たちは失敗して来た。そしてこれは、各層への文化の普及滲透を任務とする出版人の責任でもあった。

一九四五年以来、私たちは再び振出しに戻り、第一歩から踏み出すことを余儀なくされた。これは大きな不幸ではあるが、反面、これまでの混沌・未熟・歪曲の中にあった我が国の文化に秩序と確たる基礎を齎らすためには絶好の機会でもある。角川書店は、このような祖国の文化的危機にあたり、微力をも顧みず再建の礎石たるべき抱負と決意とをもって出発したが、ここに創立以来の念願を果すべく角川文庫を発刊する。これまで刊行されたあらゆる全集叢書文庫類の長所と短所とを検討し、古今東西の不朽の典籍を、良心的編集のもとに、廉価に、そして書架にふさわしい美本として、多くのひとびとに提供しようとする。しかし私たちは徒らに百科全書的な知識のジレッタントを作ることを目的とせず、あくまで祖国の文化に秩序と再建への道を示し、この文庫を角川書店の栄ある事業として、今後永久に継続発展せしめ、学芸と教養との殿堂として大成せんことを期したい。多くの読書子の愛情ある忠言と支持とによって、この希望と抱負とを完遂せしめられんことを願う。

一九四九年五月三日